Volker Griese

AF200732

Schleswig-Holstein
Von Mördern, Terroristen und Betrügern

Volker Griese

Schleswig-Holstein
Von Mördern, Terroristen und Betrügern

Historische Miniaturen

BOD

© 2017 Volker Griese
Satz Volker Griese
Gesetzt aus der Georgia
Einbandkollage nach zeitgenössischen Abbildungen
Herstellung und Verlag:
BoD – Books on Demand, Norderstedt.

ISBN 978-3-7448-3082-9

Geschichte, das wird ja gerne als unfein ignoriert,
ist leider weitgehend Kriminalgeschichte.
(Rolf Hochhuth)

Mit den Menschen ist es wie mit Autos:
Laster sind schwer zu bremsen.
(Heinz Erhardt)

Vorwort

Wie die Mutter so die Tochter.
Der Mord von Hüttenwohld bei Wankendorf, 15. Juni 1946

Ihr habt mich zum gotischen Genie gemacht.
Lothar Malskat und der »Fälscherskandal« um die
Marienkirche, Lübeck 1952

Vorwort

Es heißt, dass jede Handlung ein singuläres Ereignis der jeweiligen Zeit, eine Reaktion ist, hervorgerufen von den Zeitläuften und den soziologischen und persönlichen Umständen der Handelnden. Aber gewisse Handlungs- oder Verhaltensmuster wiederum ähneln sich durchaus. Immer wieder lassen sich Parallelen entdecken. Immer wieder kommen uns heutige Dinge, Handlungen bekannt vor. Ob Streitereien innerhalb von Familien, die sich eruptiv in einem Mord Ausdruck verschaffen, Menschen durch Denunziation zu Tode kommen, der Staat seine Macht missbraucht, Menschen sich radikalisieren und sich nur noch im Terror auszudrücken meinen oder, wenn verkannte und fehlgeleitete Künstler für einen Skandal taugen, dies alles ist nichts Neues. Hinter Bekanntem, das sich ins kollektive Bewusstsein eingeprägt hat, gibt es dabei auch die kleinen, unbekannten Begebenheiten, die sternschnuppengleich aufgetaucht und schon bald wieder dem Gedächtnis entschwunden sind.

Der vorliegende Streifzug durch die Verbrechensgeschichte des Landes zwischen Nord- und Ostsee ist rein subjektiv gewählt und will mit seinen novellistisch-zugespitzten Erzählungen, die immer auch nur als Beispiele für viele andere reale Ereignisse stehen, ein lebendiges Lesebuch sein.

Der Bogen spannt sich über mehr als siebenhundert Jahre. Die Leser erleben 1250 den Mord am dänischen König auf der Schlei, leiden 1678 auf Gut Depenau während der Hexenprozesse mit, nehmen 1866 Teil am grausamsten Massenmord der jüngeren Landesgeschichte, an der Auslöschung einer ganzen Familie in Groß-Kampen, finden sich 1928–29 im Terror und Tumult der ›Landvolkbewegung‹ wieder oder erleben 1952 den Hype um die Restaurierung der Lübecker St. Marienkirche und die Aufdeckung des sogenannten Fälscherskandals.

Kain und Abel einmal vertauscht.
Der Königsmord auf der Schlei, August 1250

Gellend schneiden lang gezogene Schreie von Möwen durch die Luft. Die von ihrem Tagesgeschäft heimkehrenden Schleifischer in der Missunder Enge vor Brodersby kennen das. Immer wenn sie sich mit ihrem Fang dem Land nähern, kommen die Ratten der Lüfte heran, immer darauf aus, dass etwas von der Beute für sie abfällt. Erst lässt sich einer dieser Vögel am Himmel sehen, der schon bald durch sein Geschrei alle sich in der Nachbarschaft befindenden herbeilockt. Sie haben es sogar schon erlebt, wie die grauweißschwarzen Langschnäbel um ihr Schiff kreisten, um dann Raubvögeln gleich niederzustürzen, in der Hoffnung einen Fisch aus der Balje zu erwischen. Heute allerdings ist es anders. Die Möwen kommen nicht näher, sie lassen sich von dem herannahenden Boot überhaupt nicht ablenken. Ihre ganze Konzentration scheint auf einen dunklen Punkt im Wasser hin gerichtet zu sein. Immer wieder drehen sie ihre Kreise und stoßen ihre durchdringenden, langgezogenen Schreie aus. Einige stürzen herab, der Wasseroberfläche zu, um dann aber doch kurz davor vor der eigenen Courage in Respekt zu verfallen, und sich wieder nach oben den restlichen Vögeln hinzuzugesellen. Immer wieder dieses gleiche Schauspiel.

Die Fischer im Boot schauen nach vorne. Je näher sie kommen, umso deutlicher wird eines erkennbar: An der Stelle, die die Vögel wie im Rausch umkreisen, hin zum Brodersbyer Ufer, wirkt es so, als ob sich etwas im Wasser bewegt; wenn es auch nur auf und ab zu schwimmen scheint. In Sichtweite herangelangt, meinen sie, es handele sich um einen aus dem Wasser ragenden stumpfen Ast. Doch irgendwie passe das ja nicht zu dem Verhalten der Möwen. Sie beschließen der Sache einmal auf den Grund zu gehen und halten mit ihrem Gefährt auf die Stelle zu.

Nur ein paar Bootslängen von dem im Wasser schwimmenden Gegenstand entfernt, wird er deutlich erkennbar. Die Fischer stutzen und sehen sich an. Kein Ast ragt hier aus dem Wasser – und klar wird jetzt auch das Kreisen und Schreien der Möwen – es handelt sich vielmehr um einen steifen Arm, der im Wasser dümpelt und zum Himmel, zum ewigen Gericht, hinzudeuten scheint. Ganz nah herangekommen lässt sich auch der nur knapp unterhalb der Wasseroberfläche schwimmende Körper ausmachen. Scheinbar sind Schnüre oder Ketten um ihn geschlungen. Die Fischer greifen zu Stangen, bugsieren den Körper nah an die Reling und beginnen ihn aus dem Wasser aufs Bootsdeck zu hieven. Schon als der Leichnam nur ein Stück aus dem Wasser ragt, wird für alle Beteiligten deutlich, dass sie es hier nur mit einem Torso zu tun haben. Der Kopf fehlt. Trotz der Nässe scheint die Kleidung so auszusehen, als ob sie zu einer herrschaftlichen Person gehört. Die Fischer stutzen, schauen sich an, sagen nichts; jeder hat seinen Gedanken, dem er nachgeht. Soll nicht vor knapp zwei Monaten ein Boot mit dem dänischen König Erik an Bord hier auf der Schlei umgeschlagen, gekentert sein? Der König wäre ertrunken hieß es. Was wäre …? Doch wenn, wenn er es wirklich wäre –, wieso fehlt der Kopf? Und was haben die Fesseln zu bedeuten? Schweigend bezieht jeder seinen Posten. Das Boot wird auf Kurs getrimmt und nimmt seine Fahrt zu ihren Katen am Ufer bei Missunde wieder auf. An Land angekommen, begibt sich sofort ein Fischer auf den Weg zur kleinen bei Brodersby gelegenen Kapelle und seinem dort hausenden Priester. Die anderen scharren den Torso erst einmal an Land ein.

Als dem Mann Gottes die Nachricht von der Leiche ohne Kopf, von dem in feine Kleidung gehüllten Körper mitgeteilt wird, stutzt auch er zunächst. Der Nachrichtenüberbringer erhält einen kurzen Dank und die Mitteilung, er, der Priester, werde sich darum kümmern. Wenig später befindet sich schon ein Bote auf dem Weg zum Domkapitel in Schleswig. Nur wenige Stunden vergehen, als auch schon eine Schar Priester der St. Petri Kirche bei den Fischern eintrifft. Sie lassen sich die Stelle zeigen, wo der Leichnam verscharrt wurde, lassen ihn wieder ausbuddeln und reinigen. Die Priester tuscheln untereinander. Zwar wäre der Körper nicht mehr vollständig und auch schon in Fäulnis übergegangen, aber davon bräuchte man ja niemanden etwas zu erzählen. Die Überreste werden vorsichtig in ein Leinentuch gehüllt, auf ein Pferd festschnallt, dann entschwindet die Schar in Richtung Stadt.

Tage später, der Leichnam hat seine Ruhestätte erst einmal im Dom gefunden, ist es in der ganzen Gegend schon kein Geheimnis mehr: Die Nachricht, es handele sich bei dem aufgefischten Körper um den dänischen König Erik IV., der da aus dem Wasser gezogen wurde, verbreitet sich schnell landauf landab.

*

Mythologische Beispiele von ungleichen, von in ihrem Wesen geradezu konträren Brüderpaaren gibt es genug. Da tötet die ägyptische Gottheit ›Seth‹, der schlichtweg das Böse personifiziert, seinen Bruder ›Osiris‹, der als Totengott für das Fortleben der Menschheit steht, und zerstückelt ihn; bei den Hethitern geraten die schon in ihren Namen für alle Unwissenden klar gekennzeichneten Brüder ›Schlecht‹ und ›Gerecht‹ aneinander; in der römischen Überlieferung war es ›Romulus‹, der seinen Bruder ›Remus‹ erschlug. Oder denken wir an die biblische Überlieferung, in der ›Kain‹ seinen jüngeren Bruder ›Abel‹ tötet. Neid, Missgunst, Habsucht – allesamt Motive, die

Geschwisterpaare aneinandergeraten, gegeneinander vorgehen, ja, schließlich auch vor einem gemeinen Mord oder Tot-
schlag nicht zurückschrecken lassen. Und das nicht nur in Sagen und Märchen.

*

Als der dänische König Waldemar II. 1241 stirbt, folgt ihm der
seit 1232 mitregierende Sohn Erik auf den Thron. Obwohl als
Nachgeborener zunächst von der Thronfolge ausgeschlossen,
reklamiert aber auch der Sohn Abel, seit 1232 Herzog von
Schleswig, seine Ansprüche und mehr als das. Er versucht
schon bald Gefolgsleute für seinen Königsanspruch zu gewin-
nen und beginnt Intrigen am dänischen Hof zu spinnen. Die
zunächst hinter den Kulissen, im Verborgenen ausgetragenen
Animositäten zwischen den Geschwistern, vor allem vonseiten
Abels, eskalieren immer mehr, bis die offene Feindschaft des
Bruders, die Androhung, ihn vom Thron zu stoßen, dem jungen König nur eine Wahl lässt. Um diesem Spuk ein für alle
Mal ein Ende zu bereiten, kommt nur Sieg oder Niederlage in
Frage. Ein Feldzug soll entscheiden. Mit viel Aufwand werden
Söldner angeworben, geködert mit einem reichlichen Hand-
geld und mit dem Versprechen auf gute Beute. Dem Einmarsch
der Truppen Eriks 1248 im schleswigschen Herzogtum kann
Abel nur wenig entgegensetzen. Der heftig geführte Bruderkrieg lässt neben der Stadt Flensburg zahlreiche weitere Han-
delsplätze verwüstet zurück. Natürlich wird auch Schleswig,
der Sitz, das Machtzentrum des Herzogs, belagert. Abel selbst,
mit einer nur allzu kleinen Streitmacht an anderer Stelle durch
Truppen seines Bruders festgehalten, kann selbst nicht vor Ort
eingreifen.

    Als einer der Truppenteile unter Henrich Ämeltorp eines
Nachts in die Stadt an der Schlei dringen, macht sich eine Ab-

ordnung auf den Weg zur herzoglichen Familie. Hat man doch im Vorwege gehört, Abels Tochter sei in der Stadt geblieben und müsse sich somit unter den Eingeschlossenen auffinden lassen. Die Freude steht Henrich Ämeltorp im Gesicht geschrieben, als er mit einer Handvoll Männer die Gemächer der herzoglichen Burg durchschreitet. Die junge Frau wäre ein richtig guter Fang, ein entsprechend wertvolles Pfand. Doch die Eindringlinge werden nur zu bald enttäuscht. So sehr sie den Herzogssitz und anschließend die Gebäude der Stadt auch durchsuchen, sie bleibt verschwunden. Dass sie sich in verschiedenen Bürgerhäusern barfuß und in zerlumpter Kleidung wie eine einfache Dienstmagd versteckt, das kommt den Kriegsleuten nicht in den Sinn.

Der schleswigsche Herzog gibt zunächst alles verloren und flieht außer Landes zum Erzbischof von Bremen. Hier am Hof des Bischofs beginnt Abel in den folgenden Wochen, Kontakte zu verschiedenen deutschen Fürstenhäusern aufzunehmen. Und man deutet durchaus an, dass ein gewisses Verständnis für Abel da sei, man bereitstehe, ihm erneut seinen Herzogssitz zu verschaffen. Gewisse Gegenleistungen müssen natürlich verhandelt werden. Doch die Details lassen sich auch später immer noch besprechen, so der Tenor. Nicht lange dauert es, da zieht Abel mit einem regelrechten Haufen fremder Söldner zurück ins Schleswigsche, finanziert von deutschen Herrschern. Diesmal ist das Siegerglück vor allem und nicht zuletzt dank seiner Truppenübermacht aufseiten Herzog Abels. Diesmal muss sich König Erik aus dem Herzogtum Schleswig zurückziehen. Da keine Aussicht auf Beute besteht, belasten die königlichen Söldner nur die dänische Staatskasse, die ohnehin schon mehr als genug ausgeplündert war. Sie dürfen gehen. Auch Abel löst seine von Deutschen finanzierten Truppen schließlich auf. Sie haben ja ihre Arbeit getan. Die Gegenleistung? Nun, so heist es bei seinen Unterstützern, man würde bei Gelegenheit darauf zurückkommen. Sie, sowie der erneut eingesetzte Herzog, haben zunächst auch andere Dinge im Kopf. Erst einmal gilt es, sich am Verhandlungstisch mit dem König zu behaupten. Und um den durch Krieg erreichten Status quo zu sichern, muss zumindest ein Vergleich her.

Letztlich erhält Abel sein Herzogtum wieder zurück, doch nur als Erblehen. Eigentümer, Lehensherr, bleibt fortan der dänische König. Weder Abel, noch seine Helfer aus Deutschland, sind erbaut, wie sich die Dinge in den sich hinziehenden Verhandlungen entwickeln, aber alle akzeptieren schließlich den Kompromiss – erst einmal.

Die durch die kriegerische Auseinandersetzung geleerte Staatskasse versucht der König sofort wieder zu füllen. Doch woher nehmen? Wie in allen Zeiten muss einmal mehr das Volk dazu herhalten. Der Kämmerer verfällt dabei auf ein simples Verfahren. Jeder Pflug wird fortan mit einer Steuer belegt. Monatelang ziehen die Steuereintreiber über das Land, lassen sich die Pflüge zeigen und treiben mit Härte die Abgaben ein. Das Volk hat schnell den passenden Ökelnamen, einen Plattdeutschen Spitznamen für ihren König bei der Hand: Wann immer man auf Erik IV. zu sprechen kommt, ist nunmehr die Rede von ›Erik Plogpennig‹.

*

Es dauert nicht lange, dann wird wieder gerüstet, werden wieder Truppen angeworben. Nur zwei Jahre nach dem Bruderkrieg herrschen erneut unruhige Zeiten im Land zwischen Nord- und Ostsee. Diesmal droht eine militärische Auseinandersetzung zwischen dem dänischen Gesamtstaat, der sich seit dem zurückliegenden Vergleich in zunehmendem Maße für sein Lehen, dem Herzogtum Schleswig, verantwortlich fühlt und der immer wieder seine Eigenständigkeit reklamierenden Grafschaft Holstein. Zankapfel im Sommer des Jahres 1250 ist die Grenzstadt Rendsburg.

Immer wieder hatte es in der näheren Vergangenheit Streit um die Stadt an der Eider gegeben. Immer wieder reklamierte der dänische König, dass es eine dänische Stadt sei, sie vollständig auf dänischem Grund und Boden läge. Und überhaupt: Es lägen Unterlagen vor, dass sie seit der Zeit König ›Kanuts des Sechsten‹ zum dänischen Reich gehöre. Die holsteinischen Grafen winkten immer wieder ab und behaupteten das genaue Gegenteil. Und wenn auch hinzugezogene Ratgeber schließlich als Kompromiss festzustellen meinten, der umstrittene Ort, läge teils auf schleswigschem, teils auf holsteinischem Gebiet, so erschien das für den dänischen Herrscher als reine Haarspalterei und ohne tiefer gehende Bedeutung. Nur Gut oder Böse, nur Schwarz oder Weiß, Haben oder Nichthaben ergab Sinn. Was liegt da näher, als einmal den Knoten durchzuschlagen und ein für alle Mal, endlich und unumkehrbar, Tatsachen zu schaffen.

Bis zur Verteidigungsanlage des Danewerk bei Schleswig, deren Wälle und Gräben schon auf das frühe Mittelalter zurückgehen, geleitet König Erik erst einmal seine Truppen. Die Gegenseite wird von Graf Johann von Holstein angeführt, wieder einmal verstärkt durch Freunde aus dem Süden. Wieder einmal hat der Erzbischof von Bremen seine Finger im Spiel und auch der Bischof von Paderborn tritt als Finanzier auf, um Truppenteile für die Allianz der holsteinischen Grafen, verstärkt um Truppen aus der freien Stadt Lübeck, zu finanzieren. Ruhig, verdächtig ruhig dagegen, verhält sich in dem ganzen Streit der eigene Bruder, der Herzog von Schleswig, durch dessen Territorium König Erik ja gerade marschiert.

Die Aufklärer des Königs bringen keine guten Nachrichten ins Lager am Danewerk. Die Streitmacht der Gegenseite, die gerade das nur mäßig bewachte Rendsburg eingenommen hat, erscheint ihnen doch um einiges größer als die eigenen Verbände. Erik bleibt nur ein Ausweg, will er nur den Hauch einer Chance haben, bei diesem vom Zaun gebrochenen Streit mit heiler Haut davon zu kommen. Er muss sich schnell einen Verbündeten suchen. Vielleicht, so sinniert er, ließe sich sein Bruder, wenn er sich bisher auch neutral verhalten habe, und trotz der bisherigen Zwistigkeiten, auf seine Seite ziehen. Vielleicht, so seine Hoffnung, findet er in Abel einen Unterstützer. Es wäre ein Versuch. Es wäre vielleicht der Ausweg. Er will, nein, er muss den Kontakt einfach suchen, nicht als König mit großem Gefolge, vielmehr allein, von Bruder zu Bruder. Nur so rechnet er sich überhaupt etwas aus. Nur so könne er überhaupt kleinere Zugeständnisse machen, die er vor seinem Gefolge nicht geben kann, ohne das Gesicht zu verlieren.

Von der Ankündigung des Königs, ihn, den intriganten, den Ränke schmiedenden Bruder auf der Jürgensburg zu besuchen und zwar allein, ist Abel zunächst einmal überrascht. Bis zum Eintreffen bleibt nicht viel Zeit. Es reicht, um ein paar Getreue um sich zu versammeln, als Erik auch schon über die Holzbrücke reitet, die die Schleswiger Innenstadt mit der Insel verbindet. Der Empfang des angekündigten Gastes an diesem, dem heiligen St. Laurentius gewidmeten Mittwoch, dem 10. August, erscheint erstaunlich freundlich, sehr freundlich, einige Uneingeweihte meinen zu sehr, mehr geheuchelt. In den großen Saal geführt, wo Abel einiges hat auftragen lassen, setzen beide Brüder sich an einen Tisch mitten unter anwesende Ritter und deren Waffenträger. »Am Abend Humpenaus, Zinken und Tanz, | Beim Brettspiel König und Knappen, | Der Mond flicht draußen den alten Kranz | Um Lauben und steinerne Wappen.«

Nach einigem Hin und Her, eher Belanglosem, lenkt Erik das Gespräch auf die derzeitigen Unruhen. Zunächst weitläufig die ganze Entwicklung erklärend und andeutend, dass er eigentlich gar keine Lust mehr an diesem ganzen Kriege habe, sich vielmehr auf seinen Königsthron zurückziehen und seine Jahre in Ruhe verbringen wünsche, kommt Erik dann auf den Punkt: Könne er, Abel, Herzog von Schleswig, nicht mit ihm gemeinsame Sache machen, und gleichfalls Truppen gegen die Bedrohung aus dem Holsteinischen aufstellen lassen? Abel verzieht keine Miene. Er schweigt. Nach einer kurzen Pause wischt er sich den Mund ab, ordert ein Spielbrett samt Figuren und gibt fast im gleichen Atemzug an, er hätte noch etwas Dringendes zu erledigen. Noch beim Aufstehen winkt er den Ritter Henrich Rarkvider herbei, von dem er weiß, dass er, wie sein Bruder, ein guter Schachspieler sei. Und so nimmt Rarkvider dem König gegenüber Platz und die Schachpartie ihren Lauf. Er beherrscht das Brettspiel gut, weniger gut ist seine Gabe der Konversation. Das Gespräch stockt schnell. Der König, schon etwas verstimmt, dass sein Bruder ihm die gestellte Frage unbeantwortet und ihn hier mit einem einfachen Ritter am Tisch sitzen ließ, wird immer ungehaltener.

Nach einer für den König endlos erscheinenden Zeit kehrt der Bruder wieder zurück und nimmt den Platz von Rarkvider ein. Das Schachspiel wird beiseitegeschoben. Ist Erik schon verstimmt, schüttet der Bruder weiteres Öl ins Feuer, als er vom zurückliegenden Bruderkrieg zu sprechen anfängt: »Du erinnerst dich wohl, als du vor nicht allzu langer Zeit die Stadt Schleswig ausplündertest, dass meine Tochter unter anderen armen Mägden und Frauen sich auf ihrer Flucht durch die Stadt barfuß verstecken musste.« Dem König, dem dieses Thema nun völlig ungelegen kommt, macht eine wegwerfende Handbewegung: »Gib dich zufrieden, lieber Bruder! Ich habe, Gott seis gedankt! so viel, dass ich ihr wieder zu einem Paar Schuhen verhelfen kann.« Die unter nichtssagendem Schulterzucken herausrutschende arrogant sarkastische Antwort – oder solls vielleicht lustig wirken? – dient nicht gerade dazu, die Situation zu beruhigen. Mehr zu sich gewendet presst Abel hervor: »Es ist nur wegen meiner Tochter«, lauter dann: »Das sollst du mir büßen«. Eigentlich hat Abel kein näheres Interesse an diesem Thema und noch weiterer Worte, seine Entscheidung war schon zuvor gefallen, schon als er davon gehört hatte, dass der König alleine zu ihm auf die Burg kommen werde. Die Anordnungen waren getroffen und jetzt, nach dieser arrogant wirkenden Antwort, gibt der Herzog seinem vor kurzem in den Saal eingetretenen Kammerjunker Tyge Post ein verstecktes Zeichen. Der wiederum winkt zwei Ritter herbei. Gemeinsam gehen sie auf König Erik zu, dem plötzlich alles klar wird. Die Blindheit hatte ihn geschlagen, die Hoffnungslosigkeit im anstehenden Krieg hatte ihm anscheinend die Sinne vernebelt.

Von den Männern umgeben, erklären sie ihn, den König von Dänemark, für gefangen genommen. Als Abel vom Tisch aufsteht, erhält der Kammerjunker noch den Befehl, König Erik auf ein vor der Burg ankerndes Boot zu bringen. Dann wendet er sich ab und geht, den Bruder keines Blickes mehr würdigend.

Als das Boot auf die Schlei hinausgerudert ist und mit gesetztem Segel schließlich seine Fahrt aufnimmt, machen sich erneut Männer an einem zweiten Boot zu schaffen. Es ist Lauge Gudmundsen, der treueste Freund des Herzogs, einer der immer seine Hand in allen Intrigen gegen den König im Spiel hatte, der willfährige Helfer. Langsam legt das Boot ab, nimmt seinen Kurs auf und folgt dem ersten in gemessenem Abstand. Der Freund hatte zuvor freie Hand erhalten. Der Satz des Herzogs, »tue, was dir gefällt«, klingt noch in seinen Ohren nach.

Als König Erik das ihnen folgende Gefährt erkennt, ahnt er, dass das nichts Gutes bedeutet, wenn er sich zuvor vielleicht auch noch etwas Hoffnung gemacht hatte. Die Zeit verstreicht. Der Konvoi nimmt seine Richtung auf die Schleienge, dem Möwensund bei Missunde. Hier geschieht es, dass Gudmundsens Boot Fahrt aufnimmt und sich mehr und mehr an das erste Gefährt heranschiebt. Schließlich befinden sich beide auf gleicher Höhe. Gudmundsen lässt sein Boot an das erste heransteuern, und als sich beide Bordwände berühren, springt er herüber. Zur Begrüßung ruft er dem ihm entgegenblickenden und gefasst wirkenden König zu: »Du sollst wissen, dass du in dieser Stunde sterben musst.« Erik gibt sich keiner Illusion hin: »Ich weiß es wohl, dass ich sterben muss, sobald ich in deine Hände fallen würde,« entfährt es in gepresstem Ton seinem Mund. Und dann: Falls er noch einen Wunsch freihabe, so würde er zur Ablegung der Beichte sich noch einen Priester wünschen. Gudmundsen und die Männer im Boot schauen sich an. Ja, das ließe sich machen. Gibt es doch ganz in der Nähe bei Brodersby eine kleine Kapelle mit einem Mönch, einem Priester. Die Boote steuern daraufhin auf das Ufer zu, legen an und einer der Männer holt den Priester herbei, der die Beichte abnimmt. Dann startet der Konvoi wieder zu seiner Fahrt auf die Schlei hinaus. Noch kaum aus dem Möwensund heraus lässt Gudmundsen den König hinknien, ergreift ein hinter seinen Gürtel gestecktes Beil und hackt Erik mit einem Schlag den Kopf ab. Mit Ketten umwickelt und Steinen beschwert gleitet der Leichnam über die Reling und verschwindet im dunklen Wasser. In einem mit Steinen gefüllten Leinensack folgt der Kopf.

Die nur Stunden später vom Herzog von Schleswig verbreitete Meldung, das Boot mit dem dänischen König an Bord wäre plötzlich, wie auch immer, auf der Schlei gekentert, zieht in den folgenden Wochen durch die dänischen Lande.

*

Die folgende Zeit ist der schleswigsche Herzog recht umtriebig. Er arbeitet auf ein Ziel hin, auf die lang ersehnte Königswürde, die jetzt in greifbare Nähe gerückt zu sein scheint. Selbst als nach zwei Monaten das Domkapitel die Nachricht vom Fund des königlichen Leichnams bekannt gibt, lässt sich Abel nicht beirren. Wie schon in den Wochen zuvor, sucht er immer wieder einzelne Adlige persönlich auf oder schickt Vertraute auf die Reise zu ihnen. Mit gutem Zureden hier, Versprechungen auf zukünftige Posten und Pfründe dort, gelingt es schließlich, ausreichend Gefolgsleute auf seine Seite zu ziehen. Dem im Herbst des Jahres anstehenden Landesthing in Viborg kann er jetzt gelassen entgegensehen. Wie seit Jahrhunderten finden vor den Toren dieser Stadt die Versammlungen des Volkes statt, soweit sie etwas zu sagen haben. Hier treffen Adlige, Edelleute und Bischöfe zusammen, um Politik zu treiben. Hier wird Recht gesprochen, hier wird auch über die Königswürde abgestimmt.

Und so steht dann auch das nicht verstummende Gerede um einen angeblichen Brudermord auf der Liste der anzusprechenden Dinge. Doch ohne mit der Wimper zu zucken, gibt der zur Rede gestellte Herzog von Schleswig vor dem Ausschuss an, dass einzig und allein ein Unglück, ein Zufall zum Tode des Bruders geführt habe. Sein Boot sei auf dem Wasser aus unbestimmtem Grunde einfach gekentert. Er schwöre bei Gott und seinem Leben, das es die volle Wahrheit sei. Vierundzwanzig anwesende Edelleute, die notwendige Zahl zum Freispruch, bekräftigen dabei Abels Schwur. Somit vom Vorwurf des gemeinen Brudermordes freigesprochen, steht dem Antritt des Erbes nichts mehr im Weg. Am 1. November erfolgt schließlich die Krönung des Herzogs von Schleswig zum König von Dänemark. Endlich hat Abel sein über Jahre verfolgtes Ziel erreicht.

Allerdings ist ihm die Freude am Thron nicht allzu lange vergönnt. Kaum zwei Jahre später, als er in einem Kriegszug gegen die freien Friesen zieht, um dieses Land seinem Reich einzuverleiben, fällt Abel in der Schlacht von Oldenswort am 29. Juni 1252. Den Priestern am Schleswiger Dom, die trotz des Beichtgeheimnisses von ihrem Kollegen aus Brodersby über den Brudermord informiert waren, allerdings nichts nach außen haben dringen lassen, übernehmen den Leichnam Abels als ehemaligen Herzog von Schleswig und bestatten ihn in der Gruft des Domes. Doch schon bald tauchen erste Gerüchte auf, dass es im und um den Dom herum spuke. Und die Schuld wird dabei eindeutig dem gewesenen Herzog zugesprochen. Der Ursprung des Gemunkels, ob von gewisser Seite gezielt verbreitet, interessiert, in einer Zeit des Aberglaubens, eigentlich niemanden. Als das Gerede über den immer wieder seinem Grab entsteigenden Abel und seine mögliche Verstrickung in den Mord im Volk immer größer wird, beschließt das Domkapitel, den Leichnam bei Nacht und Nebel aus der Gruft zu entfernen und ihn in einen Sumpf, dem Pölzer Holze bei Gottorf zu versenken, so wie es seit Jahrtausenden Verbrecher über sich ergehen lassen mussten. Doch der Leichnam Abels findet anscheinend auch während der folgenden Zeit keine Ruhe. Der einmal angestachelte Aberglauben der Menschen vermeint immer wieder – und handelt es sich auch nur um einen einsamen Reiter im Nebel oder im beginnenden Dämmerlicht –, einen wild auf einem Pferd Daherstürmenden, einen »Rübezahl« zu erblicken. Das könne nur, so die schnell feststehende Meinung des einfachen Volkes, der meineidige Brudermörder sein.

Wollten sich die von dem feigen Mord wissenden Priester reinwaschen? Auf die gleiche Weise und nahezu zeitgleich tauchen Gerüchte über angebliche Wunderwerke auf, die sich dagegen am Grab des ermordeten Königs Erik zugetragen hätten. Und war es nicht auch schon bei der Auffindung des Leichnams mit merkwürdigen Dingen zugegangen? Konnte es nicht als Wunder ausgegeben werden, dass der Leichnam nach zwei

Monaten im Wasser nicht richtig in Verwesung übergegangen war? Hatte es nicht geheißen, dass die Möwen schon Tage vorher immer die Stelle im Wasser umflogen hätten, und die Schreie, klangen die nicht immer wie »Erik! Erik!«? Und wollte sich hinterher nicht Irgendjemand auch an blaue, auf dem Wasser tanzende kleine Flämmchen erinnert haben, die schon Tage zuvor den Ort bezeichnet hätte, an der später die Hand aus dem Wasser ragen sollte? Die paar Zeugen, die Fischer, so sinnieren die Priester, wären in ihrem Aberglauben leicht zu überzeugen. So nimmt dann alles seinen wohlvorbereiteten Gang. Doch der Papst im fernen Rom, mit den entsprechenden Information versehen, spielt da nicht mit. Der von den Schleswiger Dompriestern verlangten Heiligsprechung bleibt der Erfolg versagt. Den Menschen im dänischen Reich ist es egal. Der ermordete König wird ihnen für die folgende Zeit auch so immer ein Märtyrer und Heiliger sein.

Und für die Menschen an der Schlei, was bleibt ihnen bei der merkwürdigen Geschichte? Immer wenn sich Möwenschwärme zeigen, denken sie in den folgenden Jahrzehnten an den gemeinen Mord, der hier bei ihnen geschehen ist, denken dabei an ihren ehemaligen Herzog. Bald schon hat der Volksmund einen Begriff für die Vögel parat: Es handelt sich einfach um ›Abels Taube‹.

Ritt nach dem Blocksberg.
Ein Hexenprozess auf Gut Depenau, Herbst 1678

Der Glaube an Magie und Zauberei war im Volk seit Anbeginn verbreitet, doch nur selten mit einem Pakt mit dem Teufel verbunden. Erst als Papst Innozenz VIII., Vater von mehreren unehelichen Kindern, eine Verfügung unterschrieb, die Zauberei mit bösen Geistern und dem Teufel verband und später Kaiser Karl V. mit der »Halsgerichtsordnung« den Begriff des schon zuvor in Einzelfällen geahndeten ›Schadenszaubers‹ auch direkt als Strafbestandteil einführte, wurde eine Buße für den tatsächlich herbeigeführten Schaden gefordert. Eine Grenze war jetzt von Staatswegen überschritten. Die christliche Kirche, selbst die heilige Inquisition hielt sich allerdings zunächst noch etwas bedeckt. Zauberei und Magie und der Glaube des Volkes daran, seien Einbildung, wären allenfalls eine heidnische Irrlehre, hieß es. Das Augenmerk sei vielmehr auf Häretiker, auf Abweichler von der kirchlichen Lehre zu richten. Doch das sollte sich zum ausgehenden 15. Jahrhundert ändern. Nun gab es zur Legitimation von Hexenverfolgung das benötigte schriftliche Werk, den schon bald berüchtigten ›Hexenhammer‹ des Dominikaners Heinrich Kramer, der in seinem Werk die systematische Vernichtung von Hexen forderte und dabei klare Regeln aufstellte, wie sie, seiner ganz privaten Meinung nach, zu erkennen, zu verfolgen und zu verurteilen seien. 29 Auflagen des Werkes erschienen über die Jahrzehnte bis ins 17. Jahrhundert und bildeten die Grundlage des gespenstischen Schauspiels, über das noch zu berichten ist.

Und dann war da noch die Welt, die sich änderte. Da war auf der einen Seite der Protestantismus, der die Allmacht der katholischen Kirche und damit auch deren Welterklärung zertrümmerte, und da gab es mit einem Mal die äußeren Umstände, welche die Menschen bis ins Mark verunsicherten. Unerklärbaren Pestepidemien folgten Hungersnöte durch Missernten im Gefolge der Klimaänderung der ›Kleinen Eiszeit‹ im Zeitraum 1570 bis 1630. Deren monatelange Kälteeinbrüche mit kaum enden wollenden Hagel- und Regenperioden, von niemandem begreifbar, sich die Bevölkerung einfach nicht erklären konnte. Und da war die Verrohung der Sitten während des sich scheinbar endlos dahinziehenden 30-jährigen Krieges. Es mussten einfach neue Deutungsmuster her. Und hier war es zunehmend der »Druck von unten«, die Erklärungsversuche aus der einfachen Bevölkerungsschicht heraus, wie man in die missliche Lage gelangt und wer dafür als Ursache, als Verantwortlicher zu gelten hatte, dem über die Jahre aber stetig nachgegeben wurde. Die Öffnung dieses Ventils gegenüber »Volkes Meinung« war ein wesentlicher Schritt in die Richtung der merklich zunehmenden Hexenprozesse mit Ende des 16. Jahrhunderts. Da waren es dann, damals wie heute, Menschen, die sich nicht so wie die »normalen« Bürger gaben, die mit ihrem Gehabe der breiten Masse als suspekt galten, denen man schon immer alles zugetraut hatte, die für dieses und jenes verantwortlich zu zeichnen schienen. So wurde dann auch damals die Mehrzahl der der Hexerei Beschuldigten bei der Obrigkeit denunziert. Und was man von den Menschen behauptete, ob es wahr oder falsch sein mochte, was machte es schon aus, solange man seinen geistigen Horizont durch die Obrigkeit vertreten fand und vielleicht dabei auch noch einen eigenen Vorteil daraus bezog.

Auf dem Höhepunkt der Verfolgungen wurde vor noch keiner so aberwitzigen Beschuldigung zurückgeschreckt; Neid, Hass und Rachsucht waren fortan Tor und Tür geöffnet. Leicht war es jemanden zu verleumden: Kröpfe, Geschwüre und Krankheiten aller Art selbst Gewitter oder Mäuseplagen und den Befall des eigenen Körpers mit Läusen, alles dies wurde einem missliebigen Menschen zur Last gelegt und oft erfolgte die Anzeige, dass es als Hexerei herbeigeführt worden sei.

Die verendete Kuh hatte bestimmt die um ein Stück Brot bettelnde Nachbarsfrau auf dem Gewissen. Dass sich die abgehärmte Frau einmal müde an den Trog gelehnt, mag ja durchaus auch so zu deuten gewesen sein, dass sie den Futterbottich dabei mit ihrer Hand verzauberte. Auf jeden Fall hat die Kuh seitdem nicht mehr gefressen. Die Erklärung war einfach und logisch. Die Schuldige stand fest. Und wenn einem das Getreide verdarb, auch da gab es für den geistig Beschränkten eher eine einleuchtende Erklärung von Zauberei oder Hexerei, als dass es auf natürliche Weise zu erklären wäre.

Und da Zauberei eigentlich kein zu ahndendes Verbrechen war, wurde aus dem Bund mit dem Teufel und der Abwendung von der christlichen Lehre ein gern konstruierter und damit ein auch zu ahndender Fall. Die Obrigkeit gab dem Volk zunächst, was es wünschte, hatte seine Ruhe und konnte darüber hinaus auch noch hin und wieder selbst ein wenig seine eigenen Interessen verfolgen. Doch zuletzt waren die zuständigen Behörden fast vollständig in diesen Denkmustern befangen, verfangen.

Dass es überwiegend Frauen traf, denen das Eingehen eines Bündnisses mit dem Teufel nachgesagt wurde, diesen Umstand entnahm man einfach der Bibel. Wurde nicht Eva im Paradies von der Schlange verführt, vom Baum der Erkenntnis zu essen? So war für manch einen von vornherein klar, dass die Töchter Evas generell den Verlockungen des Teufels zugänglicher seien als die Männer. Und da der Teufel allgemein in den Vorstellungen als Mann gehandelt wurde, der – wohl dem eigenen Selbstverständnis nachempfunden –, natürlich dem weiblichen Geschlecht nachstellte und mit ihnen sexuellen Verkehr hatte, so war es ganz natürlich, dass schon bald junge Hexen wie Pilze aus dem Boden schossen. Und das gerade und nicht zuletzt in Gegenden, die weitab von den Städten lagen, wie das von Dichtern später gern idyllisch beschriebene holsteinische Hügelland.

*

Als Abkömmling eines der ältesten aller holsteinischen Rittergeschlechter hatte es der 35-jährige Joachim von Brockdorff nicht einfach. Schon die Vorfahren taten sich bei der Eroberung des Landes zwischen den Meeren und den Kämpfen gegen die Slawen hervor. Doch der aufwendige, standesgemäße Lebensstil, diese Herausgehobenheit aus den Ständen der Bauern und Bürger, dieses Wesensmerkmal des Adels bedurfte des Geldes. Und genau an diesem fehlte es der Familie zunehmend. Unter der Generation des Vaters Detlev von Brockdorff, Erbherr zu Rixdorf, Depenau und Tramm, schmolz das einstige Vermögen stetig dahin. Die alte Weisheit des Volkes »riik as en Brockdörp« galt bald schon nicht mehr. So dauerte es nach dem Tod des Vaters 1670 nur ein paar Jahre, dann meldeten alle drei der Erbengemeinschaft gehörende Güter Konkurs an. Immerhin vermochte der Sohn das von ihm verwaltete, im Preetzer Güterdistrikt gelegene Gut Depenau, das seine Großmutter einst in ihre Ehe eingebracht hatte, für die eigene Familie zu sichern. Hier auf seiner eigenen Scholle hatte er schon zuvor als Verwalter ganz das Bedürfnis verspürt, dem Leben eines Landadligen nachzukommen; hier fühlte er sich selbst dem im fernen Kopenhagen residierenden König gleich. Das Land, die Gebäude, ja auch die Menschen waren sein Eigentum und – gemäß dem in den Güterdistrikten altüberkommenen Privileg, vor Jahrhunderten dem dänischen König von den holsteinischen Rittern abgetrotzt –, hier konnte er als oberster Gerichtsherr fast uneingeschränkt schalten und walten, fast wie es ihm beliebte. Die unmündigen, mangels einer Schule des Lesens und Schreibens unkundigen Leibeigenen würden ihm schon nicht in die Quere kommen.

*

Die alte, abgehärmte Frau ist wie vor den Kopf geschlagen, als die beiden Abgesandten des Depenauer Gutsherrn und Gerichtshalters Joachim von Brockdorff in ihrer einfachen Kammer die Anschuldigung eröffnen, sie sei eine Hexe. Jemand hatte sie denunziert, ihm das Vieh verhext zu haben. Sie kann den im Raum stehenden Vorwurf zunächst kaum fassen. Ungläubig sieht sie die Überbringer der hanebüchenen Nachricht an, schüttelt mehrfach stumm den Kopf und murmelt kaum verständliche Worte. Zu mehr reicht es in der ersten Aufregung nicht. Das Herz schlägt merklich schneller, fast einem auf den Amboss niederfahrenden Hammer gleichend. Ihr wird schwindelig. Auf derlei Befindlichkeiten können die Häscher allerdings nicht eingehen. Ihr Auftrag lautet, die Frau zum Gutsherrn zu bringen, um dort ein Geständnis aus ihr herauszubekommen. Hier vor Ort gibt es für sie dagegen nichts mehr zu tun. Mit grobem Griff am Arm gepackt, wird Trienke Palen zur Tür heraus in Richtung Gut geschoben. Es geht einer Zukunft entgegen, die ihr durchaus bewusst ist, wenn auch alles um sie herum wie im Traum abläuft. Einzelne Tränen der Wut über ihr unausweichliches Schicksal und über denjenigen, der sie verleumdet hat, laufen ihr über die Wangen, doch ihr Mund bleibt verschlossen. Fatalistisch ergibt sie sich in ihr unausweichliches Schicksal, wohl wissend, welche Torturen ihr bevorstehen.

Doch sie ist in den folgenden Stunden und Tagen nicht alleine, wenn man hier auch nicht davon sprechen kann, dass geteiltes Leid nur halbes Leid sei. Mit drei anderen Personen teilt sie fortan das im Keller des Torhauses untergebrachte feuchte

Depenauer Gutsverließ; eingesperrt, ohne Nahrung, immer wieder auf den berüchtigten und gefürchteten hölzernen Esel festgeschnürt, dessen Oberteil so hart und schmal wie ein Brett ist, die Hände verdreht auf dem Rücken, dass schon nach kurzer Zeit die körperlichen Schmerzen unerträglich werden. Und wenn sie einmal heruntergenommen, auf dem feuchten Fußboden in der kurzen Eisenfessel an Hals und den nach hinten gedrehten Armen krummgeschlossen wird und vor Erschöpfung in einen dämmerigen Schlaf fällt, dauert der Zustand nicht allzu lange: Immer wieder folgt das Wachrütteln zur Vernehmung und die Aufforderung, endlich zu gestehen, endlich zuzugeben, dass sie sich, wie auch ihre Mithäftlinge, ganz dem Teufel ergeben hätten; sie wäre eine Hexe. Leugnen sei völlig zwecklos. Mehr als einmal lassen Schmerzen, Übelkeit, Schlafentzug und die fehlende Nahrung Trienke Palen in Bewusstlosigkeit fallen. Wieder zu Bewusstsein gekommen, folgen neuerliche Ritte auf dem hölzernen Esel. Die dünne Planke gräbt sich immer wieder tief und schmerzhafter als zuvor zwischen ihre Beine ein. Die Schultern und Armgelenke schmerzen und entlocken ihren Lippen, je länger die Stunden und Tage dahinschreiten, qualvolle Seufzer. Fast lethargisch lässt sie alles über sich ergehen. Doch der immer wieder an sie herangetragenen Aufforderung, endlich zu gestehen, hält sie zunächst trotzig stand. Nein, sie sei keine Hexe, lautet es nur unter Keuchen und Stöhnen.

Die Untersuchungskommission ist da längst anderer Ansicht, fand sich doch, wie auch bei den anderen Beschuldigten, für alle erkennbar, eine Art Stigma, ein Zeichen, dass bestimmt vom Teufel stamme. Der wallnussgroße, dicke, gefühllose Knoten am Bein Trienkes, das sei, so die Meinung, ein typisches Zeichen. Beim Durchstechen zeigte sie keinen Schmerz und kein Blut floss, das könne nicht mit rechten Dingen zugehen, darin sind sich alle einig, die sich mit der Hexengeschichte befassen, das entspreche genau dem ›Hexenhammer‹, der die Stigmata von Hexen, darunter auch gefühllose Körpermale, eindeutig beschreibt. Gutsherr Joachim von Brockdorff hatte sich in Begleitung der Untersuchungskommission selbst ein Bild davon und seinen eigenen Reim darauf gemacht.

*

Die Tage und Nächte im Verließ zehren an der schon in die Jahre gekommenen Frau, doch Trienke Palen ist zäh. Anders als ihr ebenfalls schon ältlicher Mithäftling Clas Lille, der schon nach Stunden auf dem Holzesel vor ihren Augen zusammenbrach und verstarb, ohne noch ein Wort zu sagen. Trienke muss noch mehrmals diese Art von Folter über sich ergehen lassen. Immer wieder nimmt sie auf dem hölzernen Rücken Platz, lässt sich krummgeschlossen aus dem dumpfen Schlaf reißen. Immer wieder fällt sie in Ohnmacht, in einen Starrkrampf oder fängt zu guter Letzt scheinbar grundlos an zu lachen. Dann greifen die Peiniger zum letzten Mittel. Anders als in den Städten stehen ihnen kein Streckbrett oder ein eiserner Käfig zur Verfügung, mit dem sie ihre Opfer ins Wasser untertauchen können. Sie nehmen ihre neunschwänzige Katze, die Lederpeitsche und dreschen hemmungslos auf den Rücken der auf dem hölzernen Esel festgeschnallten Frau ein. Jetzt hallen kaum einem Menschen zuzuordnende Schreie durch die Räume des Depenauer Kellerverließes. Jetzt endlich ist der Widerstand gebrochen. Der Tag ist schließlich gekommen, an dem ihr alles egal ist. Trienke Palen kann diese Torturen nicht mehr aushalten. Wie in Trance, völlig willenlos, rutschen ihr die von der Untersuchungskommission gewünschten Worte heraus, sie weiß gar nicht mehr so richtig, worum es eigentlich geht. Wenn nur einfach ein Ende abzusehen wäre. Sie plappert einfach nur die ihr in den Mund gelegten Worte nach: Ja, sie gestehe alles ihr zur Last Gelegte, ja, sie sei eine Hexe. Auch der Widerstand der anderen beiden noch lebenden Mitangeklagten, die gleichfalls die Peitsche zu spüren bekommen haben, fällt fast zur gleichen Zeit in sich zusammen. Einem Prozess steht fortan nichts mehr im Weg, der wenig später dann auch nach nur allzu bekannten Mustern abläuft.

*

Nur noch zwei Fragen sind zu beantworten, dann kann der Rittmeister Joachim von Brockdorff, Erbherr auf Gut Depenau und damit gleichzeitig für die Gerichtsbarkeit zuständig, die Akte Trienke Palen schließen. Der aus Kiel hinzugezogene und für den Bericht zuständige Notar Petzold, Pastor Kaspar Schumann aus Bornhöved, zu dessen Kirchspiel der Gutsbezirk gehört, ein zugestandener Verteidiger, der sich scheinbar ohne Absicht zurückhält, sowie die beiden Beisitzer, der Gutsverwalter und der Gärtner, bilden die Anklagebank. 70 Fragen, oftmals suggestiv gestellt, hat jeder der Beschuldigten zu beantworten, 70 Fragen, die über Leben und Tod entscheiden sollen, doch das Urteil steht eigentlich schon zu Beginn des Verfahrens fest. Lag doch das mühsam gepresste Geständnis vor, aufgrund dessen der Prozess erst stattfindet.

Zwei Fragen noch, dann hat Trienke Palen diesen Albtraum hinter sich. Die Schmerzen der Foltertortur waren am Abklingen; sie hatte ihr Bekenntnis nicht wiederrufen, sie weiß, sie hat keine Chance. Doch noch einmal glimmt so etwas wie Widerstand in ihr auf, als die Befragung ihrem Ende zustrebt. Noch einmal räuspert sich von Brockdorff, um dann, jedes Wort betonend, fortzufahren:

»In wessen Namen haben sie das Abendmahl empfangen?«

»Im Namen des Teufels« platzt es aus ihr patzig heraus.

Der Notar schreibt eifrig mit. Pastor und Gutsherr sehen sich bedeutungsvoll an. Und der Pastor, der das für bare Münze nimmt, fährt unter Kopfschütteln mit ernster Miene statt des Gutsherrn fort:

»Was haben sie dann nur für einen Genuss vom oder am Teufel gehabt?«

»Nicht so viel wie ein Staubkorn!« entfährt es spöttisch Trienkes Mund und sie sieht die ihr Gegenübersitzenden herausfordernd an.

Nun, das passt zwar nicht zum vorher Gesagten, der Gutsherr schüttelt den Kopf, aber auch so genügt es. Die Frau ist eine Hexe, sie hat zugegeben, mit dem Teufel verkehrt zu haben. Die Akte wird geschlossen und Trienke Palen wieder ins Verließ zurückgebracht.

Der nächste Beschuldigte wird aus dem Kellergelass geholt und muss dieselben 70 Fragen beantworten, wie zuvor schon Trienke Palen. Der Stolper Ove Fresen kann nicht mehr; die Torturen haben ihn mehr gezeichnet als die Frau. Er würde alles gestehen, und überhaupt, die gestellten Fragen sind für ihn oft nur noch schwer zu verstehen; die Müdigkeit, die Schmerzen, der Schädel brummt. So richtig funktioniert der Verstand nicht mehr. Gebeugt sitzt der Befragte mit glasigen und immer wieder zufallenden Lidern am Tisch und droht immer wieder nach vorne zusammenzusinken. Immer wieder versucht er sich ein wenig aufzurichten und den ihm direkt Gegenübersitzenden in die Augen zu sehen. Es gelingt nicht. Alles ist wie in Trance, wie ein schlechter Traum um ihn herum. Tonlos beantwortet er die vom Gutsherrn an ihn gerichteten Fragen, ohne noch viel zu überlegen. Immer wieder einmal wird der Redefluss durch Pausen unterbrochen und er holt tief Luft.

»Sie sind also vom Teufel besessen?«

»Wohl … ich glaub schon.«

»Und wie heißt er denn?«

»... Clas ... mein ich.«

»Können Sie zaubern?«

»Ja ... wahrscheinlich ... wohl.«

»Und, was ist Zaubern eigentlich?«

»– ... Keine Ahnung! ...« –

Pastor und Gutsherr schütteln den Kopf. Es ist doch rein zum Verzweifeln mit den Beschuldigten. Mal geben sie etwas zu, und dann beim Nachhaken, wieder nichts. Es kommt immer nur halbe Information. Joachim von Brockdorff wendet sich wieder an Ove Fresen.

»Haben Sie auch einen zweiten Teufel mit Namen Lodion besessen?«

»... Ja ... aber nich lange.«

»Aha! – Worum heff se denn...,« – Der Pastor wendet unvermittelt den Kopf und sieht Gerichtshalter von Brockdorff unter leichtem Kopfschütteln mit einem missbilligenden Blick an, der ganz in den Jargon zu verfallen droht, mit dem er seine ihm gehörenden Leibeigenen sonst nur anspricht, dem Plattdeutschen. »Hm – ich meine,« fährt er mit einem kurzen Blick zum Pastor gewendet fort, »warum haben sie nicht an einem Teufel genug gehabt?«

»Ich versteh es doch auch nich; ... immer wenn mehrere Teufel gekommen war'n, musste ich sie doch annehm'n. ... Sie hab'n mir ja sofort ... immer schon ... das Zaumzeug um'n Kopf geschlungen.«

»Wann haben Sie sich immer dem Teufel ergeben?«

»Immer am Tag, ... die Stunde weiß ich nich mehr. – Der eine hat sich ja Clas genannt ... und sah ganz wie'n Mensch aus, ... so mit ledernen Hosen und weiß'm Hemd.«

»Haben Sie auch die Trinität, Gott und seine Dreieinigkeit abgeschworen?«

»Nein!« – Ove Fresen schüttelt langsam aber entschieden den Kopf.

Pastor Schuhmann, bisher nur Zuhörer gewesen, ergreift das Wort, noch bevor der Gutsherr in seinen Fragen weiter vordringen kann.

»Sagen Sie die Wahrheit Ove, der Teufel hat sie doch bestimmt dazu verleitet, Gottes Dreifaltigkeit abzuschwören? Heraus mit der Wahrheit!«

»Nein, nein, … hab … hab ich nich, … wirklich nich! Ich bin doch ein Christ … keiner der beiden Teufel hat mich je dazu gezwungen, … sie können mir wirklich glaub'n! … Wirklich! – Herr Paster, sie können das doch selbst bezeugen.« – Mit einer kaum vernehmbaren Wendung scheint Ove Fresen sich Kaspar Schumann zuwenden zu wollen, doch unterbleibt es letztlich und so starrt er weiter leicht gebeugt vor sich auf den Tisch. Leise kommen die Worte; er versucht sich merklich zu konzentrieren: »Ich bin doch immer wieder in der Kirche gewesen … auch beim Abendmahl. … Hab doch dem Paster auch immer mal wieder geholfen … hab sogar Wein fürs Abendmahl aus der Stadt hergeholt … Herr Paster, … dass wissen sie doch, … wie oft hab ich … noch nach dem Abendmahl … Wein und Bücher nach der Kanzel gebracht!« – Kaum vernehmbar fügt er hinzu: »Selbst zu der Zeit, als mich … Clas geritten hatte.«

Vom Gerichtshalter von Brockdorff fragend angesehen, lässt Pastor Schuhmann nur eine abwehrende Handbewegung und eine leichte Kopfbewegung erkennen. Er wolle nicht weiter auf die Sache eingehen. So ist es wieder am Gutsherrn, die Befragung fortzusetzen.

»Der Teufel hat dich doch bestimmt mit einem Zeichen versehen! Die dicke Beule da hinten am Kopf am Haaransatz, das ist doch bestimmt so ein Zeichen, wie bei der Trienke die Beule am Bein, nicht.«

»N–nein, die Beule is doch'n Geschwulst. … Hab ich schon von Jugend an. … Wirklich!«

»Se hefft doch 'wiss … äh … Vieh haben sie doch bestimmt

verhext und umgebracht. Denk an den Vorfall auf meiner Weide!«

»– ... Ich hab doch nur drei kleine Kälber und einmal zwei Pferde verflucht, ... der Teufel soll ihnen doch die Hälse umdrehen, ... die wollten doch nich ... so, wie sie sollten ... wollten doch nich ... von der Weide ... waren doch so störrisch. ... Wenn sie später ... gestorben sind, ... so hab ich sie ... denn ja ... wohl auf dem Gewissen.« Mit einem Achselzucken sinkt Ove Fresen in sich zu zusammen.

»Ah!«

Joachim von Brockdorff wendet sich sofort dem Notar zu und dringt in ihn, letztere Aussage genau festzuhalten. So wie ihm ein Zeuge den Vorfall zugetragen hatte, schien Ove und sein Fluch mit dem Tod seiner Tiere ja in Zusammenhang zu stehen. Er musste ihn also als ein mit dem Teufel in Verbindung Stehender anklagen. Jetzt ist das Geständnis, ist die Bestätigung für alle Zeiten dokumentiert. Er wendet sich dem nächsten Thema zu.

»Wie oft, sind sie auf dem Blocksberg gewesen?« – Ove versucht sich einen Augenblick zu besinnen, doch ein klarer Gedanke will sich in seinem Gehirn nicht mehr recht fassen lassen. Hatte er es selbst erlebt oder ist die Fantasie nur von einer Predigt angeregt worden? Er weiß es nicht mehr.

»Nich mehr als einmal, ... ehrlich! ... Es war dort so ein Gewimmel von Menschen. ... Es war nich ... zum Aushalten.«

»Ja, da siehst du, wie es in der Hölle aussieht. Davon musst du doch schon zuvor mal gehört haben!«

»Ja ... in 'ner Predigt ... schon.«

Noch ein paar Fragen und Antworten wechseln zwischen Gerichtsherr und dem Beschuldigten hin und her, dann schließt der Notar auch über Ove Fresen die Akten. Bleibt noch Antje Kummerfeld aus Horst. Auch ihr werden an die 70 Fragen vorgelegt, auch hier bleiben die Antworten mal vage, mal deutlich, mal verschroben, kaum auf das Gewünschte und Erhoffte eingehend. Wie bei den beiden zuvor Befragten erkennt Joachim von Brockdorff auch hier die volle Schuld an. Auch Antje Kummerfeld wird als Hexe aktenkundig. Der Gerichtsherr ist zufrieden. Wieder einmal hat sich die vermeintliche Wahrheit durchgesetzt. Nachdem er die Protokolle des Notars noch einmal überflogen und dann unterschrieben hat, übergibt er sie ihm, um den weiteren Vorgang einzuleiten.

Einen Tag später in Kiel, sucht Notar Petzold die zuständige juristische Fakultät der Universität auf. Mit den Urteilen, den Geständnissen der der Hexerei Beschuldigten, kommt dem Vorsitzenden Dekan als zuständiger Untersuchungsrichter eigentlich eine Menge Arbeit auf den Tisch, wenn, ja wenn es nach dem vorgeschriebenen Rechtsweg gehen würde. Es wäre zu prüfen, ob Folter eingesetzt worden sei, ob die Geständnisse somit überhaupt genutzt werden können. Falls die Geständnisse aus freien Stücken erfolgten, müssten die den Vernehmungsprotokollen zu entnehmenden Aussagen auf ihren vollen Wahrheitsgehalt hin überprüft werden. Doch wie seit vielen Jahrzehnten in allen deutschen Landen setzt sich auch in Kiel der Dekan der juristischen Fakultät an der Universität in Hexensachen über das Recht hinweg. Er nimmt den Kausalzusammenhang zwischen Beschuldigung und Geständnis hin und beruhigt sein Gewissen mit den vorliegenden Aussagen der drei angeblich Überführten. Nach erfolgter Durchsicht der Akten fällt der Dekan am 19. November 1678 eindeutig und unumkehrbar das Urteil über die drei Beklagten: Nach zuvor eingeholtem Rat wird beschlossen, »weil Angeklagte, wegen ihres Abfalls von dem lieben Gott, gemachter Verbindnis mit dem leidigen Satan, begangene und unmenschliche Unzucht«, sie mit »dem Feuer vom Leben zu Tode abzustrafen und hinzurichten« seien.

Zwei Wochen später, am 3. Dezember, tragen einige Knechte auf Anweisung des Depenauer Gerichtsherrn Joachim von Brockdorff unweit von seinem Gut auf dem ›Totenberg‹ dürres Holz zusammen und schichten es zu großen Haufen um drei hölzerne Pfähle. Dann werden die Verurteilten, Trienke Pahlen, Ove Fresen und Antje Kummerfeld, auf einen Ochsenkarren herangebracht und die Exekution nimmt ihren Lauf. Geschwächt durch die Folter, durch die Verhöre, nur mit wenig Essen und Trinken gespeist, können sie kaum noch aufrecht stehen. Hilflos und willenlos lasse sie sich an die Pfähle binden. Erst als das Feuer im trockenen Gestrüpp der Scheiterhaufen zu ihren Füßen zu knistern beginnt und erste aufwirbelnde Funken an Kleidung, Gesicht und Haar sengen, kommt wieder Leben in die Personen. Erst lässt der Qualm sie husten, unter zunehmendem Röcheln holen sie Luft, dann entringt sich ihnen ein Stöhnen, dann folgen erste Schreie. Die Feuerzungen fangen an, an den Kleider zu lecken. Der Gutsherr wendet sein Pferd und reitet davon; seine Leute drehen sich um und treten den Heimweg an. Je weiter sie sich vom Exekutionsort entfernen, umso lauter scheinen ihnen die Schreie noch einige Zeit in den Ohren nachzuklingen. Oder rührt es nur durch ihr schlechtes Gewissen her? Dann herrscht Ruhe. Am folgenden Tag erteilt der Gutsherr zwei Knechten die Aufgabe, die Überreste im Moor zu verscharren.

*

Noch einmal, 1687, tritt die oberste Staatsmacht, in Vertretung des Gerichts- und Gutsherren Joachim von Brockdorff, als Mordwerkzeug auf. Noch einmal werden drei in die Jahre gekommene Frauen der Hexerei beschuldigt. Auch jetzt hält sich der den Angeklagten zugestandene Verteidiger geflissentlich zurück, hört er doch während der inquisitorischen Befragungen mit eigenen Ohren, wie die Beschuldigten zugeben, sich von Gott ab und dem Teufel zugewandt hatten. Nein, er kann und will zu ihrer Verteidigung nichts beitragen, außer, nun ja, außer vielleicht, dass es sich bei den Beschuldigten nur um alte, einfältige Bauersfrauen handele. Auf solcherart Spitzfindigkeit lässt sich allerdings das Gerichtskomitee um den Gutsherrn nicht ein. Am 21. September des Jahres lodern erneut die Reisigbündel auf dem Depenauer Totenberg. Antje Sieck, Lehnke Schramm und Grete Dohsen erleiden den Feuertod.

*

Die Zeiten änderten sich. Je näher das neue Jahrhundert heranrückte, umso öfter reagierten die in den Städten residierenden Aufsichtsbehörden und der König im fernen Kopenhagen und erkannten ungeprüfte Geständnisse, vor allem solche, die unter Folter entstanden, nicht mehr uneingeschränkt an. Im Gegenteil: Besonders die im Vergleich zum übrigen Land überdurchschnittlich häufig durch Gutsherren durchgeführten Hexenprozesse wurden zunehmend fein säuberlich kontrolliert. Und als zwei Landadlige gar wegen Rechtsbeugung zu Geldstrafen verurteilt, ihnen auch die Gerichtsbarkeiten über ihre Gutsbezirke aberkannt wurden, gab es fortan keine Todesurteile von Seite der Gutsbesitzer mehr. Auch in den abseits der Verkehrsströme gelegenen Regionen wurde den neuen Gegebenheiten zunehmend Rechnung getragen, wenn auch nicht direkt davon gesprochen werden konnte, dass das neue Vorgehen so recht vor Ort angenommen wurde. Dass das Denken sich in Sachen Hexenverfolgung im Zuge der Aufklärung geändert hätte, war eher ein Schein, war dem vonseiten des Königs ausgeübten Druck geschuldet, die Macht und den Einfluss der Gutsbesitzer zu beschneiden. Das Verharren in der alten Sichtweise blieb durchaus im Volk lebendig – und auch beim Gutsherrn.

Wenn einem Bauern unverschuldet eine Kuh oder ein Pferd wegstarb, so wurde wie ehedem, und das noch Generationen später, eine Person der Hexerei verdächtigt. Und auch Joachim von Brockdorff machte davon reichlich Gebrauch. Nahm er früher gerne das Gerede des Volkes oder den direkten Vorwurf zum Anlass, jemand hätte einen Pakt mit dem Teufel geschlossen – erstaunlicherweise handelte es sich dabei immer um alte Menschen, für ihn nutzlose, von seinem Gut mitzuversorgende Esser –, so hatte er später seinen Frieden mit der neuen Sicht der Dinge geschlossen. Fortan genügte allein sein Vorwand, die Untertanen hätten ihm Kühe totgehext, so nahm er sie ihnen, um seinen Verlust zu ersetzen. Merkwürdig war es nur, dass es sich bei diesen besonderen Fällen immer um die besten Exemplare der Bauern handelte, die er an sich nahm. Immerhin –: Anschuldigung hin oder her, niemand verlor fortan sein Leben.

Mit der Zeit breitete sich der Mantel des Schweigens über dieses unappetitliche Kapitel der christlichen Menschheitsgeschichte aus. – Die Rehabilitation der wegen angeblicher Hexerei Verurteilten und grausam durch Feuer Ermordeten steht allerdings immer noch aus. Die Urteile haben nach wie vor ihre Gültigkeit.

Eine Stadt vor der Pleite.
Der Stadtkassendiebstahl zu Lübeck, 22. Oktober 1815

Das Vogelschießen

Es waren bedrückende Zeiten gewesen, die die Stadt an der Trave während der napoleonischen Besetzung durchlitten hatte. Die Abgaben an Steuern und an Männern, die in der verhassten französischen Armee dienen mussten, waren hoch. Doch mit dem in den Weiten und an der sprichwörtlich sibirischen Kälte Russlands gescheiterten Feldzug und der sich daran anschließenden Niederlage des großen Imperators in der Völkerschlacht bei Leipzig 1813 setzte nur zu bald der Niedergang des Kaiserreiches ein. Selbst ein Jahr danach lastete die Befreiung noch schwer auf den Menschen. Hatten sich doch französische Truppen und mit ihnen Verbündete aus Lübeck und Hamburg ins Holsteinische zurückgezogen. Russische und schwedische Verbände waren anschließend auf der Verfolgung weit ins Landesinnere vorgestoßen und hatten auch hier alles besetzt. Alle Städte und viele Dörfer ächzten unter der zwangsweise angeordneten Unterbringung und Verpflegung der Befreier. Erst Ende des Jahres 1814, als sich die Neuordnung Europas abzeichnete, verließ ein Regiment nach dem anderen den Norden Deutschlands. Zurück blieben ausgeplünderte Kassen, kaum Nahrungsvorräte für die Versorgung im kommenden Winter geschweige denn für die nächste Saat. Zurück blieben auch viele Familien, die ihre zukünftigen Ernährer, ihre Söhne im Russlandfeldzug verloren hatten. Der Sinn nach Feiern stand nach diesen umwälzenden Zeiten nicht gerade im Vordergrund. Oder etwa doch? Vielleicht war es gerade jetzt notwendig, dem Volk etwas Ablenkung aus der Trübsal und von all der erlittenen Pein zu bieten? Was lag da näher, als an alte, jahrhundertelang durchgeführte Traditionen anzuknüpfen, welche die napoleonische Verwaltung 1807 abgesetzt hatte. Und so wurde nach Jahren das erste Schützenfest 1815 gleichsam als Befreiungsfest initiiert.

*

Es ist Sonntag nach Johanni, der 25. Juni, als am Nachmittag zahlreiche Menschen dem Schützenhof zustreben, wo sich sonst die Mitglieder der Lübecker Handwerkerschaft getrennt nach Zünften alle vierzehn Tage im Scheibenschießen üben. Das Gedränge ist groß, denn Jung und Alt sind voller ungeduldiger Erwartung und versuchen den besten Blick auf eine Szene zu genießen, die zum Beginn des Schützenfestes früher immer dazugehört hatte: die Weihe des buntscheckigen ›Hansnarrens‹, der mit seiner rot-weiß gestreiften Jacke und Kniehose, mit gelber Weste, einem roten und einem weißen Kniestrumpf, den Kopf mit einer von Federn, Schellen und silbernen Münzen versehenen Narrenkappe, in den Händen ein Pritschenholz und eine Peitsche haltend, für die kommenden vier Tage mit seinen derben Späßen für Belustigung sorgen soll. Nachdem die um 16 Uhr beginnende Zeremonie abgeschlossen ist, ziehen die Abordnungen der Zünfte vom Schützenhof aus der Stadt zum Holstentor hinaus. Das Volksfest ist eröffnet. Wenn auch das eigentliche Wettschießen erst am Montag starten wird.

Für die kommenden Tage locken fortan Buden und Zelte mit Essen, Musik und Tanz. Alle Schulen bleiben während der tollen Tage geschlossen, jegliche Arbeit in den Handwerksbetrieben ruht und auch der Handel in der Börse ist ausgesetzt. Dagegen scheint die gesamte Stadtbevölkerung während dieser Zeit auf den Beinen und genießt zum ersten Mal nach den schlimmen Jahren die neu erlangte Freiheit. Immer wieder ziehen Gruppen des Stadtmilitärs oder rumpeln Kutschen der Handwerksabordnungen unter Paukenschall und Trompeten entlang der engen Gassen, vorbei an gesäuberten, manchmal auch frisch getünchten, mit Fahnen geschmückten Häusern.

Auf dem Festplatz vor dem Holstentor scheint es tagsüber kein Durchkommen zu geben. Alles drängt sich an die Buden und in die Zelte, wo die Schützengilde alles unternimmt, den Gästen eine ordentliche Sause zu bieten. Für das leibliche Wohl ist ausreichend gesorgt. Die Tische biegen sich unter Weinkruken und schweren Kuchenplatten. Andernorts liegen Käsestücke neben gekochten Eiern, geräucherte Schinken neben groben Mettwürsten. Die Menschen drängen sich davor und lassen sich durch die lang entbehrten Gerüche dazu verleiten, für ein paar Schillinge zuzugreifen. Was solls, man lebt nur einmal. Bier und Schnaps fließen reichlich und an den Tischen der Spieler versuchen zahlreiche Menschen ihr Glück beim Karten- oder Würfelspiel. Erst wenn die Glocke vom Holstentor die Sperrstunde verkündet, beginnt sich der Platz langsam zu leeren. Doch manch einer, der seinen Rausch seitab im Schutz von Büschen ausschläft, wankt erst mit dem einsetzenden Morgengrauen vom Festplatz.

Und zwischen all dem Gewusel taucht immer wieder einmal der ›Hansnarr‹ auf, seine derben Späße vor allem mit den begüterten Bürgern treibend. Und wenn er schließlich von einer Person ablässt, geschieht es nie, ohne zum Schluss die Hand aufzuhalten. Denn ihm ist zusammen mit seinem Amt als Einziger das Privileg zum Betteln verliehen worden. Auch wenn die Späße meist auf Kosten der Person gehen, so lassen die es sich nicht nehmen, anschließend in den Beutel zu greifen und sich erkenntlich zu zeigen. Narr sein, ist eine anstrengende Aufgabe, aber auch eine einträgliche. Denn in den vier tollen Tagen erbettelt er so viel, dass er ein ganzes Jahr davon leben kann.

Es ist der letzte Tag des bunten Festes. Es dauert nicht mehr
lange, dann wird der letzte Schuss endgültig den immer kläg-
licher werdenden Rest des hölzernen Vogels herunterholen und
somit den neuen Schützenkönig bestimmen. Alle wollen jetzt
dabei sein, niemanden hält es mehr an den Buden zurück. Und
während so das Gedränge um den Schützenhof nahezu lebens-
gefährliche Zustände angenommen hat, liegen zwei Männer
in gehörigem Abstand unter einer Eiche auf dem Boden und
beobachten missmutig das immer wilder sich gebende Treiben. Es sind der ehemalige Bäckergeselle und Gelegenheitsar-
beiter Christian Michael Tillack und der Zimmergeselle Jürgen Christian Petersen, die beide schon mehrfach wegen Va-
gabundieren und Diebstahl Bekanntschaft mit den Behörden
gemacht haben. Im Gegensatz zu den Menschen, die sie beobachten, ist ihnen nicht nach Feiern zumute. Ihre Taschen sind
wieder einmal nahezu leer. Einer richtigen Beschäftigung gehen sie zurzeit nicht nach. Gerne würden auch sie jetzt ein paar
überzählige Münzen in ihren Händen verspüren. Schließlich
wendet sich Tillack an seinen Freund, blickt ihn an und sagt in
einem mehrdeutigen Satz, dass sie sich doch einmal die zum
Leben benötigte Münze nicht nur löffel- sondern gleich schef-
felweise nehmen sollten. Nachdem Christian Petersen ihn be-
griffsstutzig anstarrt und um Aufklärung des Gesagten bittet,
rückt Tillack, die Umgebung aufmerksam musternd, damit
heraus, dass er einen »größeren Griff« plane. Petersen erklärt
sich sofort zum Mitmachen bereit. Doch bevor er noch Näheres erfährt, erhebt sich sein Nebenmann und steuert auf einen
ihm Unbekannten zu, der sich aus dem Menschengewühl in
ihre Richtung herauslöst. Petersen steht ebenfalls auf, klopft
sich den Staub aus der Hose und eilt hinter seinem Kumpan
her. Tillack und der Fremde scheinen sich allerdings wie alte
Freunde gut zu kennen, wie der herzlichen Begrüßung beider
zu entnehmen ist. Als Petersen herankommt, wird ihm Hans

Joachim Fromhagen vorgestellt, ein ehemaliger Hausierer, Krugwirt und Pferdehändler, der auch schon seine einschlägigen Erfahrungen mit der Polizeibehörde hinter sich hat.

Gemeinsam gehen sie zum Kirchhof von St. Lorenz, wo sie schon bald abseits am Boden hockend eine Unterhaltung über die »ungleiche Verteilung irdischer Güter« führen und wie es gelingen könne, diese Ungerechtigkeit in ihrem Sinn abzustellen. Während die anderen beiden nur wenig sagen, hin und wieder ein paar Einwendungen von sich geben und Fragen äußern, führt Christian Tillack das Wort. Auf alles hat er eine Antwort parat. Der von ihm dargelegte Plan scheint schon gut durchgearbeitet zu sein. Kaum ist eine Stunde verstrichen, da verlassen die drei Männer den Kirchhof wieder, suchen gemeinsam einen Krug auf, legen ihre letzten Schillinge zusammen und stoßen auf das Gelingen ihres ausbaldowerten Vorhabens an. Doch erst einmal heißt es, so schwer es ihnen auch fällt, sich in Geduld zu üben. Der richtige Zeitpunkt steht noch nicht fest. Erst müssen die Tage auch wieder kürzer werden.

Einbruch und Diebstahl

Es ist Freitag, der 20. Oktober. Im Lübecker Rathaus ist kurz vor dem Wochenende noch einmal viel Publikumsverkehr. Es fällt nicht weiter auf, als zwei Gestalten, davon der eine mit einem länglich dünnen Sack unter dem Arm, in das Gebäude eintreten, ihre Blicke aufmerksam hierhin und dorthin schweifen lassen, langsam schlendernd ihren Weg aufnehmen. Es scheint, als suchen sie das richtige Zimmer. Doch weit gefehlt. Ihre Blicke gelten einem passenden Versteck: einem Platz, an dem das aufmerksame Auge der im Haus Beschäftigten nicht stutzig wird, wo der grob gewirkte Stoff des Sackes nicht gleich Aufmerksamkeit erregt. Nach nur kurzer Zeit werden sie fündig. Vor einem Bürozimmer steht eine Bank. Sie mustern die Umgebung. Niemand zeigt sich hier auf dem Flur und schnell schreiten beide auf die Bank zu. Ein leichter Ruck und das Möbelstück gibt am Fußpunkt seitlich einen ausreichenden Spalt frei. Der schmale Sack verschwindet mit einem dumpfen Klirren zwischen den Seitenwangen. Dann wird die Bank wieder an die Wand gerückt und beide Personen schlendern wieder dem Ausgang zu. Der erste Schritt ist getan.

In der Dunkelheit des folgenden Tages, um 20 Uhr, macht sich eine Person an der Eingangstür der neben dem Rathaus gelegenen Börse zu schaffen. Unter der Achsel klemmt ein Holzbohrer. Nahezu geräuschlos werden ein paar Dietriche im Schloss ausprobiert, dann gibt die Eingangstür nach. Doch mehr als eine Handbreit stößt er sie nicht auf, um sich sofort umzudrehen. Mit dem Rücken zur Tür starrt die Person in die Finsternis, aus der nach kurzer Zeit zwei weitere Gestalten, der eine mit einer mit Klötzen versehenen langen Latte auf der Schulter, der andere ein Seil um dieselbe hängend, vor dem Eingang auftauchen. Anscheinend kennen sie sich. Wenn sie auch grußlos an ihm vorbeimarschieren, so scheint doch eine kaum merkliche aber warnende Geste ihm zu gelten. Der Erste zieht sofort die Tür wieder ins Schloss und entschwindet in die entgegengesetzte Richtung. Anscheinend ist Gefahr im Anzug.

Nach einer Stunde lungern die drei Gestalten mit ihren Gerätschaften wieder am Marktplatz herum. Wieder begibt sich der Mann mit den Nachschlüsseln als Erster zum Gebäude. Diesmal geht es mit dem Öffnen der Eingangstür schnell und in wenigen Minuten verschwindet einer nach dem anderen in der Börse. Hinter dem Letzteren fällt die schwere Eichentür wieder ins Schloss. Jetzt tut der Dietrich von innen seinen Dienst. Zurück bleibt ein einsamer und ruhiger Marktplatz, so als wäre nichts Besonderes gewesen. Doch im Inneren des

Gebäudes geht es umso hektischer zu. Der Herr über die Dietriche eilt umgehend zur Tür, die zum Kirchhof an der Marienkirche hinausführt, schließt sie auf, strebt dann der gegenüberliegenden Gebäudeseite zu, um auch dort das Schloss der Tür, die zum Krambudenplatz führt, zu entriegeln. Währenddessen ist die Latte, deren aufgenagelte Klötze gleichsam als Trittsprossen genutzt werden sollen, in Stellung gebracht. Einer nach dem anderen klettert in die Höhe auf die Galerie der Börse und huscht ohne Umschweife weiter zu einer Glastür, die ins Rathaus führt. Kein Schloss hindert sie jetzt am weiteren Vordringen. Nur ein einfacher, auf der Seite der Börse angebrachter verschiebbarer Riegel dient hier als Verschluss. Schon stehen die drei Männer im Machtzentrum der Stadt. Die Zeit hat gereicht. Die innere Anspannung weicht. Jetzt können sie es etwas ruhiger angehen lassen. Wenn um 22 Uhr der in der Nähe wohnende Nachtwächter mit seinen Runden um Börse und Rathaus beginnt, sitzen sie wie die Maden im Speck. Damit ist der erste Teil ihres Planes genau aufgegangen. Und noch etwas Wesentliches zeigt sich bei diesem Unternehmen als perfekt vorausgesehen: Keine Wolke am Himmel dämpft den Schein des Vollmondes, der für ein durch die Scheiben ausreichendes Dämmerlicht im Inneren sorgt.

Einer der Drei begibt sich ins Parterre des Rathauses und holt den am Tag zuvor deponierten Sack hinter der Bank hervor. Wieder bei den anderen angelangt, gehen die Eindringlinge weiter zum Zimmer der Stadtkasse. Dort angekommen findet das bisher schnelle Vordringen erst einmal ein Ende. Die schwere, eichene Tür ist mit einer dicken, eisernen Querstange gesichert, deren freies Ende in einer Öse ausläuft, durch das ein wahrhaftes Monstrum von Hängeschloss gezogen wurde. Die andere Seite des Schlossbügels verläuft durch eine daumendicke Krampe an der Wand. Ohne noch zu überlegen greift der Eine zu seinem Bund mit Dietrichen. Doch welchen er auch ansetzt, keiner passt. Nervosität breitet sich bei ihm aus. Schließlich beginnt er völlig widersinnig am Hängeschloss und der Eisenstange zu reißen. Der Mann mit dem Sack unterm Arm schiebt ihn beiseite. Ein Griff in den groben Stoff hinein bringt zwei an einem Ende krumm gebogene Brechstangen, sogenannte »Kuhfüße«, hervor, das scheinbar einzig richtige Hilfsmittel, das jetzt zur Anwendung kommen muss. Zu zweit versuchen sie nun die Eisenstange krumm zu biegen und damit die Öse oder das Schloss aufzusprengen. Doch es will sich kein Erfolg einstellen. Weder die Stange noch das Schloss geben nach und auch nicht die Krampe in der Wand. Sie halten erst einmal inne. Und während die Männer sich verschnaufen, überlegen sie den nächsten Schritt.

Nachdem bis hierher alles glatt und ohne Probleme verlief, kann es das ja nicht gewesen sein. Mit den Brechstangen in ihren Händen starten sie einen neuerlichen Versuch, in das Zimmer der Stadtkasse zu gelangen. Diesmal hämmern sie immer abwechselnd neben der Türeinfassung auf die Wand ein, um ein Loch hindurchzuschlagen. Doch die Steine sind fest gefügt. Und als sich dann doch endlich einer lockert und herausgenommen werden kann, da zeigt sich dahinter eine dicke Eichenbohle im Loch. Sofort ist ihnen klar, mit ihren Brechstangen ist es unmöglich, diese zu durchstoßen. Und wenn zur Einbruchsicherung in der gesamten Wand Bohlen eingelegt sind? Nicht auszudenken. Sie beratschlagen noch einmal, dann versucht sich einer der drei Männer mit seinem Brecheisen an der in die Wand eingelassenen Krampe. Unter großer Anstrengung gelingt es nach endlos sich dahinziehenden Minuten, die Krampe zu lockern, etwas zu verbiegen und schließlich völlig aus der Wand zu reißen. Eisenstange samt Schloss klappen zur Seite. Der erste Schritt ist getan.

Das Türschloss selbst bleibt unangetastet. Dem Herren der Dietriche scheint klar zu sein, dass er als Experte hier schei-

tern würde. Und so macht sich der Mann, der sonst für das
Öffnen der Schlösser verantwortlich war auch ohne Umschweife an anderer Stelle ans Werk. Mit Hilfe des mitgeschleppten
Holzbohrers beginnt er, direkt unterhalb des Schlosses, ein
daumendickes Loch ins Holz zu senken. Das gut geschärfte
Bohrwerkzeug hat mit dem Eichenholz der Tür kein Problem.
Nachdem das Loch hindurchgetrieben ist, holt der Einbruch-
experte ein Federmesser aus seiner Hosentasche und erwei-
tert die Öffnung im vorderen Bereich zu beiden Seiten. Schließlich nickt er befriedigt, dreht sich um und gibt einem seiner
Kumpane, der noch einen der »Kuhfüße« in der Hand hält und
aufmerksam dem ganzen Vorgang zugesehen hatte, ein Zeichen. Sofort führt der den gekröpften Teil der Stange ins Loch.
Und während der Erste sich von seiner Bohrtätigkeit erholt,
stützen sich die beiden anderen mit ihren Körpergewichten
auf das Ende der Stange, deren Klaue im Bohrloch genau von
unten an den eisernen Schlosskasten stößt. Ohne ein Wort arbeiten sie. Nachgeben und wieder das Gewicht auf das Brecheisen verlagern geschieht wie ein Uhrwerk. Zunächst ist kein
Laut zu vernehmen. Dann knarrt und knistert es um die
Schlosstasche herum. Ein letzter Ruck, ein letztes Hebeln und
das Holz um das Schloss zersplittert geräuschvoll. Unter me-
tallischem Geklirr fällt der aus Falle und Türblatt herausgeris-
sene Eisenblock auf den Boden und die Tür öffnet sich knar-
rend. Der Weg ins Zimmer der Stadtkasse steht den drei Männern offen. Werden sich ihre Träume erfüllen?

Ins Zimmer eintretend und sich im Dämmerlicht umblik-
kend, fällt ihr Blick auf – leere Regale; nichts, kein loses Geld
ist zu sehen. Es wäre auch zu einfach gewesen. Also heißt es
jetzt wohl, wieder die Brecheisen zu benutzen. Sie wenden ihre
Aufmerksamkeit zunächst einer schweren, mit drei Vorhän-
geschlössern gesicherten, auf dem Boden stehenden Truhe zu.
Die Brecheisen leisten hier ganze Arbeit. Innerhalb kurzer Zeit

sind die Schlösser aufgehebelt. Den Deckel aufreißend, finden die Drei nach all der schweigsam und verbissen geleisteten Arbeit etwas Zeit für ein paar, wenn auch unterdrückte, Freudenrufe. Neben zusammengelegten Geldbeuteln lachen ihnen lose Geldmünzen entgegen. Sie schlagen sich gegenseitig auf die Schultern. Doch der Gefühlsausbruch ist in Sekunden kaum messbar. Schon greift sich jeder einen ersten Beutel und beginnt mit dem Einfüllen des Hartgeldes. Nur vom Gewicht her betrachtet, ist das nicht zu verachten. Doch als alles verstaut ist, bleibt ein Gegenstand zurück, der die bisherige Beute noch in den Schatten stellen wird. Vor ihnen liegt einer der besonderen Schlüssel, dessen mehrfach gebogener Bart nur zu einem besonders gesicherten Schloss gehören kann. Und davon gibt es im Raum durchaus eines, das des großen Standschranks. Umgehend versucht sich der Schlüsselexperte mit dem Fund. Klickend gibt die Verriegelung nach. Die Flügeltür aufreißend fallen ihre Blicke auf die ausnahmslos gefüllten, leicht durchgebogenen Regale: Griffbereit reiht sich hier Beutel an Beutel, so als ob sie auf ihren Abtransport durch die drei Männer nur gewartet hätten. Alle drei sehen sich an, ihre Gesichter verziehen sich zu einem Grinsen. Ihre Hände streichen immer wieder über die Beutel, immer wieder wird einer in die Hand genommen, bis einer der Eindringlinge zum Innehalten und Vesper mahnt, untermalt mit einer Geste von Trinken, das seine Kumpane umgehend zur Besinnung bringt.

Es ist noch früh am neuen Tag und ausreichend Zeit, sich erst einmal eine Auszeit zu gönnen und zu stärken. Für den vor ihnen liegenden Rückweg bedarf es erneuter Konzentration und ausreichend Kraft. Sie setzen sich auf den Fußboden und holen aus ihren Jackentaschen jeder einen Kanten Graubrot heraus. Schweigend mümmeln sie vor sich hin, jeder seinen eigenen Gedanken nachhängend. Der Mann mit den Dietrichen greift währenddessen noch einmal in eine seiner Jak-

kentasche und zieht eine kleine Flasche mit Branntwein heraus. Der »Plop« des Bügelverschlusses reißt seine beiden Be-
gleiter aus ihren Träumen. Verlangend blicken sie ihn an. Doch
erst, als er angestoßen wird, bemerkt der Genießer den Wunsch
der anderen. So macht die Flasche ihre Runde, bis zum letzten
Tropfen. Schließlich steht der erst auf und schüttelt seine Beine und Arme. Die anderen folgen. Jetzt gilt es.

Sie verstehen sich auch ohne Worte. Jeder greift sich zwei
Beutel und schleppt sie denselben Weg zurück, den sie auf ihrem Hinweg genommen hatten. An der Galerie in der Börse
angelangt, wird die Beute am Geländer vor der Kletterhilfe erst
einmal aufgestapelt. Bis alles Geld aus der Stadtkasse entfernt
ist, geht es mehrmals hin und zurück. Und während zwei sich
langsam an der Latte wieder ins Parterre herunterbegeben,
bleibt der Mann mit dem Seil noch auf der Galerie stehen,
nimmt sein Hilfswerkzeug von der Schulter, knotet zwei Beutel ans Ende und lässt sie in die Tiefe. Unten werden sie schon
im Empfang genommen. Dies dauert dann doch etwas länger
als gedacht, aber um keinen Lärm durch auf den Boden schep-
pernde Beutel zu erzeugen, werden die Knoten immer noch
einmal wieder kontrolliert. Schließlich ist auch das Werk vollbracht und alle drei schaffen im Erdgeschoss die prall gefüllten Säcke zur Tür, die zu den Krambuden hinausführt.

Der Mann mit dem Seil schneidet drei annähernd gleich-
lange Stücke heraus und knotet an jedes Ende einige Beutel
fest. Während er akribisch einen Knoten nach dem anderen
anlegt und überprüft, lassen sich seine beiden Kollegen daneben mit dem Rücken an eine Wand gelehnt auf den Fußboden
nieder. Jetzt kommt die schlimmste Zeit des ganzen Unter-
nehmens. Die Anspannung weicht etwas, da ein wesentlicher
Schritt getan ist. Doch jetzt gilt es geschlagene zwei Stunden
wach zu bleiben. Und hier, in der Nähe der Tür, können sie
sich auch nicht unterhalten. Zu leicht könnte doch einmal et-

was nach draußen dringen und der immer wieder vorbei-
schlendernde Nachtwächter aufmerksam werden. Erst um fünf
Uhr morgens wird sich der Wächter wieder zurückziehen. Erst
danach können sie aus dem Haus heraus. Die Zeit scheint sich
unendlich lang dahinzudehnen. Dann endlich vernehmen sie
den herbeigesehnten Ruf »Der Tag vertreibt die finstere Nacht,
| Ihr lieben Christen, seid munter und wacht, | Und lobet Gott
den Herrn.«

Alle drei stehen langsam einer nach dem anderen auf, schütteln und dehnen ihre Gliedmaßen. Unter leisem Tuscheln greifen zwei nach den Seilstücken und hängen es sich gleich den
Wasserträgern um Hals und Schulter, ihre Hände dabei fest
die Knoten mit den Beuteln umschlingend. Einer geht zur Tür,
drückt sanft die Klinke herunter, öffnet sie langsam einen kleinen Spalt weit, sodass er hinausspähen kann. Keine Schritte
sind zu hören. Die Tür wird ganz geöffnet, dann beugt auch er
sich herunter und ergreift die letzten Beutel. Und während die
ersten beiden im Schummerlicht auf getrennten Wegen durch
die engen Gassen verschwinden, schließt der Dietrichexperte
die Tür wieder von außen ab und entschwindet wie seine Kumpane vom schweren Münzgewicht auf den Schultern leicht gebeugt und mit schwankenden Schritten ebenfalls im Dämmerlicht des Morgens.

Auf den Wegen nach ihren Wohnungen müssen sie immer
wieder einmal ihre Last absetzen und verschnaufen und ihre
schmerzenden Nacken und Schultern wieder lockern. Endlich
dort angekommen heißt es erst einmal warten. Für den Abend
haben sie sich dagegen bei einem der in der Depenau in einer
eigenen Kate wohnenden Kumpane verabredet. Und so sind
pünktlich am Sonntagabend die beiden anderen mit ihren Beuteln vor Ort, die erst einmal im Keller des Hauses vergraben
werden. Die Teilung selbst erfolgt einige Tage später. Jetzt verschwinden die Münzen in eigene, unverfängliche Beutel, die –

ohne Verdacht zu erregen –, in mehreren Gängen in die eigenen Wohnungen geschafft werden. Um die Nachforschungen in die Irre zu leiten, werden die frei gewordenen originalen Beutel der Stadtkasse für jedermann erkennbar neben der nach Lauerholz führenden Straße »entsorgt«.

Die Entdeckung

Es ist noch früh am Sonntag, dem 22. Oktober. Von ihrem Vater, dem Heizer des Lübecker Rathauses, erhält die 14-jährige Tochter den Auftrag, das Finanzzimmer gehörig einzuheizen. Alles ist ruhig. Die Stadt liegt noch im Dämmerlicht des Morgens. Wie sie mit ihrer Laterne entlang der im Halbdunkel getauchten Flure geht, fällt ihr Blick auf eine offenstehende Tür. Es ist der Zugang zum Zimmer der Stadtkasse. Die Verwunderung weicht augenblicklich einem Herzklopfen, ausgelöst durch die unmittelbar einsetzende Aufregung; hier stimmt etwas nicht. Sofort kehrt sie um, ihren Vater aufzusuchen, der seiner Beschäftigung, Anmachholz in Eimer zu füllen, auf dem sogenannten Holzboden nachgeht. Zunächst glaubt er seiner Tochter nicht, als sie ihm von ihrer Entdeckung erzählt. Er hält es für einen ihrer gern getätigten Scherze, den sich sein Kind da mit ihm wieder einmal erlaubt. Doch als sie in vollem Ernst mehrmals ihre Aussage wiederholt und immer wieder davon anfängt, dass da etwas nicht stimme, da geht er, wenn auch noch nicht ganz überzeugt, in sich. Gemeinsam machen sich beide auf den Weg durchs Rathaus zum fraglichen Zimmer.

Je näher sie kommen, umso zögerlicher werden ihre Schritte. Dann sieht es auch der Vater. Die sonst immer nach Dienstschluss sorgsam verriegelte Tür steht in der Tat sperrangelweit offen und im Türblatt selbst klafft im Bereich des Schlosskastens eine Lücke. Da aus dem Raum kein Laut hervordringt, nimmt der Heizer der Tochter die Laterne aus der Hand und wagt sich hinein. Sich umblickend, die Laterne hierhin und dorthin haltend erkennt er sofort den Sachverhalt. Der Deckel der großen, schweren, mit dicken Eisenbändern umwundenen Geldkiste steht offen, ebenfalls der große Schrank. Es ist eingebrochen worden.

Unverzüglich, ohne etwas anzurühren, macht der Heizer kehrt, verlässt das Zimmer, schickt seine Tochter in die Wohnung und begibt sich selbst zur Polizeiwache, das Gesehene zu melden. Alles geht jetzt seinen einstudierten Gang. Vier Polizisten besetzen das Rathaus, der Rathauswärter Kuhberg wird informiert, der sofort den Syndikus Gütschow aufsucht und ihm von dem ungeheuerlichen Vorgang berichtet. Auch der Stadtkassenschreiber Jürgensen erhält Besuch und die Aufforderung, den Diebstahl vor Gericht unverzüglich anzuzeigen. Inzwischen war auch Green, der Verwalter der Stadtkasse, benachrichtigt worden, der sich sofort auf den Weg gemacht hatte. Ihm genügt nur ein kurzer Blick, das ganze Ausmaß des Geschehens zu erkennen. Es ist schlichtweg kein Geld mehr vorhanden, nichts, alles ist weg, die Stadt wird vorerst nicht mehr in der Lage sein, die laufenden Ausgaben zu tätigen. Er holt die Kassenbücher hervor und beginnt mit dem Addieren von Zahlenreihen. Und während die Glocken der Lübecker Kirchen mit ihrem Kling-Klang die Stadtbevölkerung zum Besuch in den Gottesdienst locken, befindet sich auch schon eine Abordnung des Gerichtes zu einem Lokaltermin vor Ort ein. Ihr werden die offen stehende Geldkiste und der Schrank gezeigt, dann meldet sich der Stadtkassenverwalter. Sein Kassenbuch in der Hand, verkündet er den Herren vom Gericht den Verlust von – er sieht noch einmal auf seine Aufstellung, man muss da ja genau sein – exakt 26 038 Mark und 15 ¾ Schilling, was nach heutigen Maßstäben ungefähr einem Wert von

158 000 Euro entspräche, doch die Kaufkraft lag damals um ein vielfaches über dem der heutigen Zeit.

Nachdem bei allen Personen der erste Schock überwunden ist, erhält wieder der klare Sachverstand die Oberhand. Man begibt sich auf Spurensuche. Schnell steht fest, dass die Truhe gewaltsam geöffnet wurde, der Zugang über die Börse in den sogenannten ›Löwensaal‹ des Rathauses erfolgte, wo dann wohl in aller Ruhe die Tür zur Stadtkasse aufgebrochen wurde. Dass es sich nicht nur um einen Dieb handelt, dass dieses Vorhaben nur in Gemeinschaft geleistet worden sein kann, darin sind sich alle Anwesenden, ohne darüber lange zu diskutieren, einig. Auch ein paar Fundstücke der Täter können während der Tatortbesichtigung sichergestellt werden. Im Kassenzimmer selbst ein Bröckchen Schwarzbrot, in der nebenan liegenden Börse die als Leiter genutzte, mit kleinen Klötzen versehene Latte, ein Seilende und ein paar Etiketten, mit denen die gestohlenen Geldbeutel versehen waren. Doch eine Fährte der Diebe war das kaum. Sofort erhält die Polizei die Anweisung, überall in der Stadt nach verdächtigen Dingen und verdächtigen Personen Ausschau zu halten. Immerhin lassen sich schon kurz darauf auf dem Kirchhof der Marienkirche zwei herrenlose Brechstangen finden, sogenannte »Kuhfüße« – eine davon mit einem »L« gekennzeichnet.

Die Fahndung

Im Laufe des Tages ergeht an alle Geldwechsler, Pfandleiher, Mietkutscher, Fuhrleute die Aufforderung, ja Vorsicht bei ihren Geschäften walten zu lassen, und sich bei Ungereimtheiten oder ihnen verdächtigen Personen sofort auf dem Gericht zu melden. Dann erhalten alle Nachtwächter und Torwächter Besuch. Eindringlich werden sie befragt, ob ihnen in den zurückliegenden Nachtstunden vielleicht etwas aufgefallen, das ihnen verdächtig vorgekommen sei. Und sei es noch so belanglos. Doch einer wie der andere Nachtwächter schüttelt nur den Kopf. Sie haben nichts bemerkt. Es scheint wie verhext zu sein. Beim letzten noch zu befragenden Wächter schält sich dann endlich eine, wenn auch zunächst vage Spur heraus. Freimütig und ein wenig naiv berichtet er, ihm sei schon um sechs Uhr am Morgen mitgeteilt worden, die Tochter des Klempners Stubbe, der gegenüber der Börse wohne, habe angeblich eine Person, aus der Tür der Börse treten sehen. Es könne so gegen fünf Uhr dreißig gewesen sein. Die Person schien in blauer Jacke und leinener Hose gekleidet gewesen und leicht gebeugt und etwas schwankend, wohl een lüt beten angetütert, davongestapft. Er selbst sei nach dem Hinweis sofort zum bezeichneten Haus gegangen, habe auch die Tür unverschlossen gefunden, sei sogar hineingegangen, doch irgendetwas Auffälliges habe er im Dunkel der Börse nicht vorgefunden; sprichts und sieht die Befragenden wohlwollend und treu an. Die sind nach dem Gehörten fassungslos. Vielleicht hätte gerade dieser Nachtwächter – der hier seinem Namen sprichwörtlich alle Ehre macht –, den Diebstahl wenn nicht unterbinden so doch die Aufklärung rasch herbeiführen können?! Doch jetzt ist diese Information einen Dreck wert.

Die Stunden gehen dahin. Die Zeit verstreicht, ohne dass sich eine genaue Spur ergibt. Polizei und Gerichtskommission stehen vor einem Berg voller Fragen aber ohne Antworten. Und auf dem Rathaus wird schon am folgenden Montagmorgen die Lage prekär. Die ersten fälligen Geldforderungen müssen abgewiesen werden, und schon breiten sich, wie vom Wind getrieben, schnell Gerüchte von einer anstehenden Pleite der Stadt aus. Um dem entgegenzuwirken, entscheidet sich die Behörde zu einem Schritt nach vorne, zu einem Schritt an die Öffentlichkeit, zu einer Ausrufung einer Belohnung. Ein Drukker erhält die Aufforderung, kurzfristig einen Zettel herzustellen, um ihn im Laufe des Tages in der Stadt zu verteilen und an die Anschlagtafeln zu heften. Stunden später machen sich Eilpostreiter mit der gedruckten Nachricht auf den Weg in die benachbarten Städte, von wo die Nachricht weiter befördert wird. Nach nur zwei Tagen weiß das ganze Deutsche Reich, informiert durch die seinerzeit großen überregionalen Zeitungen wie dem ›Berliner Börsen-Courir‹ oder der ›Augsburger Postzeitung‹, dass die Stadtkasse in Lübeck von Dieben ausgeplündert wurde. Dass sämtliches Bargeld abhandengekommen war, das bleibt allerdings ein wohlgehütetes Geheimnis: »In der Nacht vom 21. auf den 22. Oktober ist eine bedeutende Summe Geldes in verschiedenen Münzsorten aus der hiesigen Stadtkasse entwendet worden. Ob nun gleich zu erwarten ist, dass jedermann zur Entdeckung eines Diebstahls, welchen jeder Bürger und Einwohner als ihm selbst widerfahren ansehen muss, alles, was er vermag, gern beitragen werde, so wollen doch Herren des Gerichts demjenigen, welcher die Täter dergestalt nachweisen wird, dass solche zur Untersuchung und Bestrafung gezogen werden können, eine Belohnung von fünfzehnhundert Mark, unter Verschweigung seines Namens, hiermit versprechen, und hat, wenn mehrere zugleich zu einer solchen Nachweisung beitragen, jeder derselben seinen Anteil an dieser Belohnung zu erwarten.« Doch trotz der in Aussicht gestellten gewaltigen Summe von mehr als dem Jahreslohn eines Arbeiters will sich in den kommenden Tagen keine Spur ergeben.

Auch die Polizei tappt immer noch im Dunkeln. Sie hat sich zunächst zum Ziel gesetzt, den Besitzer der beiden »Kuhfüße« ausfindig zu machen. Doch einer bestimmten Person lassen sich die Eisenstangen einfach nicht zuordnen. Am 30. Oktober erhält die Polizei endlich einen scheinbar vielversprechenden Hinweis. Zwei Kinder wollen im Schweriner Forst zwei verwegen aussehende, schwere Beutel tragende Kerle gesehen haben. Sofort schwärmen Polizisten aus, zuvor die Torwächter anweisend, niemanden, der ihnen nicht bekannt sei, aus der Stadt zu lassen. Bis tief in die Nacht fahnden die Beamten, dann endlich sind die gesuchten Männer gefasst. Nur, wie sich bei dem anschließenden Verhör herausstellt, die Kassendiebe sind es nicht. Es handelt sich um zwei unbescholtene Personen, die Vogeleier gesammelt haben. Sie müssen wieder entlassen werden.

Erneut vergehen vier Tage, bis sich endlich doch eine neue, diesmal etwas ernster zu nehmende Spur zeigt. Obwohl schon pensioniert, ging der gewesene Förster Chelius aus Israelsdorf am 3. November gegen Mittag wieder einmal seiner Lieblingsbeschäftigung nach. Diesmal befand er sich im ›Lauerholz‹ auf der Fuchsjagd. Und was fand er dort am Weg nach Schlutup und Weßloe? Genau elf leinene Beutel, alle das Wappen der Lübecker Stadtkasse tragend und alle leer. Doch wieder einmal verläuft die vom Gericht eingeleitete Untersuchung, wer die Beutel dort an den Straßenrand verbracht hatte, ins Leere. Ein damit in Verdacht geratener Maurergeselle kann seine Unschuld beweisen. Es ist schier zum Verzweifeln. Trotz der enorm hohen Belohnung will sich keine richtige Spur ergeben, der es nachzugehen lohnt. Nach einem Monat des auf der Stelle Tretens, entschließt sich das Gericht daraufhin zu einem ungewöhnlichen Schritt, der aber die ganze Misere verdeutlicht: Diesmal verkünden die Anschlagtafeln in der Stadt eine Amnestie, einen Straferlass für denjenigen Dieb, der sich stellt und seine Mittäter angibt. Wird dieser unkonventionelle Kniff nunmehr zum Erfolg führen?

Als der uns schon bekannte Dieb Jürgen Christian Petersen von der Amnestie hört, denkt er nicht weiter, als bis zu seiner Nasenspitze. Diese Unüberlegtheit hatte ihn vor kurzem auch zu einer mehr als dummen Tat animiert, denn trotz des außerordentlichen Anteils am Einbruch bei der Stadtkasse, war ihm das ruhige Abwarten, bis Gras über die Sache gewachsen war, einfach nicht gegeben. Bei seinem wenige Tage zuvor verübten Aufbruch des Opferstocks der ›Jakobikirche‹ auf frischer Tat ertappt, saß Petersen jetzt im Stadtgefängnis. Er meint aber, jetzt schnell wieder herauszukommen.

Er lässt den Wärter rufen und sich von ihm vor den zuständigen Richter bringen. Dort gesteht er seine Beteiligung am Einbruch in die Stadtkasse. Die Namen der am Diebstahl beteiligten Kameraden gibt er freimütig zu Protokoll, ohne mit der Wimper zu zucken. Stunden später befinden sich auch die Herren Fromhagen und Tillack in Haft. Auf Strafmilderung hoffend entscheiden sie sich, ohne zu Leugnen oder weitere Ausflüchte zu begehen, ein Geständnis abzulegen, geben auch an, wo ihr Anteil an der Beute zu finden sei.

Umgehend werden die Wohnungen der Delinquenten aufgesucht und durchsucht. Der in seinem Haus sichergestellte Beuteanteil Petersens beträgt 8686 Mark und 5¾ Schilling. Dann geht es hinaus vor die Stadt zum Wall, wo Tillack und Fromhagen ihren Anteil vergraben hatten. Als auch dieser geborgen ist, atmet der Magistrat der Stadt auf. Der größte Teil der Beute in Höhe von 22252 Mark und 13½ Schilling ist gerettet. Die bisher nur notdürftig getätigten Zahlungen können wieder aufgenommen werden. Zwar fehlen fast viertausend Mark, doch weitere Befragungen und Verhöre der Diebe bleiben erfolglos. Sie können sich selbst anscheinend keinen Reim darauf machen oder wollen sich auch nicht daran erinnern. Oder stimmten die Zahlen der Lübecker Stadtkasse nicht?

Am 30. Januar 1816 werden die Akten über den Diebstahl geschlossen und an die Göttinger Juristenfakultät zur Urteilsfällung übersandt. Bis das Urteil feststeht, finden die drei Diebe ihr Logis im ›Marstall‹, jeder, außer Tillack, mit Fuß- und Handeisen gefesselt, das durch eine eiserne Kette den »Sprenger« verbunden ist. Doch die Mühlen der Gerichte mahlen im Deutschen Reich langsam. Erst am 19. Oktober des Jahres erfolgt dort die Urteilsverkündung, die zur Vollstreckung dem Lübecker Gericht zugestellt wird. Fromhagen und Tillack erhalten jeder eine lebenslange Verwahrung im Lübecker Gefängnis; Petersen – bei dem die Amnestie durchaus greift, zwar etwas anders ausgelegt, als er es sich gedacht hatte –, muss dagegen »nur« zwanzig Jahre absitzen.

Vergebliche Flucht

Zwar legen Tillack und Fromhagen gegen das – wie sie es empfinden –, unerhört harte Urteil sogleich Einspruch ein, doch bevor es noch zu einer neuerlichen Aufnahme des Verfahrens kommt, ereignet sich Ungeheuerliches.

Während sich Fromhagen im Erdgeschoss befindet, wird sein Kumpel Tillack in ein Quartier genau über ihm gesteckt. Der Zufall will es, dass sich genau in der äußeren Ecke von Tillacks Zelle, hinter seiner Bettstelle, ein Mauseloch im Boden befindet. Irgendwie gelingt es ihm, trotzdem er mit seinen Handfesseln recht eingeschränkt in der Bewegung ist, einen der Fensterhaken und einen Mauerstift aus der Wand herauszubrechen und das Loch zu erweitern. Als er schließlich durch die Decke stößt, schiebt er Fromhagen den Mauerstift durch die Öffnung. Nacht für Nacht, sobald die Dunkelheit eintritt, arbeiten beide von jetzt an, Fromhagen von unten, Tillack von oben. Der Wärter merkt nichts, treten ihm doch die beiden Delinquenten immer für das Kontrollieren der Fesseln und dem Empfang der Mahlzeit am Morgen und Abend entgegen, sobald der Türriegel von außen betätigt wird. Und eine Kontrolle der dumpf stinkigen Zelle unterbleibt geflissentlich.

Am 17. Mai ist es soweit. Das Loch im Fußboden ist groß

genug, um hindurchzugelangen. Mit Hilfe einer Bettdecke begibt sich Fromhagen zu seinem Kumpel hinauf. Beide baldo-
wern die weitere Vorgehensweise aus. Noch bevor der Schließer am Abend wieder nach dem Rechten sieht, befindet sich
Fromhagen wieder in seiner Zelle. Alles scheint wie immer als
gegen neunzehn Uhr der Schließer die Tür zu Fromhagens Zelle
öffnet. Der tritt ihm wie immer entgegen, hält ihm die gefesselten Arme hin und lässt sich anstandslos die Sprengerkette
zwischen seinen Hand- und Fußfesseln anlegen. Doch sobald
das Geräusch des Schlossriegels der Tür verklingt, beginnt er
wie wild seine Hände im Handeisen zu drehen. Stück für Stück
und unter Schmerzen gelingt es ihm, die Hände aus den Eisen
zu ziehen. Auch das andere Ende der Kette an der Fußfessel ist
für ihn kein Hindernis. Irgendwie gelingt es ihm, das Schloss
zu öffnen. Nur das Fußeisen selbst bleibt unüberwindlich.
Schließlich trippelt er ans Loch und gibt nach oben Bescheid.
Wie einen Tag zuvor lässt Tillack seine Bettdecke durch das
Loch herab, an der sein Kumpan hochklettert. Mit Fromhagens
Hilfe dauert es nicht allzu lange, dann ist Tillack seiner sämtlichen Fesseln entledigt. Ihm kommt zugute, dass ihm keine
Fußfessel angelegt wurde und er sich somit jetzt völlig frei bewegen kann. Beide beginnen gemeinsam an einem neuen
Durchbruch zum Dachboden zu arbeiten. Und nach nur kurzer Zeit weist dann auch hier die mit Putz und Reet beschlage-
ne hölzerne Decke eine Öffnung auf, die groß genug ist, eine
Person durchzulassen. Beide Gefangenen klettern hindurch.
Vom Dachboden geht es über eine Luke aufs Dach, mühsam
weiter entlang einer Dachrinne. Über dem Pferdestall drük-
ken sie ein Dachfenster ein, klettern im Stall hinunter und gelangen schließlich durch die Mistluke auf den Hof. Doch hier
scheint ihre Flucht zu enden. Eine mit einer Laterne ausgerü-
stete Schildwache bewacht das Gelände. Noch bevor sie gesehen werden verschwinden sie wieder in den Pferdestall. Was

nun? Während sie leise miteinander tuscheln, fällt der Blick Fromhagens trotz des Schummerlichts auf Pferdegeschirr. Er ergreift mehrere Riemen und knotet sie aneinander. Dann geht es auf die andere Seite des Stalles. An einem Haken befestigt steigen sie aus einem Fenster in den unteren Hof. Nur noch wenige Schritte, dann sind sie an der Trave. Doch die Pforte in der Mauer ist verschlossen. Mühsam klettert der eine auf die Schultern des anderen, erklimmt die Mauerkrone und zieht seinen durch die Fußfessel in seiner Bewegung eingeschränkten Kumpanen zu sich empor. Dann wieder das gleiche Spiel, erst wird Fromhagen hinabgelassen, dann folgt Tillack. Das Überwinden der Palisaden an der Trave ist dagegen kein großes Hindernis mehr. Es ist zwei Uhr morgens, als sie vor dem Burgtor anlangen. Sie sind frei.

Wohin jetzt? Das Nachdenken ist nur von kurzer Dauer, dann schlagen sie den Weg nach Weßloe ein. Es ist eine herrliche, milde Mainacht, in der die beiden Entflohenen so schnell wie möglich aus dem Einflussbereich der Stadt Lübeck zu entkommen versuchen. Doch es geht nur langsam vorwärts. Die Fußfessel macht Fromhagen zusehends zu schaffen. Er kann durch die kurze Kette zwischen den Fußschellen nur kleine Trippelschritte machen und das Eisen hat darüber hinaus schon seine ganzen Knöchel wund gerieben. Schließlich kann er nicht mehr. Der Tag bricht an. Im Dickicht der Weßloer Tannen suchen sie erst einmal einen Unterschlupf. Gemeinsam starten sie noch einen Versuch, Fromhagens Fußeisen zu sprengen. Ohne Erfolg.

Kurz bevor die Abenddämmerung einsetzt, brechen sie in Richtung Herrenburg auf. Dort wollen sie in die Schmiede einbrechen, um sich Werkzeug zur Öffnung der Fußfessel zu beschaffen. Doch schon bald muss Fromhagen wieder aufgeben. Die wunden Beine wollen einfach nicht mehr weiter. So bleibt er auf einer Wiese bei Brandenbaum zurück und Tillack macht

sich auf eigene Faust auf den Weg. Doch womit beide Flüchtigen nicht gerechnet haben, die Kühe auf der Weide werden
am Abend noch einmal von einem Knecht aufgesucht, der, als
er nah genug herankommt, einen ihm fremden Mann mit einer Fußfessel entdeckt und sofort davon läuft. Nur wenig später erscheint er in Begleitung von mehreren mit Mistgabeln
bewaffneten Personen. Und während sie sich um Fromhagen
kümmern, biegt auch schon der in der Schmiede erfolgreiche
Tillack ahnungslos um einen nahen Hügel und erscheint auf
der Weide. Er erkennt sofort die Situation, lässt die erbeute-
ten Gegenstände fallen und versucht zu entfliehen. Doch einige haben seine Gestalt gesehen und die Flucht tut ein Übriges.
Eine regelrechte Treibjagd setzt ein. Nur wenige Minuten dauert es schließlich, dann ist auch Tillack festgesetzt. Schon in
der Nacht kommen beide Entflohene wieder in Lübeck an und
beziehen erneut ihr Quartier im ›Marstall‹. Wochen später,
am 26. August, erfolgt ihre Überführung ins Gefängnis. Währenddessen hatte sich ihr ehemaliger Partner Petersen selbst
das Leben genommen.

Der Ehrliche ist der Dumme.
Der Mord am Schreiber Kerll, Gut Rixdorf 5. Juni 1821

Der Verwalter und sein Gut

Es ist mit vier zugehörigen Meierhöfen und fünf Dörfern eines der größten Güter in Schleswig-Holstein. Wuchtig stehen die von R. A. Dallin erbauten Wirtschaftsgebäude des adligen Fideikommissguts Rixdorf backsteinern und reetbedeckt in der Landschaft und künden von Vergangenem.

Als 1790 der spätere Reichsgraf, Kurmainzer Staatsminister und kaiserlicher Gesandter, Clemens August Graf von Westphalen, das Gut erwarb, wandte er sich an den in seinen Diensten stehenden Amtsrat Kerll. Der, selbst viele Jahre Verwalter eines Gutes, erhielt den Auftrag, zunächst den Ankauf im fernen Holstein zu besichtigen und einen fähigen Verwalter für Rixdorf auszusuchen. Kerll wiederum wählte einen Bekannten aus, S. H. Rixner, und nahm ihn mit auf die Reise in den fernen Norden. Die Jahre vergingen. Rixner stand zwar seinem Dienstherren dem Grafen im fernen Nordwestfalen Rede und Antwort, konnte aber vor Ort ganz nach Belieben frei schalten und walten.

Inzwischen war der Sohn des Amtsrats, Carl August Friedrich Ludwig Kerll, 1798 in Wiedelah bei Hannover geboren, herangewachsen und bedurfte einer Ausbildung. Er sollte in die väterlichen Fußstapfen treten und ebenfalls die Verwaltung eines landwirtschaftlichen Betriebes erlernen. Was lag da näher, als dass der Vater bei seinem Bekannten Rixner nachfragte, ob er ihn nicht in dem von ihm verwalteten holsteinischen Gut in die Materie einführen könne. Der Bitte wurde entsprochen. Der Sohn packte sein Bündel und machte sich 1819 auf die Reise in den Norden. Herzlich und wohlwollend

empfangen, begann er sofort mit seiner ersten Ausbildungs-
station als Buchhalter beziehungsweise Schreiber. Und wenn
der Vater in der Folgezeit von Rixner Näheres zum Verhalten
seines Sohnes erfahren wollte, so hieß es nur, Nachteiliges sei
nicht zu berichten. Das werden später auch mehrere Bedien-
stete des Gutes und Bewohner der Umgebung bezeugen: Kerll
sei stets ein lieber und guter Mensch gewesen. Merkwürdigerweise änderte sich das nach einiger Zeit. Monate später lautet
es ganz anders, wenn Rixner im Juni 1821 Kerll als arbeitsscheu, unwissend, anmaßend und neuerungssüchtig, unan-
ständig neugierig und beleidigend, misstrauisch schildert, ja,
als einen Menschen, der zuweilen offenbare Spuren von Ver-
rücktheit gezeigt habe. Doch was war geschehen, das frühere
Wohlwollen seines Dienstherrn in Ablehnung zu verwandeln?

Geredet wurde viel zwischen den einfachen Angestellten,
dass auf Rixdorf und den zugehörigen Meierhöfen einiges nicht
mit rechten Dingen zuginge, dass die Haushälterinnen und
Schreiber bedeutende Summen beiseite gebracht, veruntreut
haben und alles mit Rückendeckung des Inspektors Rixner,
der wohl auch mit einigen Frauen in einem »vertraulichen«
Verhältnis stehen sollte. Rixners Brotherr war einige hundert
Kilometer weit entfernt. Da wähnten sich anscheinend alle
Beteiligten vor Enthüllungen sicher. Und irgendwie schienen
auch alle diejenigen, die auch nur irgendeinen Posten beklei-
deten, und sei es noch der kleinste, unbedeutendste, in die
Machenschaften verstrickt zu sein. Und die einfachen Tagelöhner, die Knechte und Mägde? Sie zuckten mit der Schulter.
Aus Furcht vor der Allmacht des Inspektors habe man bisher
geschwiegen, so hieß es später lapidar.

Als der junge Kerll, der Außenstehende, der Zugereiste, auf
dem Gutshof seine Ausbildung anfing, kam er mit seinem natürlichen und umgänglichen Wesen schnell in Kontakt mit dem
Personal. Auch ihm blieb dies Gerede über Veruntreuungen

nicht lange verborgen. Hinzu kam, als Schreiber erhielt er natürlich nähere Einblicke in die Buchführung. Und so kam eins
zum Anderen. In seiner redlichen und wohl auch etwas naiven
Art begann Kerll, weiter zu forschen und Material zu sammeln.
Unterstützung erhielt er durch den Fischer und Holzvogt Johann Matthias Sander und zunächst auch durch den auf dem
Gut als offizieller Schreiber beschäftigten Christian Diederich
Lafrenz, mit dem er sich zudem das Zimmer teilte. Nachdem
ausreichend Material zusammen getragen werden konnte und
auch einige Zeugen ihre Bereitschaft zur Aussage erklärt hatten, beschloss Kerll, dabei bestärkt durch Sander und Lafrenz,
mit dem Wissen an die Öffentlichkeit zu gehen. Sein Zimmer-
genosse Lafrenz gab sich sogar dazu her, Kerll ein Papier zu
unterschreiben, darin er die Anschuldigungen Kerlls beglau-
bigte. So nahm die Tragödie ihren Lauf.

Der Lauf der Dinge

Am Mittwoch den 16. Mai 1821 schreibt Kerll dem Besitzer des
Gutes, dem Grafen von Westphalen, von den Veruntreuungen
unter Nennung von Namen, und wie sich seine Situation, seit
er das Geschehen entdeckte, gewandelt habe. »Die Haushälterinnen, unter deren Kommando der Inspektor stehe, hätten
denselben wider ihn einzunehmen gewusst; da sie gemerkt,
dass er, Kerll, ihnen zu tief in die Karten gesehen, so wollten
sie ihn gerne vom Halse los sein und suchten deshalb den Inspektor gegen ihn aufzuhetzen, dass er ihn auf alle Weise schi-
kaniere.« So bittet er den Grafen um Rat, ob er diese Angelegenheit nicht besser dem Obergericht in Glückstadt übergeben solle. Deutlicher kann man nicht werden.

Es ist vier Tage später, als dem Gutsinspektor am 30. Mai
1821 etwas beiläufig zu Ohren gekommen sein muss oder zu-

getragen wurde und er anscheinend nicht untätig blieb. Jedenfalls teilt Kerll gegenüber seinem Schwager in einem Brief mit, dass sein angeblicher Freund, der Gutsschreiber Lafrenz, von Rixner eine Lohnerhöhung von jährlich 20 Reichstaler zugesagt bekommen habe, für den Fall, er könne ihn, der sprichwörtlich in der Jauche rühre, dass es zum Himmel stinke, vom Hof vertreiben. Dass auch Lafrenz das Angebot einer Lohnerhöhung mehreren Personen mitteilt, wird später mehrfach bezeugt werden.

Weitere drei Tage später am 2. Juni 1821 trifft ein Brief des Grafen von Westphalen auf dem Gut beim Inspektor Rixner ein, in dem er die gegen ihn und seine Verwaltung vorgebrachten Beschuldigungen zur Kenntnis bringt, ihm aber gleichzeitig das volle Vertrauen ausspricht. Schnell spricht sich der Vorgang auf dem Hof herum. Wie wohl zuvor schon Lafrenz wird noch am selben Tag Holzvogt Sander vom Inspektor zur Rede gestellt, ob er von Kerlls Plan gewusst und dabei mitgemacht habe. Da auch er merkt, dass die Sache, die er mit gutem Gewissen auch nicht so richtig unterstützt hatte, wohl gescheitert sei, versucht er seinen Kopf aus der Schlinge zu ziehen. Sander verleugnet vehement seine Teilnahme an Kerlls geplantem Vorhaben. Als eine der Beschuldigten, die Rixdorfer Haushälterin Hoffmeister, von dem Vorgang erfährt, jammert sie, nach späteren Zeugenaussagen, unter Haareraufen, und ergeht sich in der Äußerung, »in dem Rixdorfer Sündenregister stehe sie ganz oben an.« Sie kann sich gar nicht wieder beruhigen. Erst den beiden von der anwesenden Magd Margaretha Christina zu Hilfe geholten Männern, Rixner und Lafrenz, gelingt es, die Haushälterin zu beschwichtigen.

Es sind die Tage zwischen dem 2. und 5. Juni 1821, als Kerlls Ansinnen, die Veruntreuungen ans Tageslicht zu bringen, gänzlich misslungen scheinen. Da der Graf keine Untersuchung durch das Gericht angeordnet hatte, ist von denjenigen, die in

die Taten verstrickt waren, vordergründig zwar eine Last ab-
gefallen, eine merkliche Verbesserung im mitmenschlichen
Umgang auf dem Gut ist damit aber nicht verbunden. Vielmehr ist die Anspannung tagtäglich bei den gemeinsamen
Mittagessen im Inspektorenhaus mit Händen zu greifen. An-
gestellte, Auszubildende und Inspektor Rixner sitzen die ersten Tage schweigsam am Tisch. Die Anschuldigungen Kerlls
werden mit keinem Wort erwähnt. Doch irgendwie ist es inzwischen selbst dem kleinsten Angestellten zu Ohren gekommen. Man belauert sich fortan und wartet ab, wer den ersten
Schritt unternehmen und wie es weitergehen wird.

Der Initiator des Ganzen hätte, nachdem seine Initiative
nicht von Erfolg gekrönt war, zwei Möglichkeiten gehabt: sich
schnellstmöglich vom Hof zu entfernen oder sich offen und
ehrlich zu seiner Tat bekennen und den Frieden mit den Beschuldigten suchen. Ist es mangelnde Menschenkenntnis, Nai-
vität oder gar Verbohrtheit? Er jedenfalls beschließt, auf eigene Faust nach Glückstadt zu gehen, um seine Anschuldigungen vor Gericht vorzubringen. Und nicht nur das. Er teilt sein
Vorhaben überflüssigerweise auch noch mehreren seiner angeblichen Vertrauten mit, darunter dem Holzvogt Sander. Ihm
erzählt er auch, er werde sich erst einmal in Plön ein Zimmer
nehmen, da ihm auf Rixdorf denn doch der Boden unter den
Füßen zu heiß werde. Und von seinem Zimmergenossen Lafrenz borgt er sich gar zwei Terzerole aus, die er zur eigenen
Sicherheit fortan bei sich trägt. Lafrenz' Bitte, Kerll möge ihm
das seinerzeit mitunterschriebene Papier aushändigen, in dem
er die Anschuldigungen bezeugt habe, wird von Kerll strikt
abgelehnt. Das Verhältnis beider kühlt sich sofort merklich ab.

Auch der Rixdorfer Tierarzt Braasch wird um Hilfe ange-
gangen. Ihn bittet Kerll um etwas Geld. Und auch ihm gegenüber äußert er sich dahin gehend, er werde sich zunächst erst
einmal nach Plön begeben. Ebenfalls erhält auch Braasch die

Mitteilung von Kerll, dass Rixner dem Lafrenz eine Lohnerhöhung angeboten habe, wenn er ihn, Kerll, vom Hof schaffen
würde.

So verwundert es nicht – und wenn man die Abhängigkei-
ten auf einem Gutswesen kennt –, dass auch der Inspektor
nur zu bald wieder vom neuerlichen Vorhaben erfährt. Und so
geht es den 5. Juni am abendlichen Mittagstische hoch her.
Rixner ereifert sich gegenüber Kerll derart, dass er ihm fast
den Teller an den Kopf wirft, nur dadurch etwas in seiner Er-
regung abgekühlt, da Kerll kontert, er werde den Wurf augenblicklich erwidern. Schweigend belauern sich beide Kontra-
henten in den folgenden Minuten, schließlich gehen die Par-
teien wortlos auseinander. Kerll begibt sich zunächst in sein
Zimmer zu Lafrenz. Hier raucht er noch eine Weile seine Pfeife. Dann teilt er ihm mit, er warte noch auf einen Mann, mit
dem er sich treffen wolle. Nur mühsam eine beginnende Unruhe bezähmend, wirft Lafrenz fast uninteressiert und eher
beiläufig die Frage in den Raum, wer das denn sei. Doch Kerll
steht ohne noch etwas zu sagen auf und verlässt das Zimmer.
So bleibt die Frage unbeantwortet im Raum stehen. Am Abend
dann, erblickt das Hausmädchen Dorothea Walter, den jungen Schreiber mit einem Hut auf dem Kopf, Stock und Pfeife
in der Hand, in die Küche kommen und sofort durch die Ne-
bentür in den Garten entschwinden.

Später wird sich herausstellen, dass es Holzvogt Sander war,
mit dem sich Kerll in der Nacht im Lustgarten verabredet hatte. Während der Holzvogt sich gegen 23 Uhr nur unweit des
verabredeten Treffpunkts noch auf dem Theresienhofer Fuhr-
weg befindet, meint er, laute Rufe, ja, regelrechte Todesschreie
zu vernehmen. Ihm kommt es so vor, als entstammen sie der
Kehle Kerlls. Auch weitere Anwesende will er an ihren Stimmen eindeutig erkennen. Er denkt sich seinen Teil, und um
selbst nicht in Bedrängnis zu geraten, zieht er sich schweigend

zurück. Dergestalt äußert sich Sander später mehrfach gegenüber Bekannten.

Noch am Vormittag des 6. Juni 1821 begibt sich Holzvogt Sander zum Inspektor Rixner und erzählt ihm von dem nächtlichen Vorgang, den er erlebt hatte und von seiner Vermutung, das wohl Kerll im Garten des Gutes in der Nacht ermordet wurde. Doch der Inspektor wiegelt nur ab. Er will auf dieses Gerede, wie er es kurz und unwirsch bezeichnet, nicht eingehen.

Wenige Tage später kommt morgens der 13-jährige Sohn des Rixdorfer Zimmermanns Schnack verstört und vom hastigen Laufen völlig ausser Athem nach Hause. Seine Stimme überschlägt sich fast. Er habe Nesseln im Gutsgarten pflücken wollen, so erzählt er aufgeregt, da habe er die Leiche Kerlls unter Gras und Gebüschen gefunden. Um sich nicht in Gefahr zu bringen, untersagt der Vater seinem Sohn aufs Strengste, davon weiter zu reden geschweige denn, jemand anderen davon zu erzählen. Wenig später wird dann Holzvogt Sander gar Zeuge, wie ein mannsgroßes Bündel von mehreren Personen auf zwei Latten quer über die Neukoppel getragen und hinter einem Zaun am Suhrerfeld niedergelegt wird. Er schweigt nicht, teilt es vielmehr kurze Zeit später dem Cossauer Tagelöhner Marx Christoph Fey mit.

Vierzehn Tage sind inzwischen ins Land gegangen, als sich Gutsinspektor Rixner am 20. Juni 1821 nach Plön bequemt. Anscheinend war ihm etwas zu Ohren gekommen, dass doch nicht alle seine Leute den Mund gehalten haben und hier und da über das Verschwinden des Schreibers, bei dem es nicht mit rechten Dingen zugegangen sei, tuscheln, und das auch schon außerhalb des Gutes. Man muss dem zuvorkommen und so gibt der Inspektor bei Bürgermeister Martini, der als Gerichtshalter fungiert, eine Vermisstenanzeige auf: Seit dem 6. Juni wäre der Schreiber Kerll spurlos verschwunden. Rixner meint auch, einen kleinen Hinweis geben zu können: Vielleicht sei der Vermisste nach Glückstadt gegangen, der eine und andere hätte da so etwas gehört. Und auf noch etwas meint der Inspektor hinweisen zu müssen: Man habe überall auf dem Hof schon nach dem Vermissten gesucht, allerdings ohne Erfolg.

Völlig überraschend erhält am Vormittag, dem 21. Juni 1821, Scheunenvogt Rönnau vom Schreiber Lafrenz den Befehl, doch einmal in der Umgebung nach Kerll Ausschau zu halten und zwar am ›Neuen Teich‹. Weiß er etwas, bereut er etwas, plagt ihn vielleicht ein schlechtes Gewissen gegenüber dem ehemaligen Freund? Das Ergebnis spricht Bände. Genau an der bezeichneten Stelle, an der östlichen Seite des Teiches ist es, da Rönnau etwa sechs Schritte vom Ufer entfernt eine Leiche im Wasser liegend vorfindet. Eilig begibt sich dieser zurück, meldet Inspektor Rixner seinen Fund, und der lässt umgehend Gerichtshalter Martini in Plön die Nachricht zukommen. Noch am Nachmittag erscheint Martini mit dem Plöner Arzt Fabricius zur Leichenschau. Und was finden sie vor?

In einer Wassertiefe von kaum einem halben Meter liegt die Leiche, auf Knien gekauert und auf die Ellenbogen gestützt; der Rücken ragt aus dem Wasser. Eine Jacke, womöglich die des Toten, wird eine Strecke seitwärts auf dem Schilf liegend entdeckt, am Land selbst noch ein Hut und ein in die Erde gesteckter Stock. Ein Tagelöhner erhält die Aufforderung, den Toten an Land zu holen. Beim Leichnam anlangend, geht ihm das Wasser gerade einmal bis an die Knie. Als er die schon in Verwesung übergegangen Leiche aus dem Wasser gezogen hat, bezeugen alle Anwesenden, dass es sich um den Körper des vermissten Schreibers handelt. Dann sieht sich Doktor Fabricius den Körper an, doch die Untersuchung erfolgt rein oberflächlich. Verletzungen werden angeblich nicht vorgefunden und eine Obduktion hält er glatt für unnötig. Es wird die von

Inspektor Rixner in der Runde vertretene These als glaubhaft angesehen, Kerll habe in einem Anfall von Wahnsinn Selbstmord begangen.

Dass ein Selbstmörder sich nicht ertränkt, indem er sich in eine Pfütze hineinkniet, das wird völlig außer Acht gelassen. Und was ergeben die Untersuchungen der an Land verbliebenen Sachen wie Hut und Mantel? Sie werden einfach nicht untersucht und sind danach erst einmal spurlos verschwunden. Auch dass Kerlls goldene Taschenuhr, seine kostbare Tabakspfeife und die Brieftasche mit dem von Lafrenz unterzeichneten Papier nicht am Tatort aufzufinden sind, will damals niemand wissen. Oder wollen auch der Gerichtshalter und der Arzt ihren Frieden mit dem Inspektor? Tage später wird der Leichnam Kerlls auf dem Lebrader Friedhof bestattet. Damit könnte nun diese merkwürdige Geschichte ihr Ende finden, doch Ruhe soll nicht mehr einkehren.

Die Jahre vergehen

Der Rixdorfer Nachtwächter Jens Lindenberg erhält ein paar Tage nach der Entdeckung der Leiche vom Inspektor einen gebrauchten Mantel. Die sich darauf abzeichnenden rostroten Flecke gehen auch bei der anschließenden Wäsche nicht raus. Und als Lindenberg wenig später gegenüber Rixner die Vermutung äußert, dass es sich hier wohl um Blutflecke handeln könne und weitere Fragen darüber stellt, wird ihm das Stück kurzerhand und ohne Kommentar wieder abgenommen.

Der Schreiber Lafrenz legt die ersten Tage nach dem Auffinden des Leichnams ein merkwürdiges Verhalten an den Tag. Er mag nicht mehr alleine in dem Zimmer schlafen, das er sich einst mit Kerll geteilt hatte. Er darf dankenswerterweise im Zimmer des Inspektors übernachten. Die von Kerll in Rede gestellten zusätzlichen 20 Gulden Jahresgehalt werden ihm bald darauf gewährt, was nach aktueller Währung zwar nur in etwa 1234 Euro entspräche, doch nach damaliger Kaufkraft nahezu einer Verdoppelung des Jahresgehaltes bedeutet. Und auch Sanders Gehalt wird unaufgefordert um 10 Gulden erhöht. Zudem erhält Letzterer noch eine Kuh. Und noch einer, den Inspektor Rixner zuvor eigentlich nicht leiden konnte, kommt in den Genuss eines unerwarteten Gunstbeweises: Johann Friedrich Bünning, von Rixner früher immer als Säufer, als arbeitsscheu und zudem voller Ränke bezeichnet. Überhaupt: Mehr als einmal hatte sich der Verwalter darüber ausgelassen, und es als Unglück bezeichnet, dass zahlreiche seiner Arbeiter dem Suff ergeben waren. Doch welche Gedankenwandlung beim Inspektor. Tagelöhner Bünning, angeblich ja kaum verwendungsfähig, erhält einen Vertrauensposten, als er im Herbst plötzlich das Amt eines Nachtwächters übertragen bekommt. Und mehr als einmal prahlt der in der Folgezeit im Wirtshause, ja, er wisse, wer den Mord begangen habe, er wäre aber ein Narr, könne er aus seinem Wissen doch Kapital sprich Geld herausschlagen. Als der Gutsinspektor über Bünnings Gerede informiert wird, schweigt derselbe.

Immer wieder wird in den folgenden Wochen und Monaten durch Knechte und Mägde auf Gut Rixdorf und der Umgebung – wenn auch hinter vorgehaltener Hand –, statt von dem durch Akten belegten Selbstmord von einem angeblichen Mord an dem ehemaligen Schreiber Kerll getuschelt. Sogar ein anonymer Hinweis trifft einmal im Gericht zu Glückstadt ein. Doch auf Denunzierungen gibt dort niemand etwas. Im Jahr darauf erscheint, wiederum anonym, im renommierten ›Staatsbürgerlichen Magazin‹ gar ein entsprechender Artikel, der die breite Öffentlichkeit erstmals auf einen möglichen Mordfall auf Gut Rixdorf und die Ungereimtheiten hinweist, sowie die Versäumnisse vonseiten des Plöner Gerichtshalters: »Sehr zu wünschen wäre es daher, dass ein unparteiischer und hinlänglich unterrichteter Mann uns mit diesen Begebenheiten und ihren Nebenumständen in einem öffentlichen Blatte näher bekannt machen wollte, teils um falsche, gemeiniglich ehrenrührige, Gerüchte zu widerlegen, die aus dem Munde des Haufens, oft auf einseitige Angabe sich stützend, leicht über Personen und Tatsachen ein falsches Licht verbreiten, teils um überhaupt Wahrheit zu fordern und das Publikum zu enttäuschen«. Doch die Hoffnung, durch diese Zeilen die Öffentlichkeit, die Staatsanwaltschaft in den Herzogtümern zu animieren, den Fall zu untersuchen – sei es nur, um die Gerüchte zu widerlegen –, dies erweist sich als Fehleinschätzung. Erneut geschieht nichts. Wieder vergehen Monate.

Wieder einmal wird vor Ort und der Umgebung von einem möglichen Mord am Schreiber Kerll getuschelt. Doch jetzt, 1823, sind die Animositäten zwischen einigen Bewohnern anscheinend dermaßen angewachsen, dass auch das Regiment des Gutsinspektors erst einmal nichts mehr auszurichten vermag. Die Ereignisse scheinen sich schließlich zu überschlagen: Beschuldigt zunächst der Hufenpächter Schwarten den Rixdorfer Nachtwächter Bünning sowie den Feldvogt Fey des Mordes an Kerll und gibt als Zeuge den Hufenpächter Rönnau an, so muss sich auch der uns schon wohlbekannte Holzvogt Sander mit der Anschuldigung des Schusters Laufert auseinandersetzen, er wäre der Mörder Kerlls. Alle Beschuldigten wiederum erheben Verleumdungsklage vor dem Plöner Gerichtshalter Martini. Und da die von den im Verfahren präsentierten angeblichen Zeugen sich nun wieder einmal an nichts erinnern können oder wollen, wird Schwarten wegen übler Nachrede zu einer 20-tägigen Gefängnisstrafe verurteilt. Zugleich muss er dem von ihm beschuldigten Nachtwächter 2 Gulden 24 Schilling, beziehungsweise etwas über 200 Euro, als Entschädigung zahlen. Der Fall Sander gegen Laufert wird dagegen eingestellt, da Letzterer sich bei Sander entschuldigt. Wieder scheint es gelungen zu sein, den Vorgang unter die sprichwörtliche Dekke zu kehren. Jahre später traut sich immerhin eine Person zur Situation vor Ort einmal das Schweigen zu brechen. Der ehemalige Hufenpächter Hans Hinrich Rönnau wird eidlich zu Protokoll geben, dass die Furcht vor dem Inspektor, gleichzeitig Polizeiherr auf Rixdorf, weit verbreitet war. Die Rede sei gewesen, dass jeder, der etwas über die Kerllsche Sache verlauten lasse, von seiner Pachtstelle herunter solle.

Inzwischen sind vier Jahre ins Land gegangen. Scheinen die Menschen auf Rixdorf ihren Frieden untereinander gemacht zu haben, so täuscht das nur. Im Mai 1825 ist es jetzt der Nachtwächter Bünning, der unter Alkoholeinfluss im Rathjensdorfer ›Eulenkrug‹ Holzvogt Sander des Mordes an Kerll beschuldigt. Sander nur kurze Zeit später davon Kenntnis erlangend, zeigt Bünning sofort bei seinem Chef, dem Inspektor, an. Noch im Krug wird dieser von vier Rixdorfern abgeholt. Und während Bünning sich unter Bewachung auf den Weg nach Plön befindet, bezichtigt er sich plötzlich selbst des Mordes an dem ehemaligen Gutsschreiber. Zwar sagen alle vier Zeugen später aus, dass Bünning wohl etwas zu tief ins Glas geschaut habe, doch betonen sie ernsthaft, er wäre dabei aber keineswegs betrunken gewesen. Vier Tage schmort der Nachtwächter im Plöner Gefängnis, bis Gerichtshalter Martini mit dem ersten Verhör beginnt. Jetzt allerdings ist bei Bünning keine Rede mehr davon, dass den Mörder kenne. Vielmehr entschuldigt sich der Nachtwächter hinsichtlich seiner Anschuldigung gegen Sander und sich selber mit einer gänzlichen Bewusstlosigkeit infolge von Trunkenheit. Er könne sich schlichtweg an nichts mehr erinnern. Zwar bleibt Bünning noch bis Dezember in Haft, doch da er bei seiner Version beharrt, wird wieder einmal von einer tiefer gehenden Untersuchung abgesehen. Da wieder kein Mord nachzuweisen war, unterlässt es

Gerichtshalter Martini erneut, die bisherigen Untersuchungs-
akten an das Königlich Holstein-Lauenburgische Obergericht
in Glückstadt zu senden.

Die Staatsmacht schaltet sich ein

Als sich Bünning wieder in Freiheit gesetzt sieht, lässt ihn das
Vorgefallene nicht ruhen. Hatte er sich nun einmal selber als
Mörder Kerlls bezeichnet, und wenn das auch im Suff geschah
und kein Nachweis erbracht werden konnte, so galt er doch
für Einige fortan als eine Person, die zumindest in den möglichen Mordfall verstrickt sein könnte. Dies will der Nachtwächter nicht auf sich sitzen lassen. Er ermittelt jetzt selbst und
versucht Zeugen ausfindig zu machen.

Schließlich hat Bünning einiges zusammengetragen und begibt sich persönlich nach Glückstadt. Am 2. April 1826 über-
reicht er dort dem Königlich Holstein-Lauenburgische Obergericht ein Schreiben, in dem er den Plöner Gerichtshalter
Martini der Befangenheit bezichtigt und um neuerliche Untersuchung des für ihn feststehenden Mordes an Kerll bittet.
Und das Gericht lässt sich die ihm diesmal eröffnete Möglichkeit nicht aus der Hand nehmen. Noch am 13. April beauftragt
es eine Untersuchungskommission, die sich kurzfristig in Plön
einzufinden habe, um sich – wie es im damaligen Beamtendeutsch heißt –, »von dem Bürgermeister Martini als Jus-
titiarius des adeligen Guts Rixdorf die in Betreff des Ablebens
des Schreibers Kerll zu Rixdorf erwachsenen ältern und neu-
ern Akten ausliefern zu lassen und den Gerichtshalter verantwortlich über die Verzögerung und das Verfahren in dieser
Untersuchung zu vernehmen, erforderliche Anhörungen vor-
zunehmen und bei hinreichenden Indizien etwa Beschuldigte
arretieren zu lassen.« Die Mühlen der Justiz mahlen langsam

und so finden sich erst Mitte Mai Obergerichtsrat und Kammerjunker Seestern-Pauly, Obergerichtsrat Lüders und Kanzleisekretär Nickels in Plön ein und versuchen sich über das Studieren der inzwischen angewachsenen Akten mit dem Fall vertraut zu machen. Nur zu bald steht für sie unumstößlich und eindeutig fest, es gab damals durchaus gravierende Versäumnisse, die nunmehr nachzuholen seien. Um die erste mögliche Spur aufzunehmen, falls es sich denn in der Tat um einen Mord handeln sollte, müsse unverzüglich eine genaue Untersuchung des Leichenskeletts erfolgen. Dazu bedarf es allerdings entsprechender Fachleute, wirkliche Koryphäen auf ihrem Gebiet. Und so werden die Professoren Lüders und Fischer, beides Pathologen der Kieler Universität, angefordert, sich einmal aufs Land zu begeben. Zeitgleich folgt eine weitere Entscheidung. Auf dem Lebrader Friedhof bewachen fortan zwei Polizisten die Grabstätte Kerlls. Schnell spricht sich bei den Bewohnern der Umgebung herum, dass wohl eine Leichenausgrabung stattfinden werde.

Tag und Zeitpunkt der Exhumierung blieben auch den Rixdorfer und Lebrader Bürgern nicht verborgen. Als die beiden Kieler Ärzte am Morgen des 27. Mai 1826 auf dem Lebrader Friedhof eintreffen, versammeln sich neben der schon anwesenden Untersuchungskommission aus Glückstadt in Person der Herren Seestern-Pauly, Lüders und Nickels sowie Oberauditeur und Amtsverwalter Paysen nebst einem Gerichtsdiener nahezu einhundert Personen auf dem Gelände, die sich dieses einmalige Schauspiel nicht entgehen lassen wollen. Nicht anwesend sind allerdings Gutsinspektor Rixner, Holzvogt Sander und Schreiber Lafrenz.

Die Obduktion

Vorsichtig wird das Grab ausgehoben. Der Sarg erscheint noch
ganz stabil, nur an einer Stelle befindet sich das Holz schon
etwas in Fäulnis. Jegliche Erschütterung vermeidend wird die
Holzkiste aus der Grube herausgehoben und neben dem Grab
von Erdresten befreit. Die platten Schrauben finden sich noch
genau an den Stellen, wie der Tischler angegeben hat, und die
er nun, ohne den Sarg dadurch zu erschüttern, herausschraubt.
Der erste Überblick lässt einen eingesunkenen Körper erkennen; alle Weichteile sind vollkommen aufgelöst.

Einer Visitation der Kieler Mediziner steht nichts mehr im
Wege. Können Sie nach so vielen Jahren durch ihre Erfahrung
noch herausbekommen, ob der Schreiber Kerll seinen Tod etwa
durch fremde Hand erlitten hatte und durch diese Erkenntnis
die königliche Kommission in den Stand setzen, weitere Untersuchung einzuleiten? Die Ärzte der Kieler Anatomie sind
absolute Gerichtsprofis. Sie knien sich neben die Holzkiste mit
den skelettierten Überresten und beugen sich über den Leichnam. Mit Vorsicht wird zunächst der Kopf mit dem durch Fäulnis abgelösten Unterkiefer vom übrigen Skelett abgetrennt.
Etwas Haare und Haut lassen sich noch erkennen. In einem
bereitstehenden Wasserbottich erfolgt eine sorgfältige Reinigung mit Hilfe einer Bürste. Dann beginnt die eigentliche Untersuchung. Der Schädel wandert von der Hand eines Mediziners in die des anderen. Es wird mal hier, mal dahin gezeigt
und die Meinung des Kollegen eingeholt. Ohne sich groß an-
zustrengen, fallen ihnen sofort einige Dinge ins Auge, etwas,
was eigentlich auch seinerzeit der herbeigerufene Plöner Arzt
sofort hätte erkennen müssen.

Auf der rechten Seite an der Grundfläche des Schädels in
der unteren Grube des Hinterhauptbeins befindet sich eine
Stelle, die in fünf Knochensplitter gespalten ist. Ihr Umfang,

zwischen Schläfenbein, Hinterhauptbein und dem ersten Wirbelbein, beträgt zirka fünf Zentimeter, die Länge rund zweieinhalb Zentimeter und die Breite nicht ganz zwei Zentimeter. Von der Stelle geht nach dem hinteren, mittleren Teil des eiförmigen Loches des Hinterhauptbeins noch ein Riss, der noch einer näheren Untersuchung vorbehalten bleibt. Die fünf Knochenstücke, werden ohne Mühe dem Schädel entnommen und gesondert in ein Tuch gewickelt. Und wieder wandert der Schädel von der Hand des einen Mediziners in die des anderen. Immer mehr wird erkennbar.

Nach der entgegengesetzten linken Seite der zuvor erkannten Öffnung klafft am Rand des Hinterhaups ein Loch von nicht ganz vier Zentimeter; ebenso fehlt der Hinterhauptgelenkhügel derselben Seite. Überhaupt: Es fehlt über die ganze Länge, längs des angegebenen fehlenden Stücks und eines Teils der unteren Fläche des Basilarfortsatzes des Hinterhauptbeins, die Knochenmasse. Diese Teile müssen ohne Zweifel mit Gewalt abgeschlagen sein. Noch einmal beraten sich beide Pathologen, noch einmal schauen sie sich den Schädel an, doch weitere Verletzungen an Kopf und Unterkiefer sind nicht erkennbar. Dann wenden sie sich den übrigen Knochenteilen zu.

Stück für Stück, jedes Teil schauen sie sich genau an. Langsam arbeiten sie sich vor. Und auch hier werde sie fündig. Hart an der Wirbelsäule linker Seite, ungefähr zwischen dem dritten und vierten Halswirbel, finden sie die aus dem Schädel herausgeschlagenen, fehlenden Knochenteile. An dem größeren eines dieser Stücke befinden sich noch Haare, die ganz mit denselben korrespondieren, die zuvor noch auf dem Kopf erkennbar waren. Selbst an den Bruchstellen der Knochensplitter waren dergleichen Haare eingeschlagen. Und weiter geht die Untersuchung des Skeletts.

Bei der Wegnahme einzelner Knochen des Halses ist zunächst nicht die geringste Verletzung zu bemerken. Doch dann, wie sie so an den Knochen herumkratzen, etwas seitwärts an der linken Seite zwischen dem vierten und fünften Wirbelbein, zwischen verfaulten Halsmuskeln, fördert einer der Mediziner eine Bleikugel zutage. Die kleinere Hälfte dieser Kugel hat noch ihre natürliche Rundung. Die zweite größere Hälfte dagegen ist in zwei Seiten geteilt, läuft etwas breitspitzig zu, besitzt einige Gruben und ist noch, besonders an einer Stelle ebenfalls mit Kopfhaaren umgeben.

Den im gemessenen Abstand ausharrenden Zuschauern erscheint das alles recht langsam zu gehen. Ungeduld macht sich breit. Die ersten gehen. Doch die Kieler Professoren haben noch nicht alles gesehen. Sie wenden sich jetzt dem restlichen Skelett zu. Teil für Teil wird das Gerippe zerlegt. Nichts, weder von Unnatürlichem, noch von erlittenen Gewalttätigkeiten ist an den übrigen Teilen zu bemerken. Doch dann, nachdem alles aus dem Sarg entfernt ist, fällt ihr Blick auf eine Stelle, fällt auf das Kissen, auf dem sich noch einige Reste der verwesten Weichteile befinden. Die Pathologen haben schon viel gesehen. Ihnen macht es daher nichts aus, die verweste Masse mit ihren Fingern genau und aufmerksam zu untersuchen. Und wirklich, die eklige Prozedur ist von Erfolg gekrönt. Nach kurzem Zermanschen der stinkigen Masse findet sich ein Schrotkorn und dann noch eines. Beide müssen durch die weichen Teile des Halses so tief eingedrungen sein, dass sie sich nur bei den Wirbelbeinen finden lassen konnten. Die beiden Flächen, die auf dem einen Korn, und die eine bedeutendere Fläche auf dem andern zeigen deutlich, dass beide nicht allein weiche, sondern auch festere Teile getroffen haben müssen. An dem einen Schrotkorn scheinen auch noch Überreste von Haupthaaren anzukleben.

Nachdem noch einzelne Teile in Tüchern gewickelt, darunter auch der Schädel Kerlls, machen die beiden Pathologen sich auf den Weg zurück nach Kiel. Es ist noch Vormittag, als sie

aufbrechen. Nach einer Parforcejagd mit der Kutsche erreichen die Mediziner am frühen Nachmittag die Pathologie. Johann Leonhard Fischer, Professor der Anatomie und Chirur-
gie, sowie Etatsrat und Ritter des Danebrog Ordens, Professor
Adolph Friedrich Lüders, begeben sich sofort ins Labor nicht
ohne zuvor den anwesenden Wundarzt Friedrich Heinrich Theodor Freese hinzuzuziehen. Nachdem der Schädel aufgesägt
wird, ist dessen Untersuchung nur noch von kurzer Dauer. Der
Befund ist allzu eindeutig. Vom schon außen erkennbaren Loch
zieht sich schräg durch die linke Seite bis zur Stelle, wo die
große Halsschlagader einmal lag, eine Spalte, ein Kanal, der
so nicht dort hingehört.

Der Abschlussbericht

Nach einer zuvor am Seziertisch erfolgten Abschlussbespre-
chung begeben sich die Pathologen der Kieler Universität vom
Labor in ein Arbeitszimmer, nicht ohne zuvor einen Schreiber
herbeizuzitieren. Fein säuberlich hält er fest, was ihm die drei
Herren nach manchen Diskussionen untereinander schließlich in die Feder diktieren. Der Fall Kerll ist vom Standpunkt
der Mediziner aus endgültig und eindeutig gelöst. Es ist nicht
mehr zu leugnen, dass Johann Carl Friedrich Kerll durch einen Gewehrschuss mit der größten Sorte Schrot und einer Kugel sein noch junges Leben verloren hatte. Der abschließende
Bericht lässt keinen Zweifel aufkommen:

    Aus den vorgefundenen Verletzungen der Schädelknochen
und deren Richtung, sowie des Ortes, wo die eingeschossene
Kugel gefunden wurde, ist klar, dass der Schuss rechts zwischen Kopf und Hals, an dessen äußeren rechten Rand, nach
vorwärts zur linken Seite hingerichtet gewesen ist. Auf diesem
Wege musste die Kugel die Rückenmarkshöhle, zwischen Kopf

und dem ersten Halswirbelbein fast in der Mitte durchdringen, den Anfang des Rückenmarks zerreißen und den plötzlichen und absoluten Tod hervorbringen. Da die Kugel durch diese Höhle weiter bis in die weichen Teile des Halses in derselben Richtung fortgefahren ist, so ist im höchsten Grade wahrscheinlich, dass auch die großen Gefäße des Halses an der linken Seite mit zerrissen werden mussten.

Die Sage, nach welcher Kerll freiwillig seinen Tod im Wasser gesucht haben soll, ist durch die Obduktion vollständig entkräftet und die Annahme, dass er sich erst erschossen und dann ins Wasser gestürzt habe, einfach nur absurd, dass die Mediziner eigentlich darüber schweigend hinweggegangen wären. Doch sie entscheiden sich schließlich dazu, wenn auch nur kurz, darauf einzugehen, da leider – wie sie schriftlich festhalten –, oft genug ähnliche Absurditäten von Verteidigern und Ärzten in manchen Kriminalakten schon zu Protokoll gegeben wurden. Allein schon die Waffe, mit der sich Kerll hätte erschießen können, ist da eindeutig. Es hätte nur eine sehr kurze – ein Terzerol oder eine Pistole – sein können und kein Gewehr, wie im vorliegenden Fall. Dies einstweilen zugegeben, und gleichfalls zugegeben, dass er sogleich nach dem Schuss ins Wasser gesprungen oder gefallen sei, so ist doch die Länge des Armes, womit der Schuss vollführt wurde, mit der Stelle, wo die Kugel zwischen Kopf und Hals fuhr, genau zu vergleichen. Und nimmt man den Verlauf der Schusswunde so ergibt sich, dass die Mündung der Waffe hart an das Hinterhaupt, so unnatürlich auch die Situation war, angelegt worden sein muss.

Die Folge müsste also bei einem so scharfen Schuss mit Kugel und Hagel geladen, wie unzählige Fälle schon bewiesen, wenigstens eine totale Zerschmetterung des Hinterhauptes, wo nicht des ganzen Kopfes gewesen sein, wovon aber die gerichtliche Untersuchung des Kopfes auch nicht die geringste Spur hat entdecken können.

Unter diesen Umständen schwindet der Verdacht eines Selbstmordes völlig dahin und der Verlust des Lebens der untersuchten Person ist einzig einem Meuchelmord zuzuschreiben, wobei er früher getötet wurde, als dass er sich zur Gegenwehr hätte fertig machen und stellen können.

Nach dem Vorliegenden ist es völlig unwahrscheinlich, hier von einem Schuss aus einem Terzerol oder einer Pistole auszugehen, sondern vielmehr von einem Schuss aus einer Flinte, welche mit einer sogenannten Laufkugel und mit dem gröbsten Schrot geladen war. Und die Schussweite kann, da die Kugel und Schrotkörner nahe beisammen in Kopf und Hals gefahren sind, unmöglich sehr weit entfernt gewesen sein.

Was nun die zerschmetterten Stücke des Knorpels der Luftröhre anbelangt, so sind diese nicht etwa durch einen Handgriff an und auf die Kehle, in diesen zertrümmerten Zustand gesetzt worden, auch ist es unmöglich, dass die Kugel, welche, einen ganz verschiedenen Gang, zwischen Kopf und Hals genommen hat, die angeführte Zerstörung angerichtet hat.

Es ist aber höchst wahrscheinlich, dass einige Schrotkörner den vorderen Teil des Halses, schief von hinten nach vorne und von der rechten Seite nach der linken hin, was ohnehin die Richtung des ganzen Schusses war, durchschlagen und den Kehlkopf und dessen größten Teil getroffen haben. Da diese Schrotkörner von nun an keinen größeren Widerstand, als nur den leichten der Haut zu durchdringen hatten, so haben sie diese nach außen wieder verlassen und sich dem Auffinden im Körper entziehen können.

Diese Zerstörung des Seiten- und Vorderteils des Halses, welche ihrer Richtung nach auch die großen Gefäße und Nerven desselben entschieden verletzten, würde, schon für sich allein genommen, den Tod bei dem Opfer schnell herbeigeführt haben. Alle drei Herren unterschreiben den Bericht und versehen ihn mit ihren Dienstsiegeln.

Damit steht eindeutig und jetzt auch offiziell fest, dass der Schreiber Kerll keinen Selbstmord verübt hatte, sondern kaltblütig ermordet wurde, umgebracht mit einem speziellen Gewehr, welches mittels zweier unterschiedlicher Läufe Kugel und Schrot verschießen konnte. Diese Erkenntnis, und mit ihr überhaupt das gesamte Resultat der Untersuchung, trifft noch am selben Tag der Visitation, am Nachmittag gegen sechzehn Uhr, per Expressreiter in Plön ein. Schon wenig später befindet sich die in Plön ausharrende Untersuchungskommission auf dem Weg zum Gut Rixdorf. Und kaum ist es Abend, da erfolgt die Verhaftung von Holzvogt Sander. Ist doch allgemein bekannt, dass er ein Gewehr der seltenen Bauart besitzt, mit dem der Schreiber umgebracht worden ist.

Untersuchungen, Vernehmungen und ein Flüchtiger

Die anschließenden Vernehmungen während der Untersuchungshaft dienen allerdings nicht dazu, Sander der Tat zu überführen, noch ihn völlig vom Verdacht des Täters oder Mitwissers reinzuwaschen. Einmal gibt er zu Protokoll, man möge den Schreiber Lafrenz doch zur Sache verhören, wenn der nicht alles sage, dann werde er, Sander, es tun. Darüber dann noch einmal zur Rede gestellt, heißt es nur, er dürfe nicht weiter reden. Im Verlauf der Tage werden weitere Zeugen vernommen. Schließlich wird er mit Aussagen konfrontiert, zu denen er sich vor längerer Zeit gegenüber dem Lebrader Tagelöhner Hans Asmus Maas und dem Tagelöhner Joachim Ploen aus Rathjensdorf hatte hinreißen lassen, dass er angeblich Zeuge des Mordes geworden sei und dass er als Zeuge das Beiseiteschaffen der Leiche beobachtet habe. Doch Sander will oder kann sich jetzt nicht mehr daran erinnern oder fühlt sich schlichtweg falsch verstanden. Vielmehr behauptet er jetzt, er

habe seinerzeit nur erzählt, dass ihm solches zu Ohren gekommen wäre. Dass er selbst Zeuge des Mordes gewesen sei, dies
stellt er nunmehr strikt in Abrede. So stehen Aussagen gegen
Aussagen. Als sich mit der Zeit keine belastenden Beweise gegen den Holzvogt ergeben, wird sein Auftreten wieder etwas
forscher. Immer öfter versucht er nun gegenüber dem Untersuchungsrichter, den Verdacht auf den Schreiber Lafrenz zu
lenken, wenn er auch zugibt, dass er dem eigentlich nichts direkt beweisen könne. Auch das untersuchte Gewehr Sanders
und die zugehörigen Gießformen von Kugel und Schrotkörnern
geben letztlich keine absolute Klarheit. Die Kugel könnte aber
durchaus in Sanders Gießform hergestellt worden sein. Darüber informiert, stutzte er zunächst, scheint auch etwas blass
zu werden. Doch wieder bietet sich der Untersuchungskommission auch hier keine richtige Handhabe, da auf jeden Fall
die Schrotkörner definitiv nicht Sanders Gießform entstamm-
ten. Der Prozess, der bisher auf reinen Indizien beruht, er
scheint gescheitert. Die Kommission versucht daraufhin, es auf
eine andere Weise zu versuchen; der Druck auf die möglichen
Beteiligten wird erhöht.

Die Untersuchungskommission verlässt ihre Schreibtische
in Plön und begibt sich diesmal direkt aufs Gut. Alle Bediensteten werden nun der Reihe nach vor Ort vernommen. Dabei
scheint die Aussage des Schweinehirten Hans Christian Busch,
die er nach einigem Zögern zu Protokoll gibt, die Lösung des
Rätsels näher zu bringen: Vor fünf Jahren, am Abend nach
dem Begräbnis der Leiche Kerlls, habe er in der Meierei zu
Rixdorf bei der Tranktonne gestanden; die Stubentür sei dabei offen gewesen und in der Stube hätten sich Lafrenz und
die Ehefrau des Melkers Brecht befunden. Beide, so versichert
Busch, sprachen damals von der Ermordung Kerlls. Die Pas-
sage, die ihm selbst nach der langen Zeit noch klar in Erinne-
rung sei, lautete eindeutig, und zwar zunächst vonseiten der

Frau: »Wie konntest du das doch einmal tun; ja, was hast du denn davon?« Worauf der Schreiber voller Verachtung geantwortet habe: »Ja, was ist an einem Kerl gelegen. Ja, was habe ich davon; vorher musste ich ihnen zu Gefallen leben, jetzt müssen sie mir zu Gefallen leben.« Auf so einen Hinweis hat die Kommission schon lange gewartet. Noch am selben Tag erfolgt die Verhaftung des Gutsschreibers Lafrenz. Es ist Mittwoch, der 5. Juli 1826.

Als einige Tage später auch der Feldvogt Fey, später dann noch Nachtwächter Bünning in Arrest genommen werden, macht sich auch Inspektor Rixner wieder bemerkbar. Er bittet, die in Plön tätige Kommission, die Inhaftierten aufsuchen zu dürfen, angeblich, um sie zum Geständnis zu bewegen. Als er aber erfährt, eine Unterredung werde nur im Beisein eines Zeugen der Gerichtskommission gestattet, da nimmt Rixner merkwürdigerweise von seinem Ansinnen abstand. Wollte er ungehört seine Leute instruieren?

Die Befragungen der drei Inhaftierten drehen sich in den folgenden Tagen allerdings auch ohne Zutun des Inspektors im Kreise. Lauten die Anschuldigungen Sanders, der Feldvogt Fey und die Haushälterin Hoffmeister hätten »das mit Kerll« vorgehabt, so gibt Lafrenz an, die Hoffmeister hätte das »wohl veranlasst«. Und auch Sanders Äußerungen, er habe den Mord belauscht und die Stimmen erkannt, wie ja mehrere Zeugen auch unter Eid zu Protokoll geben, sind letztlich nicht verwertbar. Sander streitet solcherart Reden wieder einmal schlichtweg ab.

Lafrenz fühlt sich in der gesonderten Verwahrung zunehmen unwohl und wird wegen angeblicher Krankheit am 31. Juli ins Plöner Zivilgefängnis überstellt. Hier im Erdgeschoss des Südwestflügels des Plöner Schlosses bezieht er ein mit Eisenstäben vergittertes Zimmer und wird mit leichten Ketten an den Füßen versehen. Lange sollte der Gefangene seine

Zelle allerdings nicht bewohnen. Am 2. August gegen 5 Uhr morgens entdeckt der Wächter während seines Routinegangs die Flucht des Inhaftierten. Die mit einem Schloss versehenen Ketten liegen auf dem Fußboden; am Schloss selbst scheint ein Bolzen herausgeschlagen und nachher wieder hineingesteckt worden zu sein. Ebenfalls verwunderlich: Einer der Gitterstäbe vor dem Fenster ist weggebrochen. Die Überwindung der mehr als zweieinhalb Meter vom Fenster bis zum Erdboden schien für den angeblich kranken Lafrenz dann kein Problem gewesen zu sein.

Die unmittelbar darauf informierte Untersuchungskommission handelt schnell. kaum eine Stunde vergeht, da machen sich Stafettenreiter auf den Weg und bringen Steckbriefe nach Altona, Hamburg, Lübeck und Glückstadt. Sogar Militär wird angefordert. Und nur wenig später patrouillieren Soldatengruppen zwischen Tramm, Rixdorf und Plön, dabei auch Hausdurchsuchungen vornehmend. Zeitgleich und als Ansporn gegenüber der Bevölkerung, stellt die Behörde eine Belohnung von 50 Reichsbanktalern für Hinweise in Aussicht, die zur Ergreifung des Flüchtigen führen. Und um sicher zu gehen, dass sich der Gesuchte nicht doch noch in der unmittelbaren Umgebung aufhält, müssen sich in der Nacht vom 3. auf den 4. August alle männlichen Bewohner Rathjensdorfs versammeln. Sie erhalten den Befehl, die Gegend zwischen Gut Rixdorf und der Kieler Landstraße dem Kleinen Plöner See und Gut Wittmoldt unter Fackelbeleuchtung vollständig zu durchkämmen. Den Entwichenen finden sie allerdings nicht.

Doch Lafrenz hält sich in der Tat noch auf Rixdorfer Boden auf. Während andernorts die Gegend durchforstet wird, klopft der Flüchtige am 4. August nachts um 2 Uhr beim Melker Brecht ans Fenster und bittet um etwas Essen. Er logiere im Reithaus, so seine kurze Aussage. Und bevor der Melker noch etwas sagen kann, entschwindet der Flüchtige wieder im Dun-

keln. Brecht setzt daraufhin Inspektor Rixner in Kenntnis. Der
gibt zwar zu erkennen, er müsse den Vorfall in Plön melden,
meint aber, da die Untersuchungsbeamten wohl noch nicht
aufgestanden seien, könne man ruhig noch einige Stunden
warten. Als die Kunde von Lafrenz Anwesenheit auf Rixdorf
dann doch im Laufe des Vormittags nach Plön gelangt, von
dort zwei Polizisten auf dem Gut eintreffen, ist es natürlich zu
spät. Nur noch die ehemalige Anwesenheit des Entflohenen
kann festgestellt werden. Diese, durch Rixners mutwillige Verzögerung verursachte Schlappe, lässt sich die Untersuchungskommission nicht bieten, zumal sie den Gutsverwalter mittlerweile ebenfalls als in die Sache verstrickt ansieht. Nicht zuletzt die protokollierte Aussage der Margaretha Elisabeth Petersen warf ein schiefes Licht auf den Inspektor. Während der
auf dem Gut durchgeführten routinemäßigen Befragung der
Kommission zum Kerll-Mord gab sie eine Äußerung der Frau
des Holzvogts Sander ihr gegenüber zu Protokoll: Früher dul-
dete der Inspektor ihren Mann nicht in seiner Nähe, jetzt aber
ließe er ihn sich niedersetzen, wenn er zu ihm komme, reiche
ihm sogar Schnaps und Butterbrot und habe ihm auch eine
regelmäßige jährliche Zulage von 10 Gulden gewährt. Für heutige Verhältnisse wären das, grob gerechnet, etwas über 600
Euro. Aufgrund dieser Äußerung erwirkt die Kommission umgehend einen Gerichtsbeschluss und der Inspektor wird unter
Polizeiaufsicht vom Gut entfernt und der Verwaltung bis auf
Weiteres enthoben. Er bleibt zwar in Freiheit, doch während
die Untersuchungen noch fortdauert, darf er seinen zugewie-
senen Wohnsitz auf Gut Tresdorf nicht verlassen.

Tag für Tag vergeht. Zwar gibt es immer wieder einzelne An-
zeichen, dass Lafrenz sich noch in der unmittelbaren Umgebung aufhält, doch werden vorsichtshalber auch die umliegenden Güter Wittmoldt, Wittenberg, Schönweide und Rantzau
um Unterstützung gebeten. Auch sie beteiligen sich auf ihrem

Gebiet nach Kräften an der Suche nach dem Entflohenen. Tag und Nacht durchkämmen Freiwillige die Wiesen, Felder, Wälder und Knicks. Die Gutsanlage Rixdorf ist während dieser Tage von einer Postenkette umstellt, die allerdings zu einem großen Teil von Rixdorfer Bürgern gebildet wird. Ohne erkannt zu werden, kann niemand mehr zu den Gebäuden gelangen oder heraus. Und so geschieht es auch. Am Abend des 11. August, gegen 22 Uhr, erblickt einer der Doppelposten den Gesuchten, wie er aus dem Garten des Försters Siegesmund herauskommt und sich dem Inspektorenhaus zuwendet. Sein mit einem Schießgewehr versehener Kollege ruft Lafrenz an, er solle stehen bleiben oder er werde schießen. Und als der Angerufene sich zur Flucht wendet, da sendet er ihm einen, wenn auch nicht so richtig gezielten Schuss nach. Die Kugel geht daneben und Lafrenz entkommt wieder einmal.

Es scheint zu einem nicht enden wollenden Katz- und Mausspiel auszuarten, doch schon am folgenden Tag zieht sich die Schlinge um den Flüchtigen zusammen. Aufgrund des Vorfalls werden noch einmal vor Ort Untersuchungen angestellt, werden sämtliche Häuser und Scheunen durchkämmt. Schnell steht fest, dass sich Lafrenz wohl die letzte Zeit aus der Speisekammer des Fischers Brecht, ein Verwandter des Melkers, ernährt hatte. Besitzt sie doch einen Zugang auch von außen. Das Ehepaar Brecht will von nichts gewusst haben, wird aber wegen Unterstützung des Gesuchten festgenommen und sogleich ein Posten im Hause stationiert, der Lafrenz beim nächsten Auftauchen verhaften soll. Doch der lässt sich nach dem vorigen Abend nicht mehr sehen.

Das Rätsel des plötzlichen Verschwindens löst sich wenige Tage später wie von selbst auf, als am 14. August ein Bauernsohn und ein Knecht gemeinsam den Leichnam Lafrenz' unter dem Steg einer Grabenquerung am Weg von Tramm nach Theresienhof entdecken. Darüber benachrichtigt, begibt sich wieder einmal die Untersuchungskommission hinaus aufs Land. Wie es aussieht, hatte sich der Gesuchte, mit entsetzlich tiefen Schnittwunden an der rechten Halsseite selbst das Leben genommen. Das entsprechende mit Blut versehene Rasiermesser wird auch gefunden. Bemerkenswert ist allerdings, dass es sich fein säuberlich zusammengeklappt in der Westentasche des Toten befindet. Um es kurz zu machen: Wieder heißt es zunächst von Inspektor Rixner und einigen anderen, Lafrenz hätte Selbstmord begangen, da er wohl vor Verzweiflung keinen Ausweg mehr gewusst habe. Wieder wird der Leichnam durch Etatsrat Fischer aus Kiel untersucht. Und wieder bringt der Pathologe die Wahrheit ans Licht: Festgestellt wird, dass diese Art Wunden einzig und allein nur frontal von vorne oder, bei einem Selbstmord, nur durch einen Linkshänder hervorgerufen werden könnten. Nur –: Lafrenz war Rechtshänder. Es war mit allergrößter Wahrscheinlichkeit erneut von einem Mord auszugehen.

Epilog

Letztlich bleibt das Ableben Lafrenz' nicht ganz geklärt. Fest steht nach den auch hier folgenden Untersuchungen allerdings, dass er in den Mord am Schreiber Carl August Fridrich Ludwig Kerll mehr verwickelt war, als er zunächst zugegeben hatte. Die Möglichkeit, dass er als williges Werkzeug fungierte und, als die Ergreifung sich abzeichnete, einer gewissen maßgeblichen Person auf dem Gut und seinen Helfershelfern unbequem wurde, dies berühren die Akten nur am Rande. Doch beweisen lässt sich auch dies nicht.

Sechs Jahre waren inzwischen seit dem Mord am Schreiber Kerll vergangen. Dutzende von Vernehmungen waren auf dem Papier festgehalten worden; Eide waren geschworen und als glaubhaft festgestellt worden, Meineide wurden geschworen, aufgedeckt und geahndet, doch die Überführung des Mörders wollte einfach nicht gelingen. Am 2. Februar 1827 entscheidet schließlich das Glückstädter Gericht, »dass die Untersuchung wegen des am Schreiber Kerll auf Rixdorf verübten Mordes bis auf Weiteres und bis sich etwa in Zukunft nähere Anzeigen ergeben, auf sich beruhen müsse.« Daran hat sich bis heute nichts geändert. Alle Inhaftierten erhalten mit sofortiger Wirkung ihre Freiheit zurück. Nicht ungeschoren kommen allerdings zwei Personen davon: Der Plöner Doktor Fabricius verliert wegen seiner fehlerhaften oder auch mutwillig unterlassenen Obduktion Kerlls seine Approbation als Arzt. Gleichzeitig wird Bürgermeister und Gerichtshalter Martini wegen starker Versäumnisse im Fall Kerll seiner sämtlichen Ämter enthoben.

Das Zuchthaus als Hochschule des Verbrechens.
Der Raubmord des Carsten Hinz,
Oldenswort 25. Oktober 1841

Die Entdeckung eines Mordes

Es ist früh an diesem Dienstag dem 26. Oktober. Der von alten Deichen umgebene und durchkreuzte Ort Oldenswort auf der Halbinsel Eiderstedt taucht aus dem Dämmerlicht auf und entwächst langsam dem flachen Marschenland. Schon ist der Kirchturm erkennbar, einzelne Warften mit ihren großen Gehöften lassen sich ausmachen und die den Ort durchquerende, mit Steinen befestigte Straße. Und da sind dann auch schon einige frühe Pflastertreter auf dem Landweg auszumachen, die mit ihrem lebenden Arbeitsgerät dem Ortsausgang zustreben. Es sind Ochsentreiber auf dem Weg hin zu ihrem Tagewerk, auf einem vor dem Ort liegenden Acker. Langsam und behäbig trotten die Zugtiere voran, hin und wieder einmal mit dem Pflugstöcker, einem Stock mit einer Querscheide aus Eisen, zum schnelleren Vorankommen angetrieben. Eine Ewigkeit scheint es zu dauern, dann liegen die ersten Bauernhöfe hinter den Arbeitern und ihren Tieren. Nur noch wenige Minuten, dann haben sie ihr Ziel erreicht, dann soll es mit dem Pflügen losgehen. Jeder ist in Gedanken bei den kommenden Stunden: Was wird der Tag heute mit sich bringen? Hält das Wetter?

Die mit dem zunehmenden Tageslicht erkennbare graue Wolkendecke lässt nichts Gutes erahnen. Und dann spricht einer der Treiber laut aus, was alle wohl irgendwie befürchten: Das werde heute nichts Rechtes mit der Arbeit, er habe es schon beim Aufstehen in den Knochen gespürt. Und das Ziehen in den Gelenken hätte bei ihm noch nie gelogen. Nicht lange mehr, dann wären sie wieder auf dem Rückweg. Hoffentlich geht nicht wieder, wie beim letzten Sauwetter, einer seiner Holzbotten im klebrig, saugenden Kleiboden verloren.

Die Kameraden wissen, sie können es nicht ändern. Muss man das alles dann aber auch noch aussprechen? Sie nicken und brummen vor sich hin, und es gibt bestimmt einen, der denkt: Am besten bleibst Du samt deinen Botten gleich selbst für immer im Schlamm stecken.

Fast sind sie am nahe der Landstraße liegenden Altenteilerhaus des Bauern Hamann vorüber, da werden sie unsanft aus den Gedanken herausgerissen. Einer bleibt unschlüssig stehen und schaut seine Kameraden an. War da nicht ein Schrei? Oder quäkte da ein Tier abseits der Straße? Da –, erneut war der Ton zu vernehmen. Jetzt haben es auch die anderen vernommen. Auch sie lassen ihre Ochsen halten, verharren auf der Stelle und horchen. Nein, ein Tier war es nicht. Vielmehr hörte es sich an, als wenn ein Mensch in höchster Not, mit letztem Einsatz um sein Leben schrie. Sie drehen sich um. Da, jetzt ist es erneut zu vernehmen und es kommt, wenn auch stark gedämpft, eindeutig von der Kate Hamanns herüber. Ihre Tiere auf dem Weg sich selbst überlassend, eilen die Treiber mit großen Schritten auf das Gebäude zu. Die Laute, die jetzt deutlich als Hilferufe zu erkennen sind, kommen aus dem Haus; da gibt es keinen Zweifel. Schon ist der Erste an der Eingangstür. Klopfen und Öffnen ist fast eins. Und während er den ersten Schritt in den noch im Dämmerlicht liegenden Flur hineinwagt, klingt wieder der Hilfeschrei, der jetzt klar und vernehmbar einer alten Frau zuzuordnen ist. Schon ist der erste Ochsentreiber im Haus, entlang des Flures, als er die offen stehende Tür der Schlafkammer entdeckt. Ein Blick hinein, lässt ihn die alte Bäuerin im Bett liegend erkennen, die ihn jetzt nur noch wimmernd um Hilfe entgegenruft. Wie unter Schock liegt sie regungslos unter dem hochgezogenen La-

ken. Nur die Augen sehen den Angekommenen unter der tief
in die Stirn gezogenen Nachthaube an. Im Zimmer selbst, in
der Nähe der Schwelle hängt auf einem Stuhl ein Körper, umgeben von dunklen Flecken auf dem Boden. Was ist hier geschehen? Es bedarf mehr Licht. Und da kommt auch schon
der erste der Kameraden mit einer Petroleumlampe heran, die
er nach kurzem Suchen in der Küche gefunden hatte.

Unter dem leicht flackernden Lichtschein zurück am Schlafzimmer wird schnell erkennbar, dass hier ein großes Verbrechen vorgefallen sein muss. Umgeben von großen Blutlachen
liegt Hamann mehr, als dass er sitzt, über die Stuhllehne gebeugt und sein Kopf sieht aus, als wäre ein ganzes Arsenal an
Hieb und Stichwaffen auf ihn eingeprasselt. Niederbeugend
und das Licht hierhin und dorthin haltend scheint dem Ochsentreiber klar zu werden, dass der alte Bauer wohl sein Leben
ausgehaucht habe. Er überlässt den Leichnam sich selbst und
geht zum Bett, zur alten Bäuerin. Seitdem sie ihn das erste
Mal gesehen hat, war sie still geblieben. Kein weiterer Hilferuf
entrang sich ihrer Kehle, doch auch kein anderer Laut. Still
und mit flackerndem Blick verfolgte sie die kurze Untersuchung
ihres Mannes. Jetzt, wo die herbeigerufene Hilfe sich zu ihr
ans Bett begibt, entringt sich ihrer Brust ein Seufzen. Sie
schließt die Augen. Die Anspannung der letzten Stunden ent-
weicht und sie wird ohnmächtig.

Und während einer zurück in die Küche hastet, um einen
Becher mit Wasser zu holen, und es ihr schließlich einzuflößen versucht, läuft ein anderer los, um im Dorf den Ortspolizi-
sten zu informieren und Hilfe zu holen. Der Mann mit der Lam-
pe wendet sich den umliegenden Räumen zu. Die Türen zu
Wohnstube und Kammer der Dienstmagd stehen auf. Der
schwache Schein der blakenden Laterne deckt nur zu bald das
ganze Ausmaß des ungeheuerlichen Vorgangs auf: ein zerbro-
chenes Fenster, auf dem Boden herumliegende und geöffnete

Koffer, Kästen, weit offen stehende Schranktüren. Es besteht kein Zweifel: Hier hat sich ein Kapitalverbrechen abgespielt. Und dann die Kammer der Magd. Der Körper der Frau liegt regungslos unter dem Laken. Das halbe Bett ist rostrot mit Blut getränkt. Auch ihr Kopf muss arg mit einem scharfen Gegenstand malträtiert worden sein. Doch wie der Mann sich zu ihr niederbeugt, scheint es ihm, als doch noch etwas wie Leben in diesem Körper steckt.

Dann treffen auch schon der vom Frühstückstisch aufgestörte, mit dem Dienstfahrrad herbeigehastete athemlose Ortspolizist ein, gefolgt von einigen Helfer, denen die Neuigkeit auf der Straße zugerufen wurde. Während einige sich um die alte Frau zu kümmern beginnen, wirft der Vertreter der Staatsmacht nur einen kurzen Blick auf den Körper Hamanns, schüttelt den Kopf, um sich dann mit einem Gang durch die Räume einen Überblick zu verschaffen. Der Tag ist inzwischen voll erwacht. Das durch die Fenster einfallende Licht reicht aus, um alle Details zu erfassen. In der Kammer der Magd angelangt und den Blick auf das zerschundene Gesicht gerichtet, folgt wieder nur ein Kopfschütteln. Doch schon wird er aus den Gedanken herausgerissen. Rufe aus dem Schlafzimmer der Hamanns erschallen. Und dann wird der Polizist auch schon geholt: Als man den Körper des anscheinend gemordeten Alten vom Stuhl heben und auf das Bett legen wollte, da haben sich die Gliedmaßen noch recht warm angefühlt, berichten sie ihm. Und wirklich, beim harten Zupacken, entrang sich dem scheinbaren Leichnam doch tatsächlich ein leichter Seufzer. So unwahrscheinlich es bei den grässlich aussehenden Stich- oder Hiebwunden an Kopf und Rumpf und dem starken Blutverlust auch scheinen mag: Der Hamann lebt.

Und jetzt erinnert sich auch einer der Ochsentreiber wieder, dass es ihm beim ersten Augenschein ja auch so vorgekommen war, dass wohl noch Leben im Körper der Magd zu finden wäre. Während es nun ein Hin und Her zwischen den Kammern gibt, trifft eine weitere Person ein und informiert die Anwesenden, dass der Arzt heute früh mit seinem Gespann aufgebrochen sei und erst gegen Mittag zurückerwartet werde.

Der Polizist entscheidet, beide Schwerverletzten, Altenteiler und Magd, zu einem benachbarten Bauern zu bringen, und sie dort erst einmal, so gut es eben geht, notdürftig versorgen zu lassen. Jemand solle einen Leiterwagen organisieren, mit Hilfe dessen der Transport erfolgen könne. Daraufhin sei der Tatort erst einmal für niemanden mehr zu betreten. Zwei auf die Schnelle benannte Aufpasser aus dem ihn umgebenden Kreis haben ihm dafür geradezustehen. Und die inzwischen wieder Herrin über ihre Gliedmaßen gewordene Ehefrau Hamanns, die in Haube und Nachthemd wie ein Gespenst im Schlafzimmer neben ihrem Mann steht und immerhin ein paar Worte findet, wenn auch über ein »Je-oh-je« nicht hinauskommend, sie solle sich zu Bekannten begeben und als mögliche und wichtige Zeugin zur weiteren Verfügung halten.

Der Vertreter der Staatsmacht selbst macht sich von dannen, um den Amtsrichter von der ungeheuerlichen Tat in seinem Distrikt zu benachrichtigen, damit die notwendigen weiteren Schritte eingeleitet werden können.

Zwischenspiel

Auch ohne über Segnungen des 20. und 21. Jahrhundert zu verfügen, wie Twitter und Internet, verbreitet sich die Kenntnis von der Tat vor den Toren Oldenswort im Ort selbst und der gesamten Umgebung wie im Fluge. Ja, schon am zweiten Tag ist die gesamte Eiderstedter Landschaft vom Geschehen und von dem noch unbekannten Täter mit Schreck erfüllt. Und

so schnell sich die Nachricht verbreitet, genauso schnell bezeichnet »Volkes Stimme« mal diesen und mal jenen Menschen
des begangenen Verbrechens. Zigeuner, durchreisende Fremde, Menschen, denen man schon immer Übles zutraut, sie alle
werden als mutmaßliche Täter bei der Polizei denunziert. Doch
die Staatsmacht lässt sich davon nicht beirren. Sie weiß es anscheinend besser. Nicht nur, dass die alte Frau Hamann durchaus als Zeugin zu gebrauchen war, nein, es hatte sich schon
kurz nach Bekanntwerden des Ganzen auch noch eine weitere
Person gemeldet, der am Montagabend in der einsetzenden
Dämmerung einen Mann von der Landstraße in Richtung der
Hamannschen Kate einbiegen sah, und zwar nicht über die
natürliche Zuwegung, sondern seinen Weg über ein Feld nehmend. Und genau diese Person, genau sie bringt die richtigen
Voraussetzungen mit. Die Beschreibungen der beiden Zeugen
stimmen eindeutig überein. Die Fahndung kann beginnen. Und
jetzt steht auch fest, dass es sich bei dem Gesuchten um einen
gemeinen Mörder handelt. Nur zwei Tage nach dem Vorfall
im Hause des Altenteilerpaares Hamann erliegt der alte Bauer
seinen schweren Verletzungen. Die Magd selbst überlebt wie
durch ein Wunder.

Nur vier Tage später am 30. Oktober gelingt es, den landes-
weit Gesuchten zu verhaften. Noch am selben Tag erfolgt seine Überführung ins Gefängnis nach Tönning, dem sogenannten ›Stockhaus‹. Auch diese Nachricht verbreitet sich wie im
Fluge. Überall wo die Kolonne mit dem Delinquenten durch-
marschiert, gelingt es den Polizisten nur mit Anstrengung und
unter starkem Einsatz ihrer Stöcker, die aufgeputschten Ge-
müter der zahlreich an den Straßen stehenden Menschen zur
Räson zu bringen und den Gefangenen vor einem regelrechten Steinigen zu schützen.

Die Hohe Schule der Verbrecher

Bei dem Festgenommenen handelt es sich um einen jungen Mann ganz aus der Nähe, einen einfachen Tagelöhner, der schon mehrfach mit dem Gesetz in Konflikt geraten und der erst vor wenigen Tagen aus dem Glückstädter Zuchthaus entlassen worden war: Carsten Hinz.

Als Kind armer Tagelöhner hat es in seiner Kindheit und Jugend nie für das Schulgeld gereicht. Immerhin kann die Mutter ihrem Sohn etwas Lesen und die Anfänge des Schreibens beibringen. Nichts weiß er von Recht und Gesetz. Von Gott und König hat er nie etwas gehört. Ab dem neunten Lebensjahr verbringt Hinz die Tage als Hütejunge auf den Weiden bei den Schafen der Eltern. Oftmals kennzeichnet nun Langeweile seine Zeit bei den Tieren. Und wenn die Bauern auf den umliegenden Feldern mittags zum Essen nach Hause gehen und ihr Ackergerät stehen lassen, so denkt Carsten Hinz sich überhaupt nichts dabei, wenn er hingeht und hier ein Tau oder eine Kette, dort eine Peitsche entwendet, des Geklaute versteckt und bei Gelegenheit bei einem vorbeikommenden Hausierer für wenig Schillinge verhökert. Niemand hat ihm etwas davon erzählt, dass sich das nicht gehöre, das es Diebstahl wäre und was es bedeute. Zwar fallen diese Dinge bei den Bauern im Ort auf, zu Hause bekommt er dafür von seinem Vater auch immer wieder einmal eine gehörige Tracht Prügel. Doch Carsten Hinz weiß nicht wofür. Er hat sich doch nur etwas angeeignet, das auf dem Feld herumlag, wie Äpfel im Garten.

Als es schließlich darum gehen soll, den Jungen zum Konfirmandenunterricht zu melden, da wiegelt der Pastor des Ortes ab: Carsten Hinz habe ja nie eine Schule besucht. Erst müsse er wenigstens einige Wochen die Schulbank drücken, dann könne man wieder darüber reden. Und so findet sich der inzwischen Fünfzehnjährige, herausgerissen aus seiner gewohnten Freiheit bei den Schafen, unmittelbar auf die enge Schulbank gezwängt, zwischen all den sechs- bis siebenjährigen Kindern. Man muss kein Prophet sein, um vorauszusehen, was diese Zeit in der Schule für den Jugendlichen bedeutet: Unlust und Widerwillen stehen ihm buchstäblich ins Gesicht geschrieben. Der Lehrer verzweifelt an dem Jungen und versucht mit Hilfe des kräftig auf dem Rücken tanzenden Rohrstocks Hinz zu schulischen Leistungen anzutreiben. Dann hat er ein Einsehen. Nach nur wenigen Wochen wird der Schüler entlassen und darf zum Konfirmationsunterricht des Pastors. Doch dort ist es nicht viel besser. Carsten Hinz besucht diesmal zwar willig den Unterricht, doch er versteht einfach nichts von dem, was der Prediger da vorträgt, er begreift es einfach nicht, da ihm so gut wie alles Vorwissen fehlt. In seinem sechzehnten Lebensjahr erfolgt immerhin die Konfirmation und damit der Einstieg ins Erwachsenenalter.

Von nun an muss er sich um sich selbst und sein Leben kümmern. Er hat das elterliche Haus zu verlassen und beginnt als Knecht bei einem Bauern in Osterhever. Doch da Hinz bei seinen Eltern außer dem Hüten der Schafe nichts gelernt hatte, und ohne Aufsicht immer sein eigener Herr war, ist er zu ordentlicher Arbeit nicht zu gebrauchen. Ungeschickt und nachlässig stellt er sich an und wird schließlich entlassen. Erneut bei den Eltern treibt er sich in seinem Müßiggang erstmals in Wirtshäusern herum, lernt Knechte und Mägde kennen, die ihn Branntweintrinken und Kartenspiel beibringen. Bald schon gibt es keinen Tanzabend mehr, an dem Carsten Hinz nicht teilnimmt. Das notwendige Geld stielt er seinen Eltern und Geschwistern. Der Prügel des Vaters und den Vorhaltungen der Mutter überdrüssig nimmt er schließlich eine neue Stelle als Knecht an. Doch jetzt steht sein ganzes Sinnen nur noch darin, an den üblichen abendlichen Trink- und Tanzgelagen von Knechten und Mägden teilzunehmen. Der tägliche Rausch ist das Ziel. Gewöhnlich kehrt er völlig duhn mit Anbruch des Morgengrauens auf den Hof zurück. Zur Arbeit ist er kaum noch zu gebrauchen. Auch hier beschafft er sich immer wieder Geld, indem er seine Mitknechte bestiehlt. So ist es nur natürlich, dass er vom Hof geworfen wird.

Schließlich gerät er auf einen Hof bei Drage, wo es noch ausschweifender unter den Bediensteten hergeht. Hinz ist jetzt ganz dem Alkohol verfallen. Nicht nur dass er seinen Lohn in kurzer Zeit verjubelt, auch seine Kleidung verpfändet er und darüber hinaus hat er schließlich bei manch einem im Ort Schulden. Wieder vom Hof gejagt, findet er erneut ein Unterkommen bei den Eltern und versucht sich in der Umgebung hier und da als Tagelöhner durchzuschlagen. Doch dann geschieht es: Immer wieder gerät er jetzt im Suff in Schlägereien. Viermal sitzt er deswegen für einige Tage im Gefängnis. Und weiter geht es auf der Bahn abwärts mit Carsten Hinz. Da er nicht mehr ein noch aus weiß, beschließt er, zukünftig als Dieb sein Auskommen zu suchen. Doch gleich bei der ersten Tat, der Entwendung eines Pferdes wird er nach kurzer Zeit schon geschnappt und bis zur Urteilsverkündung in das Gefängnis zu Tönning eingeliefert. Aus der Sicht von Hinz hätte es gar nicht besser kommen können. Sehr frei geht es hier in der Stadt an der Eider zu. Aufseher samt seiner Frau sind wie auch die meisten Gefangenen dem Brandwein ergeben. Gemeinsam lassen sie die Flasche kreisen. Hinz verträgt jetzt drei Flaschen am Tag.

Nach der Urteilsverkündung heißt es dann, die achtzehnmonatige Strafe für den Pferdediebstahl im Zuchthaus zu Glückstadt abzusitzen. Hier findet Hinz jetzt die Kameraden, die ihm zu seinem weiteren Lebensglück gerade noch gefehlt haben. Als »Küken« aufgenommen, nehmen sie ihn unter ihre Fittiche. Kaum wird zwischen den Insassen von etwas anderem gesprochen als von Rauben und Stehlen. Von außen von einem Unbeteiligten betrachtet, muss man es so deuten, als ob Hinz in die Hohe Schule der Schwerverbrechern eintritt. Jeder gibt ihm Hinweise, wie er sich, wenn er wieder in Freiheit wäre, zukünftig zu verhalten habe. Der eine weiß dieses, ein anderer jenes, wie er ein Ding drehen müsse. Gemeinsam planen einige gar, sich nach ihrer Entlassung zu einer regelrechten Räuberbande zusammenzutun. Carsten Hinz ist jetzt sehr lernbegierig. Vor allem, da hier erstmals niemand auf ihn wegen seiner Begriffsstutzigkeit eindrischt wie der Lehrer daheim oder der Vater. Derart erstmals eine Art Schule besucht, steht es für Carsten Hinz folglich fest, Rauben und Stehlen sind ein richtiges Gewerbe, mit dem man, richtig angepackt, durchs Leben kommen kann.

Im Oktober 1839 hat Carsten Hinz seine Strafe abgesessen. Er geht erst einmal zu den Eltern zurück. Doch lange hält er es dort nicht aus. Er will jetzt mit List und Betrug, so wie ihm seine Kameraden es im Zuchthaus beigebracht haben, eine Karriere als Verbrecher starten. Zunächst verschlägt es ihn nach Dithmarschen. Von Bauernhof zu Bauernhof zieht der junge Mann angeblich auf der Suche nach Arbeit, stiehlt hier Wäschestücke von der Leine, bricht dort in Häuser ein. Doch das Vagabundenleben ist mühsam. Meistens versucht er sich mit Betteln durchzuschlagen. Bald schon ist sein Name bei der Polizei bekannt und so ist es nur natürlich, dass er seine Kreise weiter fasst. Die große Wanderung führt ihn schließlich über Husum, Bredstädt, Tondern, Hadersleben, Apenrade, Flensburg und wieder zurück, diesmal nach Friedrichstadt.

Es ist der 10. Mai 1840. In der Stadt an Eider und Treene ist gerade Krammarkt und Hinz beschließt, im Gewimmel der Menschen einen Coup zu starten. Er trinkt sich Mut an und schlendert entlang der zahlreichen Buden. Bei dem Stand eines Schusters gelingt es ihm, unerkannt ein Paar nagelneue

Stiefel mitzunehmen. Durch den leichten Griff angeregt, will er sofort noch ein weiteres Mal zulangen. Und dabei geschieht es. Hinz wird auf frischer Tat ertappt und der Polizei übergeben. Für sie ist er jetzt kein Unbekannter mehr. Sofort wird er ins Gefängnis gebracht. Fünf Monate dauern Verhöre und der anschließende Prozess, währenddessen er die Gefängnisbibliothek ausgiebig nutzt. Und was enthält sie, was dient Carsten Hinz hier als Lektüre? Es sind ausschließlich Räuberromane, von der Art eines ›Rinaldo Rinaldini‹. Hinz wird so ein weiteres Mal geprägt. Er nimmt die Geschichten der Männer, die durch Rauben und Morden reich und angesehen geworden waren, für bare Münze. Genauso will er werden. Wenn er wieder hinaus in die Freiheit kommen soll, so werde er sich sofort auf die Suche nach einer Räuberbande begeben, beschließt Hinz. Doch zunächst findet er sich für die nächsten Monate erneut im Glückstädter Zuchthaus ein.

Das Hallo unter den noch zahlreich vorhandenen alten Kameraden ist groß. Sie empfangen ihn als gereiften Verbrecher. Hier unter den schweren Jungs, unter Brandstiftern, Räuber und Mördern, fühlt er sich jetzt richtig wohl. Sie schmieden erneut gemeinsam Pläne, wie man am Staat und den Menschen Rache nehmen könne, wenn man nur erst wieder in Freiheit wäre, wie man sein Leben zukünftig bestreiten würde. Schon bald ist sich ein kleiner Kreis, wie schon beim ersten Mal, einig, sobald sie das Zuchthaus hinter sich hätten, dann würden sie eine Räuberbande bilden. Das kommt Carsten Hinz nach seiner Lektüre im Friedrichstädter Gefängnis jetzt nur allzu logisch vor.

Doch erst einmal heißt es für ihn Abschied nehmen. Als einer der ersten der verschworenen Gruppe endet seine Strafe nur zu bald. Um dann schon einmal versorgt zu sein, erhält Hinz einen Tipp eines seiner Kameraden: In Oldenswort wäre etwas zu holen, bei einem alten Ehepaar. So zwischen 400 und

500 Mark wären dort in einer Schatulle aufbewahrt. Der Bauer Hamann und seine Frau wohnen etwas abgelegen vom Ort
und wären schon etwas klapprig, einzig eine noch jüngere Magd
wäre zu beachten. Und wie er die Tat am besten ausführen
müsse, auch dabei helfen ihm die Kameraden. Tagelang wird
beratschlagt. Die saubere, verschworene Gemeinschaft kommt
überein, Hinz müsse erst die Magd ausschalten, töten, um sich
dann dem Ehepaar zuzuwenden, die ihm, dem jungen starken
Burschen, nicht gefährlich werden können.

Im Oktober 1841 steht Carsten Hinz wieder vor den Toren
des Zuchthauses und wandert erst einmal wieder zu seinen Eltern, bei denen er am 23., einem Sonnabend, ankommt. Zwei
Tage später startet er mit einbrechender Dunkelheit zu seinem großen Coup. Doch Geld wird er nicht finden, das war
schon vor Tagen aus dem Haus geschafft worden.

Königliche Gnade

Eigentlich ist in dem zu untersuchenden Mordfall am Bauern
Hamann alles klar. Die Indizien sind eindeutig. Die Zeugen
haben Carsten Hinz eindeutig identifiziert. Einmal wurde er
bei einer Gegenüberstellung als derjenige erkannt, der in der
Nacht zur Kate geschlichen war, auch die wieder ganz gene-
sende Magd wie auch die Witwe Hamanns konnte den Inhaftierten genau identifizieren, zu genau hatte sich sein Gesicht
in ihr Inneres eingebrannt. Ja auch Hinz' eigene Eltern hatten
sich schon bei der ersten Vernehmung von ihrem Sohn abge-
wandt und gegen ihn ausgesagt.

So sehr die Tatsachen gegen Carsten Hinz auch sprechen und
so oft er zu Vernehmungen aus seiner Zelle ins Verhörzimmer
auch geholt wird, er bleibt trotz Ermahnungen und schließlich
gar Drohungen ruhig und leugnet hartnäckig die ihm zur Last

gelegte Tat. So hatte er es im Zuchthaus gelernt, so hatten es
ihm die Kameraden geraten, falls er einmal wieder für eine
Tat belangt werden sollte. Der Rest ist Schweigen. Monate gehen darüber ins Land. Schließlich beginnen sowohl die Behörde wie auch die Bevölkerung in ihrer Ansicht schwankend zu
werden. Ist Carsten Hinz wirklich schuldig? Oder handelt es
sich hier um einen Zufall, eine Verkettung merkwürdiger Umstände, die ihn als notorischen Verbrecher die Schuld nur allzu verständlich aufdiktiert? Immer mehr Menschen, Händler
wie auch Amtsleute, die in Tönning ihren Geschäften nachge-
hen, lassen sich die Gelegenheit nicht entgehen und begeben
sich zum Gefängnis, um ihre Neugier zu befriedigen und sich
einmal diese fragwürdige Person zeigen zu lassen. Der Gefängnisdiener lässt sich die Gelegenheit zur Aufbesserung seines
kargen Gehaltes nicht entgehen. Für die Führungen zur Zelle
werden bereitwillig ein paar Schillinge als Trinkgeld entgegen-
genommen.

Inzwischen ist diese merkwürdige Geschichte bis ins ferne
Kopenhagen vorgedrungen. Als der dänische König Christian
VIII. im Sommer 1842 auf seinem Weg nach Föhr in Tönning
Station macht, lässt auch er sich zu Carsten Hinz führen. Zwar
handelt es sich nur um einen kurzen Aufenthalt in der Zelle,
doch der Besuch wird bei dem Gefangenen noch nachwirken.
Denn der König sagt ihm auf den Kopf zu, er könne nur auf die
Gnade seines Königs hoffen, wenn er sich denn endlich und
eindeutig zur Tat bekennen würde.

Genau hier versucht in den folgenden Wochen der Gefängnis-
seelsorger, Pastor Gustav Schumacher, anzusetzen. Wie oft
hatte er Carsten Hinz schon aufgesucht und den trotzig Schwei-
genden mit Belehrungen und Ermahnungen von Gottes Gericht, von Teufel und Hölle überschüttet, dabei auch nicht vor
Drohungen göttlichen Zornes zurückschreckend. Doch jetzt,
nach dem Besuch des Königs, versucht er es auf andere Weise.

Jetzt nimmt er sich bei seinen Besuchen die notwendige Zeit. Nicht mehr er, der Pastor, spricht und überschüttet Hinz mit Vorwürfen und Ermahnungen, vielmehr setzt sich Pastor Schuhmacher hin und versucht auf den Gefangenen einzugehen. Er fragt, er lässt sich erzählen und erklären, lässt auch beiläufig einfließen, das Gottes Gnade groß sei, er jeden Menschen annehme, der nur aufrichtig seine Sünden bekenne und bereue. Gestalten sich die Zusammenkünfte zunächst recht mühsam, so dauert es aber kaum eine Woche, dann sprudelt es nur so aus Carsten Hinz heraus. Schließlich liegt das ganze Leben des Verbrechers offen vor dem Seelsorger. Und er erkennt, dass der junge Mann, der da in Ketten vor ihm hockt, wohl als ein Opfer des Gesellschaftssystems anzusehen sei.

So oft er von da an den Gefangenen aufsucht, immer wieder spricht er jetzt bei seinen Besuchen in der Zelle von Gnade, die Carsten Hinz durchaus erlangen könne, wenn auch zunächst einmal nur die göttliche Gnade. Was daraus folgen würde, dass läge dann ganz in Gottes Hand. Doch den ersten Schritt, den Hinz gehen müsse, wäre das aufrichtige Bekennen seiner Tat. Und der Pastor merkt, dass er da wohl etwas angestoßen, etwas zum Klingen gebracht habe. Damit sich Hinz überhaupt näher mit dem christlichen Glauben und der Barmherzigkeit Gottes etwas auseinandersetzen kann, bringt er ihm umgehend einige einfach gehaltene christliche Traktate zur Lektüre in die Zelle.

Nach 21 Monaten ist es endlich soweit. Wieder lässt Pastor Schuhmacher sich in die Zelle von Hinz einschließen und versucht sein Gegenüber zu überzeugen: Zwar könne er sein verpfuschtes Leben nicht ungeschehen machen, vielleicht werde er aber doch noch ein nützliches und segensreiches Beispiel abgeben.

Erstmals blicken die Augen Carsten Hinz' seinen Gegenüber merkwürdig strahlend an, fast erscheint es, als ob etwas Freude aus ihnen aufscheinen würde, wenn auch nur kurzfristig. Der Blick auf seine mit Ketten gefesselten Füße lässt nur kurz darauf wieder den traurig-trotzigen Blick erkennen:

»Ja, wenn ich frei wäre –,« seufzt Hinz.

»Und, bist du denn nicht frei?« entgegnet der Pastor empathisch, »wird nicht die Wahrheit dich frei machen? Dann bist du von der Nacht und Finsternis der Sünde erlöst. Ist das nicht ein viel schrecklicheres Gefängnis, als dieses, das dich nur leiblich gefangen hält. Dein Geist ist frei! Benutze diese Freiheit; schreib aufrichtig und wahr deine Lebensgeschichte nieder, die Gnade Gottes würdigt dich vielleicht, dass du solche Elenden, wie du selber Einer gewesen bist, eine heilsame Warnung wirst; und wenn auch nur eine Seele durch dein Beispiel gewarnt wird und vom ewigen Tod gerettet werden sollte ...«

»Oh, wenn das möglich wäre,« ruft Hinz mit zitternder Stimme dazwischen.

Wie gerne würde er eine Art Prediger werden. Wie gerne würde er anderen Menschen von seinem verpfuschten Leben erzählen und so vielleicht den einen oder anderen davon abhalten, ähnlich wie er auf die schiefe Bahn zu geraten. Vielleicht könne er ja auf diese Weise doch noch ein nützliches Glied der Gesellschaft werden? Und wenn der Pastor es wünsche, werde er es versuchen, sein Leben einmal auf dem Papier festzuhalten. Das werde aber eine Zeit in Anspruch nehmen. Er habe ja nie eine Schule besucht und das Schreiben falle ihm schwer.

Sofort nach seinem Besuch in der Zelle begibt sich der Pastor zum Gefängnisaufseher und erwirkt, dass Carsten Hinz Papier, Tinte und Feder erhält. Noch am selben Tag beginnt der Gefangene mit der Niederschrift seines Lebens. So oft ihn Gustav Schumacher in den kommenden Wochen auch besucht, immer wieder findet er einen niedergeschlagenen Gefangenen vor. Die Arbeit, so äußert sich Hinz, bereite ihm viel Kummer.

Sich an seine Taten und sein gottloses Leben zu erinnern, falle ihm nicht leicht. Er hoffe nur, Gott werde ihm die notwendige Kraft geben, das Ganze zu einem guten Ende zu bringen. Die innerlichen Schmerzen, die ihm die Niederschrift bereite, gehören wohl aber zu der gerechten Strafe Gottes dazu, und er werde es mit Geduld zu tragen versuchen.

Nach dem Bekenntnis von Carsten Hinz und seiner schwarz auf weiß vorliegenden Lebensbeschreibung steht dem Prozess nun nichts mehr im Weg, der im Oktober 1843 im ›Landschaftlichen Haus‹ zu Tönning stattfindet. Pastor Schumacher ist voller Hoffnung, dass das schriftliche Lebensbekenntnis mit der geschilderten »Bekehrung« auch Ankläger und Richter nicht ohne Eindruck gelassen haben. Doch für den Ankläger gibt es keine zwei Meinungen: Wegen des Mordes an dem Altenteiler Hamann und versuchten Mordes an dessen Magd, und unter Berücksichtigung des Geständnis des Delinquenten, könne es nur ein Urteil geben, darin ist er sich sicher: Tod durch den Strang; kurz und schmerzlos.

Richter und Beisitzer sehen es dagegen etwas anders. Auch wenn Hinz gestanden und in seiner vorliegenden Lebensbeichte glaubhaft seine Reue versichert und, wie der Pastor es im Prozess noch einmal, wenn auch etwas pathetisch, dargelegt hat, von Hinz zukünftig wohl keine Gefahr mehr ausgehe, für sie steht unumstößlich fest, das Leben ist nicht so einfach, wie man es sich gerne hinlügt. Für seine Beisitzer und ihm als Richter steht fest, dass der Mörder für seine grausame Tat entsprechend zur Rechenschaft gezogen werden muss. Für sie als Anhänger des Christentums komme da eher das Alte Testament zum Tragen. Da steht schon drin, Gleiches sei mit Gleichem zu vergelten. Das Urteil des Gerichtes lautet daher: Carsten Hinz wird gerädert, um so die ganzen Schmerzen, die er seinen Opfern zugefügt habe, auch selbst am eigenen Leib zu erfahren. Das wäre aus ihrer Sicht wahre göttliche Gerechtigkeit. Nur darum kann es hier bei diesem Gerichtsverfahren gehen und nicht um sozialen Hokuspokus.

Das Urteil bedarf allerdings noch der Bestätigung. So nimmt es von Tönning seinen Lauf durch die Instanzen, landet beim übergeordneten Gericht und geht schließlich von dort zum dänischen König Christian VIII. Der macht es sich nicht leicht. So einfach abnicken kann er den Richterspruch ja nicht, hatte er doch bei seinem Besuch in der Zelle gegenüber Carsten Hinz durchaus von »königlicher Gnade« gesprochen. Und dann liegt ja auch noch die Petition von Pastor Schuhmacher auf dem Schreibtisch, in der um vollständige Begnadigung des Verurteilten gebeten wird.

Die Wochen ziehen dahin. Schließlich, nach fünf Monaten, trifft die vom Herrscher unterzeichnete Verfügung aus Kopenhagen wieder in Tönning ein. Der König hat tatsächlich Gnade walten lassen und den Urteilsspruch gewandelt. Doch mit dem Leben kommt Carsten Hinz auch jetzt nicht davon. Das Urteil ist dahingehend abgemildert, dass er nicht die Qualen des Räderns ertragen muss, sondern durch das Beil enthauptet wird.

Es ist der 16. April 1844. Um 9 Uhr fahren zwei Wagen vor das Tönninger Gefängnis, begleitet von einer Schar Dragoner. Pastor Schuhmacher und ein Amtsbruder holen den mit Ketten gesicherten Carsten Hinz aus seiner Zelle. Der oberste Beamte, der Amtmann, sitzt schon wartend auf seiner Kutsche, während Hinz, der Gefangenenwärter und die beiden Geistlichen auf dem zweiten Gefährt Platz nehmen. Dann setzt sich der Zug in Bewegung. Auf beiden Seiten schirmen die Pferdeleiber der Dragoner den Andrang der Schaulustigen ab. Es geht entlang der Menschenkette durch die Straßen der Stadt. Auch aus den meist offenstehenden Fenster der Häusern fallen die Blicke von Zuschauern auf die vorbeirumpelnden Wagen.

Als der Tross vor den Toren der Stadt auf den Robbenberg

einbiegt, müssen die Dragoner ganze Arbeit leisten, um sich und den beiden Wagen freie Bahn zur Richtstätte zu verschaffen. An die tausend Schaulustige haben sich um das Schafott herum zusammengefunden, um der Arbeit des Scharfrichters beizuwohnen und ohne selbst betroffen zu sein, ihre Sensationslust zu befriedigen.

Carsten Hinz schreitet scheinbar sicheren Schrittes und durchaus erhobenen Hauptes auf das Podest, wo schon Richter und Scharfrichter warten. Nachdem ihm die Fesseln abgenommen werden, gehören die folgenden zehn Minuten noch einmal dem Richter. Wort für Wort liest er das papierne Beamtendeutsch vom Blatt, welches Verbrechen der heute zu Richtende angeklagt und wie es zu der Entscheidung gekommen sei. Nach dieser sich scheinbar endlos hinziehenden Zeremonie, während dessen Hinz den Kopf gesenkt hält, führt der Gefängnisdiener den Gefangenen, begleitet von den beiden Geistlichen, zum Scharfrichter. Dort angekommen, wendet Hinz sich an die Zuschauer: »Hier stehe ich nun, um von der Obrigkeit für die gräuliche Tat, die ich getan habe, die Strafe zu empfangen, welche ich verdient habe, denn Gottes Gerichte sind gerecht. So wird denn auch hier mein Blut von Menschen vergossen, wie denn auch unser Herr Gott in seinem Wort sagt ›Wer Menschenblut vergießt, dessen Blut soll wieder von Menschen vergossen werden‹. – Nun wollte ich wünschen, dass alle, die hier stehen, möchten sich unserm Heiland ganz hingeben, denn wir sollen alle das ewige Leben ererben und Gott hat uns alle erschaffen zu der ewigen Seligkeit.« Und er, Hinz, vertraue jetzt völlig darauf, dass der Satz der Bibel gilt, »wer zu mir kommt, den will ich nicht hinausstoßen; – und zu dem ich nun gleich hinübergehen werde. – möchte denn doch alle zu ihm kommen! Amen!«

Und während Carsten Hinz sich noch einmal zu einem kurzen Gebet hinkniet, erteilen die Geistlichen ihm den letzten

Segen. Kaum aufgestanden legt der Scharfrichter Hinz eine Augenbinde um und weist ihn an, sich erneut hinzuknien. In sicherem Abstand dahinter lassen sich Pastor Schuhmacher und sein Amtsbruder auf ihre Knie nieder. Nur wenige Sekunden später fällt der abgeschlagene Kopf in den dafür vorgesehen Korb und der Leichnam kippt zur Seite. Und während der Rumpf in eine bereitstehende einfache Kiste gelegt wird, greift der Scharfrichter in den Korb, hebt den Kopf des eben Gerichteten heraus und schwenkt ihn gleichsam als Trophäe und zur Abschreckung vor dem Publikum herum. Jetzt schauderts den meisten Zuschauern doch ein wenig, und sie zerstreuen sich schweigend und vielleicht auch ein wenig nachdenklich. Zumindest steht ihnen jetzt nicht mehr der Sinn nach Reden. Was sie zu diesem Zeitpunkt noch nicht wissen: Sie waren soeben Zeugen der letzten Hinrichtung nach Eiderstedter Recht, ja, der letzten Hinrichtung auf Eiderstedt überhaupt.

Die Angst vor einer Räuberbande.
Ein Massenmord auf dem Bauernhof,
Groß-Kampen 8. August 1866

Eine Tragödie

Engmaschig durchzieht ein Geflecht von Gräben die Wilstermarsch, ihre Wasser in die Wettern, die größeren Kanäle entleerend, die über die Bekau und Wilsterau in die Stör und schließlich in die Elbe einmünden. Von Windmühlen betriebene Pumpwerke sorgen dafür, dass das kaum an den Wasserspiegel von Elbe und Nordsee heranreichende fruchtbare Land nicht absäuft. Für den Fremden erscheint die Gegend einsam. Es ist das Land des weiten Horizonts. Kein Hügel kein Wald beschränkt den Blick, nur einzelne groß angelegte Bauernhöfe, inselgleich auf ihren von Erde künstlich aufgeschütteten Warften thronend, geben den Augen etwas Halt. Dörfer gibt es kaum. Die Höfe sind es, die das Land beherrschen, die Ziegelgebäude mit ihrem gewaltigen, über zwei Stockwerke reichenden Strohdach, den kleinen Fenstern und dem großen Tor, das fast die ganze Front ausfüllt. Die meisten dieser Hofstellen befinden sich seit Generationen in Familienbesitz. Sie, die Marschbauern, sind stolz, sie fühlen sich selbst fast wie Gutsherren. Kaum müssen sie selbst einmal Hand mit anlegen. Sie zeigen mit ihren Bauten, was sie haben. Mancher Hof ist bis zu 50 Meter lang. Und je schöner und größer der von niedrigen Buchsbaumhecken eingefasste Bauerngarten angelegt ist, umso besser.

Es ist Dienstag, der 7. August 1866. Nachdem die Söhne des Groß-Kampener Bauern Johann Thode ihr Tagewerk verbracht hatten, die Eltern von einem Ausflug zurückgekehrt waren, eine Näherin ihr Tagewerk abgeschlossen und den Hof verlassen hatte, scheint es ruhig zu werden. Neben dem Bauern und seiner Frau Margaretha, beide Mitte fünfzig, leben und arbeiten auf dem Hof fünf Söhne, im Alter zwischen vierzehn und Mitte zwanzig, eine siebzehnjährige Tochter und ein Dienstmädchen. Alle scheinen sie früh schlafen zu gehen, erschöpft von der Arbeit und darum wissend, der Sonnenaufgang bedeutet das Ende der Nachtruhe. Ein neuer Arbeitstag beginnt immer früh in diesen Sommertagen.

Langsam überzieht Dämmerlicht das Marschland und taucht alles in sein tiefdunkles Grau. Die plötzlich erscheinende Wolke über dem Hof Johann Todes lässt sich kaum mehr erkennen. Dabei senkt sie sich immer tiefer. Längere Zeit schon dampft es grauweiß aus dem mächtigen Reetdach der Scheune. Es dauert einige Zeit, dann entweichen erste richtige Rauchwolken dem Reet und ein hellerer Schein wird unterm Dach erkennbar. Schließlich steigt schwarzer Qualm zum Himmel auf und breitete sich aus. Hier und da bellt ein Hund von den Nachbarhöfen. Sonst herrscht Ruhe.

Auf dem nicht ganz dreihundert Meter entfernt liegenden Schwarzkopf-Hof fährt die Bäuerin aus dem Schlaf. Da war doch was vor dem Fenster! Es klang wie ein Stöhnen. Und dann hört sie es ganz deutlich: »Feuer, Feuer – unser Haus brennt, könnt ihr denn nicht hören?« Ein dumpfer Schlag folgt, wie wenn ein großer Gegenstand auf die Erde kippt. Anna Schwarzkopf rüttelt den neben ihr fest schlafenden Mann wach, steht auf und weckt auch den im Nebenzimmer schlafenden Sohn. Hastig wirft sie sich einen Kittel über und reißt das Fenster auf. Der Blick zum Nachbarhof sagt alles. Erste Funken fliegen durch die Luft. Mächtig steigt eine Rauchwolke über Scheune und Stallgebäude in die Höhe. Dann wird es dort taghell. Jakob und Johann Schwarzkopf, schnell in Hemd und Hose geschlüpft, hasten zur Tür heraus. Vor dem Fenster des elterlichen Schlafzimmers liegt ein unförmiger Gegenstand auf der

Erde. Herangekommen erblicken sie einen Menschen, neben dem einige Kleidungsstücke und zwei Koffer ausgemacht werden können. Sie rütteln am Körper, merken, dass noch Leben in ihm steckt, und schleifen ihn ins Gebäude. Beim Schein einer Kerze erkennen sie, dass es sich um Timm Thode handelt, einen der Söhne vom brennenden Nachbarhof. Doch ansprechbar ist er in einer scheinbaren Bewusstlosigkeit nicht. Inzwischen waren auch Knecht und Magd vom nächtlichen Rumoren aufgewacht. Als sich beide zu den anderen gesellen, werden sie auch sofort wieder fortgeschickt, zu den nächsten Nachbarn und zum entfernt wohnenden Doktor. Auch Vater und Sohn entfernen sich eilig in Richtung des Brandes. Vielleicht ist noch etwas zu retten. Anna Schwarzkopf bleibt mit dem Bewusstlosen zurück.

Während die Männer noch laufen, bricht mit einem lauten Knistern eine leuchtende Flamme aus der trockenen Dachbedeckung von Scheune und Stall, krachend schießen zeitgleich weitere Flammen an anderen Stellen hervor, beginnen auf dem Reet hin und her zu laufen und erheben sich zu regelrechten Feuersäulen. Auch die alten Holzbalken brennen wie Zunder. Zusehends verwandelt sich der Stall in ein flammendes Inferno. Vom Sog der aufsteigenden Hitze werden Asche und ganze Reetstücke mit nach oben gerissen. Der Feuersturm beginnt. Doch, was ist mit den Bewohnern? Sie müssten doch längst etwas gehört haben. Doch nichts scheint sich auf dem Thode-Hof zu rühren. Und jetzt schlagen auch erste Flammen aus dem großen Hauptgebäude. Begleitet von lautem Getöse, Krachen, Ächzen erreichen beide Männer die Warft und das Haupthaus.

Die Fensterläden der Schlafstube sind verschlossen. Unter Gewalt werden sie aufgerissen und das Fenster eingeschlagen. Rauch schlägt ihnen entgegen. Als sie einsteigen, halten sie die Luft an. Die Betten sind schnell gefunden, eins für das Ehe-

paar, ein gemeinsames für den jüngsten Sohn Reimer und
Anne, die Tochter. In dem rauchgeschwängerten Dunkel können sie sich nur tastend vorbewegen. Die Hände gleiten oberflächlich schnell über die Bettdecken. Anscheinend ist niemand
mehr hier. Sie haben sich wohl gerettet. Doch dann stößt Jakob Schwarzkopf auf einen seitlich unter der Bettdecke her-
aushängenden Gegenstand. Er fasst nach. Es ist eine Hand. Er
reißt die Zudecke weg, tastet weiter und entdeckt einen vom
Bart eingerahmten Kopf. Es scheint der Hofbesitzer Johann
Thode zu sein. Vater und Sohn schaffen den leblosen Körper
zum Fenster raus und steigen erneut in die Kammer ein. Wenn
der Bauer im Bett lag, muss auch seine Frau daneben zu finden sein. Und tatsächlich. Auch sie wird unter dem Zudeck
gefunden. Nachdem auch dieser Körper draußen in einigem
Abstand abgelegt wurde, müssen die Helfer selbst erst einmal
zu Luft kommen. Ihnen ist schon klar geworden, dass die Hilfe zu spät kam, sie nur noch Leichen geborgen haben.

Inzwischen waren auch die nächstgelegenen Nachbarn, als
erstes von Magd und Knecht der Schwarzkopfs benachrichtigt, an der Brandstelle angekommen. Gemeinsam starten sie
die Suche nach den restlichen Familienmitgliedern. Sie verschwinden als dunkle Schatten in Rauch und Funkenflug. Die
aufgeregten Schreie der Männer werden vom Getöse ver-
schluckt, während das Scheunendach in sich zusammenbricht
und ein Funkenregen die Nacht erleuchtet. Zwar gelangen sie
noch einmal ins Gebäude, doch auch das Haupthaus steht jetzt
lichterloh in Flammen. Wieder wird die Schlafstube aufgesucht,
vielleicht finden sich im anderen Bett auch noch die beiden
Kinder. Und tatsächlich; auch deren leblose Körper werden
noch unter der Bettdecke gefunden, ans Fenster geschleppt,
und helfenden Händen übergeben. Andere waren inzwischen
durch die Vordertür ins Gebäude gelangt. Doch ihr Vordringen endet in der Küche. Beim Öffnen einer Tür schlagen ihnen

schon die Flammen entgegen. Hier geht es nicht weiter. Auch von der Schlafkammer ist ein weiteres Eindringen in das Haus nicht mehr möglich. Verrußt und verschwitzt verlassen die Männer unter starkem Hustenreiz und Atemnot das Hofgebäude. Hier gibt es für sie nichts mehr zu tun. Es hat keinen Zweck. Nur das Zuschauen bleibt ihnen. Eine Rettung ist in der Tat nicht mehr möglich. So begeben sich die Helfer zu den vier geborgenen Leichen und tragen sie in den nahen Apfelgarten. Den vier noch fehlenden Personen wird es wohl nicht anders ergangen sein. Alle erstickt.

Erschöpft und auch ein wenig erschrocken ziehen die Helfer sich zum Fuß der Warft zurück. Es ist ein grauenvoller Anblick. Immer mehr Herbeieilende gesellen sich hinzu. Darunter auch der für die Region zuständige Polizist Ahrens aus Beidenfleth. Jeder starrt auf das hell aus dem Gebäude auflodernde Feuer, sieht und hört, wie die einzelnen Fenster unter Klirren zerplatzen, sieht, wie das Dachgerippe aus Balken schließlich in sich zusammensinkt.

Während sie noch dastehen, blickt einer der Männer an sich herunter und erkennt im Flackerschein des Feuers rote Flecken auf seinem Hemd und bei genauerem Hinsehen sind auch die Hände rot von Blut beschmiert. Darüber informiert, erkennen auch die anderen, dass sie beim Tragen der Körper mit Blut in Berührung gekommen waren. Gemeinsam mit Polizist Ahrens gehen sie zum Apfelgarten zurück, zu den vier aus dem Haus Getragenen. Über die Körper gebeugt, erkennen sie im Flackerschein des Feuers erst jetzt Stichwunden und den zerschmetterten Kopf der Ehefrau. Die aus dem Haus geschafften Bewohner sind nicht am Rauch erstickt, wie von ihnen zunächst gedacht, sie sind vielmehr grausam ermordet worden. Jetzt, beim genauen Hinsehen, sind ihre Verletzungen klar erkennbar. Und wenn Mord im Spiel ist, dann ist auch Brandstiftung nicht weit. Der Polizist gibt sofort die Anweisung, nichts weiter anzufassen, legt eine versengte Decke über die Leichen und beauftragt einen der Umstehenden, sich unverzüglich auf den Weg nach Itzehoe zu begeben, um den zuständigen Landrichter über dieses Verbrechen zu informieren. Dann erhalten noch mehrere Männer die Weisung, die Nacht über als Brandwache am Ort zurückzubleiben.

Ein neuer Tag

Als der Arzt Dr. Dreesen spät in der Nacht bei den Schwarzkopfs eintrifft findet er Timm Thode immer noch völlig apathisch vor. Mit gerötetem Gesicht, leicht nach vorn gebeugt sitzt er auf einem Stuhl. Kein Schütteln und Rütteln ruft ihn aus seiner geistigen Abwesenheit wieder hervor. Er scheint völlig verwirrt; nichts ist aus ihm herauszubringen. Die Augen sind geschlossen. Nach der ersten Untersuchung stellt der Doktor einen unregelmäßigen und zu hohen Pulsschlag fest, 112–120 Schläge in der Minute. Unter den geöffneten Augenlidern bleiben die Augen starr und ausdruckslos, die Reaktion der Pupillen ist schwach. Erst einmal muss ein Glas Wasser her, entscheidet der Arzt, doch als er es dem Patienten einzuflößen versucht, ist keine Reaktion erkennbar, im Gegenteil: Völlig regungslos fällt der Kopf wieder nach vorne und das Wasser fließt aus dem Mund. Es ist nichts zu machen. Der Arzt versucht es dann anders, mit Bettruhe und seiner Allzweckwaffe. Die Kleidung des Oberkörpers wird entfernt, dann tragen Knechte den Kranken in eine Kammer und legen ihn auf ein Bett. Dr. Dreesen holt seine Blutegel hervor und setzt sie in der Schläfengegend an. Doch eine erkennbare Wirkung will sich auch nach längerer Zeit nicht zeigen. Der Zustand bleibt unklar. Ein wenig ratlos ordnet der Arzt an, auf den Patienten aufzupassen und entschwindet. Am Tag werde er erneut vorbeischauen. Zu Hause angekommen sinniert er noch längere Zeit über diesen merkwürdigen Zustand des jungen Thode. Er kommt zu dem Ergebnis, dass den Jungen wohl ein erschütterndes Ereignis plötzlich und unerwartet getroffen und seine Gehirntätigkeit nachhaltig gestört haben muss. Doch werde er am besten einmal den Itzehoer Physikus, den Amtsarzt hinzuziehen, der, wie er gehört habe, am folgenden Tag in Wilster erscheinen soll.

Und so findet sich am Mittag Dr. Dreesen diesmal in Begleitung Dr. Goetzes auf dem Schwarzkopf-Hof ein. Am offenbar bewusstlosen Zustand Timm Thodes hat sich während der vergangenen Stunden nichts oder nur wenig geändert. Allerdings lassen sich hin und wieder einige leichte Bewegungen erkennen, als ob er sich zur Seite drehen will und auch ein Zucken der Mundwinkel deutet sich an. Bei dem natürlichen Tageslicht ist es jetzt hell genug, sich den ganzen Körper einmal näher anzusehen. Doch Goetze beginnt, darin ganz den erfahrenen Amtsmediziner zeigend, zunächst einmal mit den äußeren Dingen. Er lässt sich die von Timm getragene Oberbekleidung zeigen, wendet sich dann dem im Bett liegenden Patienten zu, besieht Unterhemd, Hose, Strümpfe, durchsucht die Taschen und dann erst den Körper. Auf dem Unterhemd fallen erbsengroße Rostflecke auf, die, so sinniert Dr. Goetze, durchaus von Blut herrühren können. Gleichfalls scheint an der linken Seite der Hose ein größerer Fleck, der auf abgewischtes Blut hinzudeuten scheint. Am Hinterkopf des Bewusstlosen ist zudem eine leichte Beule erkennbar. Die Ärzte erklären es sich damit, als Timm Thode vor dem Nachbarhof ohnmächtig zusammengebrochen ist und zu Boden fiel. Während die beiden Ärzte den Patienten, seine Gliedmaße, seinen Kopf hin und her drehen, ändert sich nichts am Zustand Timms. Lethargisch lässt er alles mit sich geschehen.

*

Am Hof der Thodes hatten sich am Vormittag zahlreiche Schaulustige aus der Umgebung versammelt. Mit gespannten Blik-
ken und voller Neugierde beobachten sie, wie Dorfpolizist
Ahrens jetzt bei Sonnenschein gemeinsam mit einem alten
Knecht die noch rauchenden Trümmerteile durchsucht. Ihr
erster Gang gilt dem Pferdestall neben der Scheune, wo sie nach
einiger Zeit fündig werden. Ein Knie ragt unter verkohltem
Schutt hervor. Sie ziehen daran und bringen einen der noch
fehlenden Söhne ans Tageslicht. Es ist Johann. Nach kurzer
Zeit stoßen sie auf einen weiteren stark verbrannten, kaum zu
identifizierenden Körper. Bleiben noch drei: die Magd Abel
Deden und die beiden letzten Söhne. Doch sie unterbrechen
ihre Arbeit erst einmal und warten, bis die herbeigerufene Ver-
stärkung aus Itzehoe kommt, in deren Händen ihnen weiteres
Umherforschen auch besser aufgehoben zu sein scheint.

Am Nachmittag trifft der herbeigerufene Justiziar und Landrichter Rötger aus Itzehoe mit einem Schreiber an der Brandstätte ein und lässt sich zunächst mündlich vom Polizisten über
die Blessuren der Leichen berichten. Erst dann gehen die drei
Männer zu den im Apfelgarten unter einer Decke liegenden
Körpern. Mit wenigen Blicken erfasst der Justizrat die Situation. Die zuvor vom Polizisten geäußerten Beschreibungen fallen auch ihm sofort ins Auge. Nachdem die Decke erneut über
die Toten gelegt wurde, gehen sie in die Ruine des Wohn- und
Wirtschaftsgebäudes, zunächst in die Kammer der Magd, beziehungsweise, was davon übrig geblieben ist. Zwischen den
noch leicht qualmenden Mauerresten lässt sich die ehemalige
Bettstelle durch Asche und Schutthaufen erkennen. Ein schma-
les, zusammengeschrumpftes Bündel beklebt von schwarzen
Federresten liegt dort auf dem Boden. Trotz der starken Verkohlung bezeichnet ein noch immerhin erkennbarer Schädel, dass

es sich hier um einen Menschen gehandelt hat, wahrscheinlich die Überreste der Magd Abel Deden. Ähnliches entdeckt
die Untersuchungskommission im ehemaligen Wohnzimmer.
Auch hier liegt ein kaum erkennbarer Leichnam. Unter ihm
finden sich Stahlfedern. Anscheinend lag der Köper auf einem
Sofa. Bleibt noch die ehemalige Knechtkammer, in der der letzte Gesuchte, in der Cornils Thode schlief. Dort wo die Schlafstelle gewesen war, finden die Männer nur noch Rudimente
einer völlig verkohlten Leiche. Der Landrichter und auch der
Polizist haben schon einiges gesehen, doch beim Anblick des
Fundstückes, beginnen die Gedanken an die letzte Nacht und
das furchtbare Verbrechen zu kreisen und Unwohlsein macht
sich breit. Der Landrichter bricht jede weitere Durchsuchung
der Räumlichkeiten ab. Er hat genug gesehen. Hier müssen
Fachleute her, Pathologen vom Gericht und ein Brandsach-
verständiger, außerdem ist Weiteres zu veranlassen. Auch
möchte er den überlebenden Sohn erst einmal aufsuchen. Als
ihm allerdings dessen Zustand beschrieben wird und das Dr.
Dreesen bisher noch keine Besserung erreicht habe, da unterlässt Rötger es und fährt mit seiner Kutsche nach Itzehoe zurück.

*

Am späten Nachmittag in sein Amtszimmer angekommen, in-
struiert Landrichter Rötger zunächst die zur Untersuchung des
Falles benötigten Personen. Nachdem der Protokollführer seine
vor Ort gefertigten Notizen schließlich in Reinschrift vorlegt,
nimmt der Richter die Seiten zur Hand: Allein die Schwester
weist vierunddreißig Hieb-, Schnitt- und Stichwunden auf, der
Kopf ist völlig zerschmettert, wie auch bei den Eltern und beim
jüngsten Sohn. Von den beiden in der Scheune aufgefundenen
stark verkohlten Leichen scheint bei einem der Körper ein noch

teilweise erkennbarer Backenbart auf den ältesten Sohn hinzudeuten. Auch hier ist der Schädel zerschlagen worden. Der
andere Körper ist zu sehr verbrannt, als dass er sich klar zuordnen lässt. Immerhin erkennbar ist auch hier das zertrümmerte Gesicht. Auch von den beiden in der Mägde- und Knechtkammer aufgefundenen Leichen sind aufgrund der starken
Verkohlung kaum noch Erkenntnisse zu gewinnen. Nur noch
Schädelreste und Teile der Rümpfe sind erkennbar. Anhand
des Knochenbaus ist eine Leiche klar einer weiblichen Person
zuzuordnen, wohl die Magd. Kaum noch zu erkennen sind
dagegen die Überbleibsel aus der Kammer des Knechtes. Aus
den Resten der Geschlechtsteile lässt sich immerhin ableiten,
dass es eine männliche Person gewesen sein muss.

Landrichter Rötger schüttelt den Kopf. So brutal kann doch
kein Mensch sein! Das sieht ja nach einer regelrechten Hinrichtung aus. Hatte nicht Polizist Ahrens sich während der ersten kurzen Besprechung kurz dahin gehend geäußert, nur eine
Bande könne derart brutal aufgetreten sein? Er lässt einen
Schreiber kommen und beginnt zu diktieren: wo das Verbrechen geschah, was überhaupt passierte und was als Nächstes
getan werden muss. Vor allem seien umgehend alle Straßen
zu kontrollieren, alle verdächtigen Personen seien zu überprü-
fen, vor allem deren Reisewege müssen streng kontrolliert werden. Nach erfolgter Korrekturlesung geht das Schriftstück der
Beschreibung des achtfachen Meuchelmordes auf dem Hof des
Johann Thode als amtliche Bekanntmachung per Telegraf und
Boten an sämtliche Landesbehörden.

Der Zeuge

Fast dreißig Stunden nach Auffinden des Sohnes erwacht Timm
Thode aus seiner Bewusstlosigkeit und schlägt am Morgen des

9. Augusts wieder die Augen auf. Der herbeigerufene Arzt versucht den Patienten anzusprechen. Dessen Blick wandert zunächst unstet hin und her. Dann öffnet Timm den Mund. Mit tonloser Stimme klagt er über Schwindel und Schmerzen im Hinterkopf, auch die Beine könne er kaum bewegen, gibt er an. Nachdem ihm eine Suppe eingeflößt wird, fällt er wieder in Schlaf. Nachmittags gegen vier Uhr ist schon eine weitere Besserung erkennbar. Klar und mit offenen Augen, scheinbar wieder völlig bei Bewusstsein beantwortet er jetzt alle an ihn gerichteten Fragen. Die möglichen Blutflecken am Hemd stammten von Geschwüren, an denen er immer wieder einmal leide, und der Fleck an der Hose, da habe er sich vor kurzem beim Mähen in den Finger geschnitten und das Blut dort abgewischt. Dr. Dreesen notiert die Aussagen erst einmal für alle Fälle. Dann erkundigt sich Timm erstmals auch, was mit seinen Eltern und Geschwistern sei, warum sie nicht kommen, ihn zu besuchen. Erst müsse er völlig wieder hergestellt sein, heißt es, erst dann dürfe er Besuche empfangen. Timm gibt sich zufrieden.

Am Sonnabend, den 12. August, informiert Dr. Dreesen endlich den ungeduldig ausharrenden Justizrat Rötger, der mögliche Zeuge sei jetzt vernehmungsfähig. Obwohl eigentlich sein freier Tag ansteht, trifft Rötger noch am selben Tag auf dem Schwarzkopf-Hof ein. Der Justizrat verhehlt dem zu Vernehmenden nicht, dass ihm die ganze Geschichte reichlich merkwürdig vorkomme. Er müsse und will genau wissen, was Timm über die Nachtstunden zu sagen habe. Vor allem erscheine es ihm nicht erklärbar, dass Timm die besseren Kleidungsstücke sowie sämtliches Vermögen gerettet habe, Wertpapiere in Höhe von ungefähr 16–17000 Taler, circa 2000 Taler Bargeld, was grob gerechnet einem Kaufkraftäquivalent von 8000 Euro entspricht, und das gute Tafelsilber, alles in den beiden Kästen entdeckt, die neben ihm vor dem Fenster der Schlafkam-

mer Schwarzkopfs lagen. Er bitte um Erklärungen. Den labi-
len Gesundheitszustand Timms berücksichtigend, dauert die
Vernehmung nicht lange. Ohne groß durch Zwischenfragen unterbrochen zu werden, gibt der einzig Überlebende vom Hof
der Thodes seine Version zu Protokoll:

Etwa eine Stunde nach Mitternacht sei er erwacht, habe draußen zwischen Wohnhaus und Scheune einen hellen Schein gesehen und gleichzeitig Lärm von Menschen, Hunden und leichte Donnerschläge vernommen. Anziehen, schnell die in zwei
Kästen untergebrachten Wertsachen aus dem Wandschrank
ans Fenster tragend, noch einige in der Nähe liegende Bett-
und Kleidungsstücke ergreifend, war fast eins. Beim Öffnen
des Fensters habe er dann gesehen, dass erste Flammen sich
am Scheunendach zeigten. Von den zusammengerafften Ge-
genständen hatte er schon einen Teil in den Apfelgarten getragen, und wollte gerade mit den unter die Arme geklemmten
Kästen erneut durchs Fenster nach draußen. Da sah er plötzlich neben der Scheune fünf bis sechs Männer hintereinander
nach dem Damm hingehen. In der Meinung, dass jene Leute
der Vater und die Brüder seien, rief er sie an: »Jungens, seid
ihr das?« Doch statt der Antwort wandte sich einer der Männer um, und trat an das neben der Scheune befindliche Staket,
streckte beide Hände vor und feuerte einen Schuss auf ihn ab.
Soviel er in der Eile sah, war der Mann maskiert, auch die übrigen schienen verkleidet zu sein, wenigstens hatten alle ein
auffallend dunkles Aussehen. Der abgefeuerte Schuss muss ein
Schrotschuss gewesen sein, denn er vernahm deutlich in den
Kronen der in der Nähe stehenden Bäume ein Prasseln wie
von Hagelkörnern. Aufs Höchste erschrocken ergriff er daraufhin die Flucht dem benachbarten Hof zu. Und dann hörte
er noch etwas dicht am Ohr vorüberpfeifen. Anscheinend
schickten die Räuber ihm noch eine Kugel nach. Ja, so war's.
Das Restliche wisse der Herr Landrichter ja, wie er außer Atem

bei den Schwarzkopfs in Ohnmacht fiel, nur noch kurz um Hilfe rufen konnte. Was dann weiter mit ihm geschehen sei, sei ihm nicht mehr bewusst.

Erst jetzt, im Anschluss, erfährt Timm Thode die grausame Wahrheit, dass seine sämtlichen Familienmitglieder getötet wurden. Er verfällt in heftiges Weinen und unter Schluchzen ruft er aus: »Haben sie sie denn erschlagen?« Landrichter Rötger bricht die Befragung erst einmal ab. Zwei Tage später am 14. und ein letztes Mal am 18. erscheint er, diesmal im Beisein seines Protokollführers, erneut, um sich noch einige unklare Details näher erläutern zu lassen, wieso er nicht seine Angehörigen über das Feuer benachrichtigt, wieso er gerade die Kästen mit den Wertsachen ergriffen habe. Die Erklärungen Thodes klingen plausibel: Als er die Leute zunächst draußen sah, hielt er sie doch für seine Eltern und Brüder und seit einem vor etwas mehr als zwei Wochen ins Haus eingeschlagenen Blitzes, der allerdings keinen großen Schaden angerichtet hatte, verwahrte sein Vater Silberzeug und Wertpapiere immer und für jeden griffbereit in den Kästen, den größten Teil des Barbesitzes, wohl 2000 Taler, dagegen unter seinem Bett. Die Frage, warum gerade seine Schwester so furchtbar zugerichtet wurde und er völlig ungeschoren davon kam, wird dahin gehend beantwortet, dass die Täter wohl gerade von ihr wissen wollten, wo die Wertsachen zu finden waren. Dabei hat man sie bestimmt so brutal misshandelt. Und ihn muss man schlicht und einfach vergessen, glatt übersehen haben. Zum vorgelegten Beil, eines der Mordwerkzeuge, heißt es nur, dass es nicht vom Hof stammen würde. Der Landrichter gibt sich zufrieden.

Währenddessen erfolgen auch Zeugenbefragungen des ehemaligen Lehrers, des Pastors, von Verwandten, Nachbarn und ehemaligen Dienstherren zum Leben und Wirken Timm Thodes. Heraus kommt, dass er sich, zwar nur mittelmäßig begabt, träge gezeigt hatte, von etwas rohem, störrischem Charakter, bei den Arbeiten auf dem elterlichen Hof von Vater und den Brüdern immer zurückgesetzt wurde, doch alle halten ihn für einen gutmütigen und harmlosen Menschen, dem sie dieses brutale Verbrechen nicht zutrauen. Einzig der Großvater mütterlicherseits äußert seine Bedenken und gibt an, der Timm wäre vielleicht nicht ganz so harmlos, nein, vielmehr immer wieder auch einmal jähzornig und durchaus rachsüchtig. Auch die verschiedenen Dienstherren an unterschiedlichen Orten, bei denen sich Timm im Zeitraum 1860 bis 1866 immer nur kurze Zeit einmal aufhielt, geben unterschiedliche Zeugnisse. Einer bezeichnet ihn als träge, roh, naschhaft und gefräßig, ein anderer dagegen erklärt ihn für harmlos und gutmütig.

Auch der behandelnde Arzt wird um ein Gutachten gebeten, das dahin gehend lautet, die Bewusstlosigkeit infolge der erlebten Ereignisse, des Schreckens, seien nicht von der Hand zu weisen. So etwas ließe sich kaum simulieren, aber wer wisse das schon genau.

Eine mögliche Spur

Als die Bewohner der Umgebung an den folgenden Tagen über das Verbrechen durch öffentliche Aushänge informiert werden, ist der Schrecken außerordentlich groß. Sie fühlen sich in ihren Behausungen merklich unsicher und fordern von den zuständigen Amtleuten entschiedenen Schutz zur Sicherheit ihrer Familien, meinen die Wortführer doch, dass nur eine Räuberbande in Groß-Kampen zugeschlagen habe. Die örtlichen Behörden sehen es zunächst ähnlich, und so kommt das Oberpräsidium für Schleswig-Holstein der Bitte unverzüglich nach und entsendet die achte Kompanie des dritten westfälischen Landwehrregiments Nr.16 nach Beidenfleth. Doch die

Bürger nehmen das Heft auch selbst in die Hand, darin auch ein wenig bestärkt: Winken doch 400 preußische Taler für die Aufklärung der ungeheuerlichen Tat. Bauern durchstreifen die Gegend, lassen die dem Thode-Hof nächstgelegenen Gräben auf der Suche nach Spuren leer pumpen. Um Mithilfe aufgefordert und mit der Belohnung gelockt, gehen in den folgenden Wochen zahlreiche Hinweise bei den Behörden ein: Da wären blutige Kleidungsstücke in der Nähe von Groß-Kampen aufgefunden worden, heißt es. Ein Schmied meint, das als eine der Tatwaffen bezeichnete Beil wiederzuerkennen. Andere geben an, welche Schiffe und Kähne zur Tatzeit auf der Stör in der Nähe des Tatortes gelegen haben und welche Personen ihnen äußerst verdächtig erschienen waren. Und eine Personengruppe kam und kommt in Deutschland schon immer als Täter in Frage, ihnen traut jeder alles zu: den Zigeunern.

Als die Behörden mehrere Hinweise auf einen zu dem Zeitpunkt des Geschehens durchgereisten Hausierer erhalten, in dessen Besitz angeblich die an der Brandstätte nicht aufgefundene Uhr des alten Thode gesehen wurde, starten entsprechende Untersuchungen. Schnell steht der Name fest: Es handelt sich um den bekannten Händler, Hausierer, Reisenden in allen Dingen, um den auch der Polizei durchaus bekannten Zigeuner Heinrich Christian Altenburg, der dann auch wenige Wochen nach dem Vorfall in Beidenfleth in Untersuchungshaft gerät.

Akribisch sondieren Polizei und Staatsanwaltschaft das Umfeld und die Familie des Hausierers. Fein säuberlich wird sein Weg durch Schleswig-Holstein nachverfolgt und Personen befragt, mit denen er während der Tage um die Tatzeit herum in Berührung gekommen war. Aus den Befragungen der Zeugen ergeben sich allerdings nur Vermutungen und Gerüchte. Selbst Aussagen von Menschen, die die kinderreiche Familie näher kennen, sind nicht frei von Vorurteilen. Zwar sei die

Familie Altenberg völlig naturalisiert und verhalte sich zivilisiert, man könne ihnen durchaus einen Ruf von Ehrlichkeit nachsagen, wird zu Protokoll gegeben, doch könne das Familienoberhaupt durchaus die Kenntnisse von seinen Reisen anderen Gaunern zugetragen haben. Ja, bei Zigeunern müsse man mit allem rechnen. Zwar glaube man nicht an seine Beteiligung an Viehdiebstählen, die nach seiner Abreise immer wieder einmal vorfielen. Nein, man selbst glaube nicht daran, wisse auch nichts, aber ... Dass die Mühlen der Justiz langsam mahlen, aber gründlich, erfährt letztlich auch Altenburg am eigenen Leib. Nichts kann ihm bewiesen werden, sämtliche Verdächtigungen lösen sich letztlich in Rauch auf. Am Ende steht seine Entlassung, steht aber auch wieder einmal die Erfahrung, als Angehöriger eines gewissen Volkes stigmatisiert zu sein. Letztlich kommen die Behörden nicht umhin, zuzugeben, eine falsche Spur verfolgt zu haben. Monate später darf Altenburg wieder die Freiheit genießen.

Die Untersuchung beginnt erneut

Zwar bleibt ein nicht geringer Verdachtsmoment auf Timm Thode haften, vor allem der Umstand, sämtliches Vermögen gerettet zu haben, auch manches an seinen Erzählungen von der Mordnacht erschien unglaubwürdig, doch richtig Festes, etwas Beweisbares, hat man nicht in der Hand.

Weitere Ermittlungen werden erst einmal zurückgestellt. Der einzige Überlebende der Tatnacht wird allerdings nicht aus den Augen gelassen und kommt zur ständigen Beobachtung erst einmal bei einem Itzehoer Polizeidiener unter. Wochen später darf er sich sogar eine eigene Wohnung mieten, nicht ohne dass die Behörde den Hausherrn zuvor instruierte, sofort das Gericht zu benachrichtigen, sofern etwas Auffälliges zu beobachten sei. Weder hier noch dort gibt es allerdings in der folgenden Zeit etwas zu beanstanden; im Gegenteil: Still und zurückgezogen lebt er wie ein regelrechter Bauernjunge, stürzt sich nicht in Ablenkungen von Tanz und anderen Vergnügen, um sein Gewissen zu betäuben, verbringt einen Tag wie den Anderen, hilft seinem Vermieter, isst und trinkt mäßig, zeigt sich hin und wieder auf dem Markt; selten einmal besucht er Gasthöfe und Tanzveranstaltungen der Umgebung auf. Vom Vermögen der Eltern, das der Staat erst einmal für ihn verwaltet, lässt er sich nur bei wirklichem Bedarf etwas auszahlen.

Schließlich bringt Timm Tode mit seinem Verhalten auch noch die letzten Zweifler, die an seine Schuld oder Mitschuld glauben, auf seine Seite, als er zu der vom Staat ausgesetzten Prämie von vierhundert preußischen Talern weitere tausendvierhundert Taler aus seiner Erbschaft für die Ergreifung der Täter verspricht und zudem einen fein geschmückten Grabstein für seine getöteten Angehörigen in Auftrag gibt. Für die Meisten im Volk ist Timm fortan so gut wie reingewaschen. Hatten sie nicht immer schon vermutet, dass die gemeine Mordtat nur von Fremden verübt worden sein könne? Und ist es für einen einzigen Menschen nicht auch unmöglich, der zudem bisher nicht als Verbrecher aufgefallen sei, auf einmal so zu verrohen? Auch reiche die physische Kraft eines Einzelnen, so die Meinung, nicht zu einem derartigen Verbrechen. Nein, so wie der Timm, da sind sich die Bewohner der näheren und weiteren Umgebung sicher, benehme sich kein von Schuld beladener Mensch. Hier könne nur eine hundsgemeine Mörderbande ihre schmutzigen Finger im Spiel gehabt haben.

Im März des folgenden Jahres schließt Landrichter Rötger endgültig die Akten des ominösen Falls und sendet sie an das Oberkriminalgericht, nicht ohne sein Bedauern auszudrücken, dass die Untersuchungen kein richtiges Ergebnis erbracht hatten. Seiner Meinung nach könne das Verfahren eingestellt werden. Auch zu einer weiteren Beobachtung Timm Thodes lägen keine weiteren Anhaltspunkte vor.

Zwar finden Justizrat Rötgers Ermittlungen beim Gericht in Glückstadt durchaus eine gewisse Anerkennung, doch mit der Einstellung des Verfahrens will man sich dort nicht zufriedengeben. Bei aller in Itzehoe bisher geleisteten Arbeit, nach außen hin durchaus belobigt, erscheint der nächsten Instanz das Augenmerk dann doch bisher zu sehr auf einen Punkt gerichtet gewesen, auf eine Tat von außerhalb der unmittelbaren Umgebung, eine von Fremden begangen Tat. Dabei hatte, wie die Zeugenvernehmungen darlegen, die Familie Thode keine Feinde, lebte zurückgezogen, niemand wusste über deren wahren Vermögensverhältnisse Bescheid. Bei genauerer Betrachtung der Mordumstände können es Fremde gar nicht gewesen sein, lautet es beim Oberkriminalgericht. Bei einem einfachen Raubüberfall scheide auch dies grausame Abschlachten der Bewohner aus. Es erscheine vielmehr als Hinrichtung und dieser Spur ist bisher überhaupt nicht nachgegangen worden; das Motiv sei doch, so die neue Instanz, mit Händen zu greifen: Rachsucht, Habsucht, Erniedrigung innerhalb des näheren Umfeldes der Familie. Und da bliebe als Täter natürlich nur der einzig Überlebende. Steht nicht in den Akten, der Großvater mütterlicherseits habe als einer der wenigen Timm Thode einen zweifelhaften Charakter attestiert, sein Enkel wäre rachsüchtig und heimtückisch und dann findet sich ja auch noch eine Tante, eine Schwester der Mutter mit einer ähnlichen Aussage im Protokoll wieder. Da gilt es nachzustoßen. Die Entscheidung steht nur zu bald fest: Die Untersuchungen sind wieder aufzunehmen und diesmal einzig und allein gegen Timm Thode zu richten.

Im Mai 1866 reist der neue Untersuchungsrichter von Glückstadt nach Itzehoe, lässt Timm Thode anscheinend zum Verhör laden, um ihn bei dieser Gelegenheit sofort in Gewahrsam

zu nehmen. Auf die ersten Fragen wiederholt der Beschuldigte seine schon bekannten Aussagen. Immer wieder wird er an
den folgenden Tagen vernommen. Der Richter versucht Druck
aufzubauen. Immer wieder lässt er sich die Stunden vor und
während der Brandnacht schildern, fragt nach, bezweifelt, re-
det Timm zu, doch endlich zu gestehen. Schließlich verstrickt
der Befragte sich am 16. Mai erstmals in einen Widerspruch.
Wie er Kleider und Betten aus dem Haus geschafft habe, wäre
wohl nicht ganz der Wahrheit nach geschildert, muss Timm
etwas kleinlaut zugeben. Am Tag danach findet ihn der Ge-
fängniswärter scheinbar krank in seiner Zelle, doch nur zu bald
steht fest, der Häftling simuliert. Während der Vernehmung
am 24. Mai geht es wieder einen kleinen Schritt in Richtung
Wahrheit, als Thode endlich eingestehen muss, vor dem Haus
der Schwarzkopfs durchaus nicht ohnmächtig geworden zu
sein, sich vielmehr absichtlich auf den Boden geworfen und
während er ins Haus getragen wurde, sich nur schlaff gestellt
zu haben. Hier gilt es jetzt nachzuhaken, denkt sich der Richter und stellt die unmissverständliche Frage, ob er, Timm
Thode, die Morde ganz allein oder mit Hilfe anderer durchgeführt habe. Der Beschuldigte, der früher immer Fremde für
die Tat verantwortlich gemacht hatte, weicht zunächst erschrocken aus: »Ich habe es nicht getan, ich bin unschuldig«,
ruft er. Erneut und scharf zur Rede gestellt, wer es denn bitte
getan haben könne, scheint der Widerstand endgültig gebrochen zu sein. Der Befragte scheint mürbe geworden zu sein. Er
gibt jetzt zu, eines Abends vor der Tat, während er sich auf der
Kegelbahn befand, zwei Männer aus der Nachbarschaft zur Tat
überredet und ihnen zur Belohnung zehntausend Taler ver-
sprochen zu haben. Der Richter blickt den ihm Gegenübersitzenden ungläubig an, schüttelt nach einiger Zeit langsam
den Kopf und ermahnt ihn streng, nicht unschuldige Leute zu
bezichtigen. So etwas könne nicht auf die angegebene Weise

durchgeführt worden sein, nur er, Timm Thode allein – und der Richter fuchtelt mit dem ausgestreckten Zeigefinger vor seinem Gegenüber –, habe das Verbrechen begangen. Noch einmal versucht der Beschuldigte seine neue Version zu wiederholen, eine unwirsche Geste des Richters unterbricht ihn und er herrscht ihn laut an, er solle jetzt endlich gestehen. Nach einem kurzen Schweigen durchschneidet das Geständnis Timm Thodes die lastende Stille –: Ja, er habe in der Tat alles alleine getan!

Ein bitteres Geständnis

Endlich ist das Rätsel um den brutalen Mordanschlag in Groß-Kampen gelöst. Die Befragung der folgenden Tage und Wochen ergeben zwar zunächst immer neue Variationen, immer wieder erfolgen auf Nachfragen Korrekturen, bis am Ende die Tatsachen fein säuberlich zu Protokoll genommen werden können:

Schon früh, seit seiner Konfirmation, habe er, so wie seine Brüder auf dem elterlichen Hof hart arbeiten müssen. Immer und ewig herrschten Unfrieden und Streit. Der Vater wortkarg, streng und verschlossen, die Mutter still sich ihm ganz unterordnend. Nur ungern sah das Familienoberhaupt es, wenn seine Jungens einmal zum Tanz in einen Gasthof gehen wollten. Der harten Arbeit fühlte er sich kaum gewachsen, zum einen war er nicht so stark, andererseits machte ihn seine angeborene starke Kurzsichtigkeit zu schaffen. So wies man ihm nur zu bald Arbeiten an, die nur eines Tagelöhners würdig waren. Mit Pferden durfte er schon gar nicht umgehen. Er fühlte sich zunehmend zurückgesetzt. Immer häufiger kam es sogar zu Handgreiflichkeiten mit den männlichen Familienmitgliedern, die manchmal zu richtigen Schlägereien ausarteten. Nein, er war nicht gerne Zuhause. Schon früh fing dann auch das nächtliche Bettnässen an, über das es von den Brüdern nur Hohn und Spott zu hören gab. Immer wenn er, wenn auch nur für kurze Zeit bei einem Dienstherrn auswärts in Lohn und Brot stand, gab sich das schnell, doch wieder Zuhause angekommen, begann es von Neuem. Im Sommer 1866 war er dann so verbittert, als ihm erstmals der Gedanke kam, wie es sein würde, wenn sämtliche Angehörige nicht mehr da wären, wenn er sie einfach umbrächte. Der Gedanke verfolgte ihn unausgesetzt, bis im Juli ein Blitzschlag das Haus traf, und er noch ganz unter dem Eindruck – den Vorfall als Mahnung interpretierend –, sein Vorhaben aus dem Kopf bekam. Doch das hielt nicht lange vor. Schon bald stellten sich wieder die Bilder ein, wie schön es sich wohl anfühle, wenn er Herr über sämtliches Vermögen wäre und nie wieder wie ein Tagelöhner, wie ein Knecht behandelt würde, wenn er der Herr auf dem Hof wäre. Schließlich konnte er den Stimmen nicht mehr trotzen. Am 6. August versuchte er zunächst, seinen ältesten Bruder auf den Boden der Scheune zu locken. Er sollte das erste Opfer werden, dann die anderen folgen. Es gelang nicht, und so gab er den Plan erst einmal auf. Doch schon am folgenden Tag ergab sich eine neue Gelegenheit, da seine Brüder, einer nach dem anderen, Stroh in die Scheune tragen sollten und die Eltern fortgefahren waren.

Der bei den Vernehmungen anwesende Protokollführer notiert eifrig mit und überliefert so eines der grausamsten Verbrechen im Land zwischen den Meeren, das Auslöschen einer ganzen Familie:

»Mein ältester Bruder kam herein, ich ließ ihn an mir vorüber und versetzte ihm, als er im Begriff war, seine Last abzuwerfen, mit aller Kraft einen Hieb über den unbedeckten Kopf, infolge dessen er, nur noch mühsam die Worte ausstoßend: ›Wat wullt du?‹, zusammenbrach. Ich gab ihm noch einige kräftige Schläge und bedeckte dann den leblosen Körper leicht mit Stroh. Kaum war ich damit fertig, als mein jüngster Bruder mit dem Rest des Strohs in die Scheune trat. Ich schmetterte die Handspake auf seinen Schädel nieder und er stürzte lautlos zu Boden. Ich deckte etwas Stroh über den Leichnam, begab mich in das Haus und forderte den dort anwesenden Bruder auf, mit in die Scheune zu kommen und uns das Stroh in den Hilgen schaffen zu helfen. Ich eilte voraus und stellte mich, die Waffe in der Hand, auf meinen früheren Posten. Mein Bruder ging an mir vorüber, ich holte zum Schlage aus, er bemerkte indes meine Bewegung und duckte sich mit den Worten: ›Wat schall dat!‹ Infolge dessen traf ihn die Handspake nicht auf den Kopf, sondern in den Nacken, er fiel jedoch nieder und ich wiederholte die Schläge, bis er tot war. Ich verbarg auch diesen Leichnam unter Stroh. Als mein Werk so weit gediehen war, ging ich ins Haus und zog alte Beinkleider an. Ich wollte meine Hosen bei der Arbeit, die ich vorhatte, nicht beschmutzen und sie später wieder anziehen, damit die an jenem Tag in unserm Haus arbeitende Näherin bezeugen könnte, dass ich meine Alltagsbeinkleider getragen hätte. Ich ging wieder in die Scheune zurück, verschloss sämtliche Türen und machte mich dann daran, die Leichen auf den Hilgen zu schaffen. Zunächst indes durchsuchte ich die Taschen meiner Brüder und nahm dem einen Schlüssel, Uhr und Messer, dem andern eine Geldtasche mit reichlich zwölf Talern ab. Um mir das Hinausschaffen der Leichen auf den Boden möglichst zu erleichtern, machte ich aus dem Stroh, welches neben dem Kuhstall lag, eine schiefe bis an den Hilgen reichende Ebene und kenterte die Leichen eine nach der andern, indem ich sie bei den Beinen anfasste, so weit hinauf, dass die Füße die Höhe des Hilgens erreichten, dann stieg ich hinauf und zog die Körper auf den Hilgen. Dies war ein äußerst saures Stück Arbeit, bei welchem ich stark in Schweiß geriet. Nachdem es vollbracht

war, verschloss ich die sämtlichen Türen der Scheune und kehrte ins Haus zurück. Hier zog ich über meine namentlich an
den Knien stark mit Blut beschmutzten Hosen eine meinem
ältesten Bruder gehörige grauleinene Überziehhose, sogenannte Pumphose, legte Rock und Stiefeln an, setzte meine Mütze
auf und begab mich hierauf mit einem Spaten versehen nach
dem Außendeich, als ob ich dort etwas zu tun hätte, in Wirk-
lichkeit aber, um mich auf diesem Gange etwas zu erholen und
darüber nachzudenken, was ich nun weiter beginnen sollte.
Auf der Diele begegnete ich meiner Schwester, ich log ihr vor,
dass die Brüder sich zu den Schafen begeben hätten. Am
Außendeich vergrub ich die Uhr meines ältesten Bruders und
die Geldtasche, welche ich dem andern Bruder genommen
hatte. Meine Absicht war, so lange fortzubleiben, bis die Näherin das Haus verlassen haben würde. Als ich gegen 20 Uhr
wieder hineinkam und durch das Fenster blickend die Näherin noch immer im Wohnzimmer sitzen sah, trat ich an die auf
der andern Seite des Hauses befindlichen Stachelbeerbüsche.
Das Nähmädchen sollte mich beim Herauskommen sehen und
denken, dass ich Stachelbeeren pflückte. Sie kam auch bald
darauf, ich wünschte ihr Gute Nacht, zog dann, wie ich dies
immer zu tun pflegte, meinen Rock aus und aß mit meiner
Schwester und dem Dienstmädchen Abendbrot. Ich aß wenig,
weil es mir nicht danach zumute war. Während des Essens
erzählte ich meiner Schwester nochmals, dass die Brüder zu
den Schafen gegangen wären, sie erwiderte: ›Der Vater wird
böse sein, wenn er das erfährt.‹ Nach dem Abendbrot verließ
ich das Zimmer, zog die Überziehhose, welche das Blut ver-
deckten, aus und meinen Rock wieder an, nahm aus der in
meinem Schlafzimmer stehenden Kommode ein reines wei-
ßes und ein flanellenes Hemd, welche ich in meinem Bett verbarg, setzte mir auf der Diele ein Paar reine, ganz neue Pantof-
feln bereit und ging in das Wohnzimmer zurück. Hier saß ich

mit meiner Schwester noch etwa eine halbe Stunde im Halbdunkel, über die weitere Ausführung der Tat nachsinnend, bis
ich endlich einen Wagen kommen hörte. Ich begab mich darauf hinaus, um den in der Nähe unsers Hauses befindlichen
Schlagbaum zu öffnen; mein Bruder, der vom Steinefahren
zurückkehrte, war jedoch schon hindurch. Dicht hinter ihm
her kam auch der Wagen unseres Nachbarn, welcher meine
Eltern beim Haus absetzte und dann sogleich wieder fortfuhr.
Auf das Geheiß meines Vaters schloss ich den Baum. Während mein Bruder noch bei seinem Wagen beschäftigt war, gingen die Eltern in das Haus. Ich öffnete eine Seitentür der Scheune, hakte von innen die große Tür los und rief meinem Bruder
zu, er möge mir helfen, den Wagen etwas weiter zurückschie-
ben, weil ich sonst die Tür nicht zumachen könnte. Als er meiner Aufforderung entsprechend auf die Scheune zukam, stellte ich mich, mit der früher von mir gebrauchten Handspake
bewaffnet, hinter die geschlossene Hälfte der Tür und gab ihm
beim Eintreten einen Hieb über den Kopf, er stöhnte und pu-
stete, deshalb schlug ich noch mehrere Mal auf ihn ein. So-
dann fasste ich ihn an den Beinen und schleppte ihn bis an die
Stelle, wo die übrigen auf dem Hilgen lagen, damit er nachher
zur Hand wäre. Er atmete zwar noch, konnte aber nicht mehr
schreien. Er hatte, als er in die Scheune kam, eben seine Pferde auf die Weide gebracht und hielt noch die beiden Halfter in
der Hand. Ich nahm einen dieser Halfter und ging nach der
hinter der Hofstelle gelegenen Weide. Hier fing ich mir eins
der Pferde ein, band es an einem in der Wand des Hauses befindlichen Ring fest und zog es in den Pferdestall. Darauf rief
ich über die Diele meinem Vater, welcher sich in der Wohnstube entkleidete, zu, er möge doch einmal in den Stall kommen: der Hartwig (das war der Name des Pferdes) sei über
den Graben gesprungen, habe sich mit dem Hengst geschlagen und zittere nun so stark, dass ich fürchtete, er habe Ver-

letzungen davongetragen. Meine Absicht war, den Vater mit der Handspake zu erschlagen, während er das Pferd untersuchte. Dieser Plan wurde indes vereitelt, denn der Vater kam nicht allein, sondern meine Schwester begleitete ihn mit einem Licht in der Hand. Der Vater besichtigte das Pferd und befahl mir, da er natürlich nichts Verdächtiges fand, dasselbe wieder auf die Weide zu bringen. Offenbar hatte er jedoch meiner Geschichte vollen Glauben geschenkt. Bevor ich mit dem Pferd fortging, sagte ich zu meinem Vater, er möchte nur sämtliche Hintertüren zumachen, ich wollte noch nach den Ochsen sehen, welche in das Korn gegangen wären; die andern Jungen wären auch schon dort. Nachdem ich mein Pferd wieder auf die Weide gebracht hatte, trieb ich mich so lange auf der Hofstelle umher, als erforderlich gewesen wäre, um nach den Ochsen zu sehen. Dann trat ich an das Fenster des Zimmers, in welchem meine Eltern schliefen, und rief von außen meinem Vater zu: Wir könnten die Ochsen nicht aus dem Korn kriegen, er sollte uns helfen und gleich ein Brett mitnehmen, um die Einfriedigung wieder auszubessern. Mutter und Schwester schienen schon zu Bett gegangen zu sein, denn ich sah nur meinen Vater im Zimmer, er gab mir zur Antwort: ›ja, dann muss ich ja mit‹, kam durch die Küchentür heraus und nahm eins von den Brettern, welche auf der Hofstelle lagen, unter den Arm. Ich ließ ihn an mir vorübergehen und folgte ihm, die Handspake auf der Schulter. Wir gingen über die Hofstelle und den Düngerplatz, wo ich des schlüpfrigen Bodens wegen mein Vorhaben nicht auszuführen wagte, nach der Weide zu. Hier angekommen, warf ich das Brett, welches ich trug, zur Erde und versetzte meinem Vater, der sich durch das Fallen des Bretts erschreckt, umsah, einen Schlag auf die rechte Seite des Schädels. Er sank nieder, ohne einen Laut auszustoßen. Ich gab ihm noch etliche Schläge, dann ging ich zurück und holte mir einen Spaten und einen Schubkarren. Ich lud den Leichnam auf den Karren, stach mit dem Spaten die Grasnarbe aus, soweit sie blutig geworden war, warf das ausgestochene Stück nebst dem Spaten und der Handspake ebenfalls in den Karren und schaffte meine Ladung in den Pferdestall. Nun beschloss ich, die beiden Hunde umzubringen. Sie waren mir sehr zugetan und kamen auf meinen Lockruf zu mir. Den einen hing ich an einem Strick auf, dem andern brachte ich mit einem Messer einen Schnitt in die Kehle bei. Er stieß ein entsetzliches Geheul aus, sodass ich ihn loslassen musste. Meine Mutter und meine Schwester eilten in den Hausflur und fragten mich, was denn vorginge? Ich antwortete: ›Es ist nichts los.‹ Sie gingen wieder fort. Aus dem Eisenschrank auf der Diele nahm ich hierauf eine zum Zerlegen des Fleisches benutzte sehr scharfe Axt und begab mich in das Schlafzimmer, dessen Tür ich hinter mir zuschloss. Die Mutter stand neben dem Tische am Ofen und sah durch das Fenster hinaus. Sie drehte mir den Rücken zu, sodass ich mich unbemerkt nähern und sie von hinten mit der Axt über den Schädel hauen konnte. Schwer getroffen sah sie sich um und fiel mit den Worten: ›Wat wullt du!‹ nieder. Meine Schwester hatte den Vorgang bemerkt, wie der Blitz sprang sie aus dem Bett und fasste mich unterhalb der Arme um den Leib. Ich wandte mich nun zunächst gegen meine Schwester Anna, welche mir viel zu schaffen machte. Die Axt mit der linken Hand haltend, stieß ich sie zunächst mit dem Stiel von mir und hieb dann viele Mal mit der Schneide auf sie ein. Sie hielt sich trotz aller Wunden auf den Beinen, packte mich wiederholt an dem Oberhemd und an den Armen. Ich nahm deshalb aus einem auf dem Tische stehenden Brotkorb ein starkes, spitzes Messer und stach und schlug nun abwechselnd mit Axt und Messer auf sie ein. Nach verzweifelter Gegenwehr erlag sie endlich. Während des Kampfes rief sie fortwährend in den jammervollsten Tönen: ›Ach lass mich doch leben; du machst mich ja tot, ich habe dir ja nichts getan; mein bester Timm.‹ Als ich mit der Schwester fertig war, bemerkte ich, dass meine Mutter noch lebte. Sie lag röchelnd an der Erde und stieß die Worte heraus: ›Ach Timm, lass mich doch, ich habe dir ja nichts getan, lass mich doch leben!‹ Ich machte sie durch einige Schläge mit der Axt stumm und verließ das Zimmer. Außer mir war nur noch eine einzige Person im Hause am Leben, die Dienstmagd. Sie lag in ihrer Kammer und schlief. Ich schlich mich leise an ihr Bett, fühlte mit der Hand, wo der Kopf lag und schlug dann mit der Axt zu. Das Mädchen wimmerte leise und verschied, ohne zum Bewusstsein zu kommen.

Ich beschloss, die Leichen meiner Brüder in das Wohnhaus zu schaffen, stieg zu diesem Zweck auf den Hilgen und warf die dort oben liegenden toten Körper kopfüber hinunter auf das Stroh. Dann schleppte ich den einen nach dem andern in das Haus, indem ich sie um den Leib fasste und die Beine nachschleifte. Den jüngsten Bruder legte ich in das Bett im Wohnzimmer, den ältesten in die Knechtkammer, die beiden andern in den Pferdestall. Eigentlich wollte ich alle in ihre Betten schaffen, damit sie vollständig verbrennen sollten, aber es fehlte mir an Zeit und an Kraft. Beim Fortschaffen des zuletzt erschlagenen Bruders bemerkte ich noch schwache Regungen, ich ergriff deshalb einen vor dem Fenster liegenden Hammer und zertrümmerte ihm den Schädel. Ich nahm aus der Tasche seiner Kleider ein Messer und die Geldbörse und legte ihn dahin, wo das Stroh in bedeutender Menge aufgehäuft war. Die Leiche meines Vaters, die sich noch auf dem Schubkarren befand, schleppte ich in das Wohnzimmer und legte sie in das Bett. Vorher hatte ich aus den Hosentaschen den Geldbeutel und die Schlüssel genommen. Den Leichnam meiner Mutter warf ich neben den meines Vaters und den der Schwester zu dem des jüngsten Bruders in das Bett. Nach dieser äußerst anstrengenden Arbeit ging ich daran, mich gründlich zu reinigen.«

Der vernehmende Richter und sein Protokollführer können kaum verbergen, wie die gefühlslose, sachliche Schilderung, vor allem vom Abschlachten von Mutter und Schwester, sie innerlich berühren. Im Gegensatz dazu verhält sich Timm Thode völlig emotionslos, keine innere Regung ist ihm anzumerken. Auch die restlichen Fragen werden von ihm jetzt anstandslos und ohne zu stocken beantwortet, wie er die Geldsachen hervorsuchte und schließlich den Brand vorbereitete.

Die Akten über den scheinbar unentwirrbaren Fall Thode, der zunächst so viele Fragen aufgeworfen hatte und denen sich scheinbar keine belastbaren Beweise hinzugesellten, können jetzt im zweiten Anlauf nach acht Wochen endgültig geschlossen werden. Einer Eröffnung des Strafverfahrens steht nichts mehr im Weg.

Das Ende

Die Verhandlung gegen den achtfachen Mörder Timm Thode findet am 25. Januar 1868 vor dem im September des Vorjahres neu entstandenen Schwurgericht in Itzehoe statt. Seit Bekanntwerden von der Schuld Thodes nimmt das Interesse an dieser schauerlichen Familientragödie nicht nur in der unmittelbaren Umgebung immer größere Ausmaße an, und so verwundert es nicht, als sich am Verhandlungstag früh morgens tumultartige Szenen vor dem Gerichtsgebäude abspielen. Immer mehr Zuhörer strömen herbei und blockieren den Eingang. Die erforderlichen Zugangskarten werden aus dem Fenster der Staatsanwaltschaft in die auf der Straße hin- und herwogende Menge hinabgeworfen. Als die Türen sich öffnen, nimmt der Andrang im Gebäude und vor dem Verhandlungssaal außerordentliche und bedenkliche Formen an. Man befürchtet schließlich, Türen und Treppen würden dem Druck nicht standhalten; doch es geht noch einmal gut. Als der Saal bis auf den letzten Platz gefüllt ist, harren immer noch viele Menschen vor dem Gericht aus. Bis zum Abschluss der Verhandlung am Nachmittag ändert sich daran nichts. Der Kitzel der Neugier ist einfach zu groß.

Die Sätze mit der Anklage gegen Timm Thode, die ihm zur Last gelegten Taten, klingen durch den Saal. Der Pflichtverteidiger kann oder will nichts Entlastendes vorbringen. So bleibt den Geschworenen in ihrer Entscheidung nur eine Wahl: »schuldig des achtfachen Mordes« und »Todesstrafe durch das Beil«. Nach Bestätigung des Urteils durch den preußischen König erfolgt die Überführung des Mörders in das Glückstädter Gefängnis. Am Morgen des 13. Mai 1868 um 6 Uhr 30 vollführt der Scharfrichter sein blutiges Handwerk: Der Kopf Timm Thodes wird durch das Beil vom Rumpf getrennt, anschließend beide Teile auf dem Gefängnisfriedhof verscharrt.

Der »Bauerngeneral« und seine Bomben.
Tumulte und Terror des »Landvolks«, 1928–29

Dem Bauer wird die Suppe sauer

Der Bauernstand hatte einen tiefen Fall hinter sich. Die Hungerjahre des Großen Krieges, während dessen die darbende Stadtbevölkerung ihr Silber, ihre Goldmünzen auf die Höfe getragen hatten, wo Ledersessel, Teppiche und Klaviere auf das Land abtransportiert wurden, um etwas Essbares zu ergattern, war lange her. Die Nachkriegsjahre dagegen verschonten mit ihrer Hyperinflation niemanden mehr. Bargeld und Spareinlagen als finanzielle Rücklagen waren spätestens mit der 1923 erfolgten Einführung von Renten- und wenig später der Reichsmark vernichtet. So wie auch die gesamten Staatsschulden des mit dem Kaiser abgedankten deutschen Reiches in Höhe von hundertvierundfünfzig Milliarden Mark nach der Währungsumstellung auf nur noch 15,4 Pfennige zusammengeschmolzen waren, so hatte sich auch das Geld der Sparer in Nichts aufgelöst. Das soziale Gefüge war schwer erschüttert und das Vertrauen in den Staat gesunken. Schon alleine dadurch empfanden viele Menschen die junge Demokratie, die an die Stelle des zerfallenen Kaiserreiches trat, als nicht wünschenswert.

Hatte die Reichsbank zuvor den Staat ausgiebig mit Krediten versorgt, die zu einem Großteil als Reparationszahlungen ins Ausland abflossen und so zu einem wesentlichen Teil zur Inflation beitrugen, so änderte sich das mit der Währungsumstellung. Fortan musste der Staat sehen, wie er seinen Haushalt ausgleichen konnte. Der Finanzierung über die Reichsbank, wie zuvor geschehen, war zukünftig ein Riegel vorgeschoben. Folgerichtig begann die Regierung in der Weimarer

Republik mit der Erhöhung und auch Einführung ganz neuer Steuern wie Lohn- und Benzinsteuer, Vermögens- und Grundsteuer, Grundvermögens- und Einkommensteuer oder Umsatzsteuer. Und parallel dazu trat nach einigen Verhandlungen der Dawes-Plan in Kraft, durch den versucht werden sollte, die wirtschaftliche Situation in Deutschland kurzfristig zu stabilisieren, und zwar durch Kredite aus dem Ausland, die dann zu einem Teil für die Reparationszahlungen selbst genutzt werden durften. Die Kröte, die es dabei allerdings zu schlucken galt, war die Liberalisierung des Binnenmarktes. Der Staat verpflichtete sich gegenüber den ehemaligen Siegermächten, protektionistische Zölle abzuschaffen und seine Wirtschaft Importen zu öffnen. Schon bald spürten die Bauern diese neue Art der Politik. Zu den zahlreichen neuen Steuern, die sie besonders betrafen, drängte billige Importware mit Macht auf den deutschen Markt und ließ die Preise für die eigenen, wesentlich teureren landwirtschaftlichen Produkte sinken. Nur wenn sie günstiger und mehr produzieren würden, könnten sie mit der Konkurrenz aus dem Ausland mithalten. Doch viele landwirtschaftliche Betriebe arbeiteten wie vor Jahrhunderten noch mit Pferd und Wagen und Knechten und Mägden. Was war zu tun? Das eigene Vermögen war in der Inflation vernichtet worden. Um sich Landmaschinen anzuschaffen, müssten Kredite aufgenommen werden. Sie gab es zwar, sogenannte Wiederaufbaudarlehen, doch ihr Zinssatz war hoch und die Laufzeit kurz. Viele Bauern, die seit Generationen auf ihren Höfen wirtschafteten und die Landstelle auch für ihre Kinder bewahren wollten, griffen zu und verschuldeten sich. Denn der Hof war mehr: Er war Erbe, Stammsitz der Familie, er war Überlieferung, Ehre und Vergangenheit wie auch Gegenwart und Zukunft zugleich. Doch schon bald zeigte sich, dass sie ihren eingegangenen Verpflichtungen kaum nachkommen konnten, denn selbst wenn sie jetzt billiger produzierten oder ihre Produktion von Ochsen auf Schweinemast umstellten, so wie die Landwirtschaftskammer es ihnen nahegelegt hatte, der Weltmarkt stand ihnen auf einmal nicht mehr offen. Der Wind hatte sich gedreht, je näher die 1920er Jahre auf ihr Ende zusteuerten. Um die eigenen Bauern zu schützen, erließen zunächst Frankreich und Italien Einfuhrzölle auf landwirtschaftliche Produkte und auch die USA folgte schließlich diesem Beispiel. Nur Deutschland konnte dem nichts entgegensetzen und war damit einer der gern genutzten Absatzmärkte der umliegenden Staaten. Der Weimarer Republik waren die Hände gebunden. Die mit dem unterzeichneten Vertrag nach Dawes eingegangene Verpflichtung eines liberalen Marktes musste bestehen bleiben, wollte die Regierung nicht die bitter benötigten Auslandskredite verlieren. Der Staat hing am Tropf der ausländischen Geldgeber, darunter vor allem Banken aus den USA.

Und dann, hervorgerufen durch die steigende Steuerlast, sank auch noch die Kaufkraft der Bevölkerung und deren Konsum, was die Regierung wiederum durch Importe von subventioniertem Gefrierfleisch aus Osteuropa auszugleichen suchte. Das allerdings ließ die Preise für heimisches Schweinefleisch im Reich einbrechen. Besonders traf diese Entwicklung zunächst die nach dem Krieg entstandenen großen spekulativen Mastbetriebe in den Kreisen Dithmarschen, Pinneberg und Steinburg, die im Frühjahr Vieh kauften, es dann auf ihren mit fettem, saftigem Gras bewachsenen Wiesen weiden ließen, um es im Herbst gewinnbringend zu veräußern. Doch die Spekulation ging nicht mehr auf. Der Verkauf des Viehs gelang meist nur unter finanziellen Verlusten. Als erste Höfe ihre Kredite nicht mehr bedienen, auch Steuern nicht mehr bezahlen wollten oder konnten – denn welcher Bauer zahlt schon aus der Substanz des Hofes, wer schlachtet seine »beste Milchkuh«? – da suchten sie zunächst Hilfe bei den Ämtern. Doch dort wollte oder konnte man ihre Sorgen und Nöte nicht verstehen, dort verwies man nur auf die geltenden Steuergesetze. Und wer nicht zahlte, dem wurde mit Pfändungen gedroht. Schließlich gerieten erste Betriebe an den Rand des Ruins. Wurde hier nur das Vieh gepfändet, so geriete andernorts tatsächlich der eine oder andere Hof in die Pleite und wurde zwangsversteigert. Ein erster Widerstand regte sich.

Wie viele andere, die die Krise und die wirtschaftliche Situation in Deutschland und der Welt nur schwer durchschauen konnten, so fühlten sich auch die Bauern und die von ihnen auf dem Land abhängigen kleinen Gewerbebetriebe vom Staat im Stich gelassen.

Von Ungehorsam, Boykott und beginnendem Terror

Wenn es auch keine einheitliche Vereinigung gibt, so sind die Landwirte doch über mehrere, meist rivalisierende, Standesorganisationen wie dem ›Schleswig-Holsteinischen Bauernbund‹, ›Landbund‹, ›Bauernverein‹ und ›Kleinbauernbund‹ untereinander vernetzt und durchaus in der Lage, sich abzustimmen. Um ein Zeichen zu setzen, dass der Staat so nicht weiter mit ihnen umgehen kann, versuchen einzelne Bauern im Januar 1928 eine landesweite Aktion auf die Beine zu stellen. Es gelingt. Die für den 28. Januar angesetzten Demonstrationen in zwanzig Kreisstädten ist ein voller Erfolg. Im Norden wie im Süden, im Osten wie im Westen zieht der Bauernstand auf die Straßen. Zwischen Flensburg, Husum, Itzehoe und Ratzeburg, Oldenburg, Plön, Eckernförde und Schleswig versammeln sich um die 140000 Menschen, dabei lauschen allein auf dem Heider Marktplatz zwanzigtausend Zuhörer den Reden. Es ist die größte Kundgebung der Bauern, die es in Europa je gegeben hat. Und es ist das erste Mal, dass

so etwas wie ein gemeinsames, einheitliches Agieren zu erkennen ist. Etwas, woran die oft zerstrittenen Standesorganisationen bisher gescheitert waren, bringen jetzt einzelne Landwirte zustande: gemeinsames Auftreten, um ihren Forderungen mehr Gewicht zu verleihen. Die Zeitungen berichten erstmals in der gesamten Republik über die Unzufriedenheit im
Norden und einzelne Personen, die sich mit der Weimarer
Parteien-Demokratie nicht identifizieren können, vor allem
selbst ernannte »Nationalrevolutionäre«, horchen interessiert
auf und beschließen, in den Norden zu gehen. Sie hoffen jetzt
endlich, nachdem zuvor ein Putsch vom rechten politischen
Rand gescheitert war, ein gewisses Potenzial vorzufinden, um
mit Hilfe der unzufriedenen Landbevölkerung erneut eine konservative Revolution auf deutschem Boden zu entfachen. Sollte es gelingen, so meinen sie, würde eine neue Regierung wesentlich selbstbewusst gegenüber den Alliierten auftreten und
die Reparationszahlungen im positiven Sinne für Deutschland
regeln. Den Bauern selbst geht es dagegen um ihre eigene missliche Lage, die es zu verändern gilt. An eine Revolution, an
eine gesellschaftliche Umwälzung denken sie nicht.

Es dauert nicht allzu lange, dann schälen sich zwei Personen heraus, die unter Umgehung der bisherigen Bauernver-
bände als Sprecher und Anführer auftreten, die mit geschickt
lancierten Artikeln in der Presse die Stoßrichtung für die kom-
mende Zeit vorgeben werden. Da ist der fast etwas klein und
unscheinbar wirkende aber äußerst wortgewandte Wilhelm
Hamkens aus Tetenbüttel auf Eiderstedt, und da ist der eher
schweigsame, eher zur Tat neigende, hünenhafte Claus Heim
aus St. Annen-Oesterfeld. Verkündet Heim im Oktober 1928
in der ›Heider Zeitung‹, er werde zukünftig keine Steuern mehr
bezahlen, folgt ihm Hamkens im November mit einem »Offenen Brief« einer noch diffusen, bis dahin nicht in der Öffentlichkeit bekannten ›Landvolkvertretung Eiderstedt‹, in dem

er an die Bürgermeister appelliert, den Behörden darzulegen, warum und wieso die Bauern nicht mehr in der Lage seien, Steuern zu zahlen. Die ins Spiel gebrachte neue »Landvolkbewegung«, eine Art außerparlamentarische Opposition, kennt dabei weder einen Vorsitzenden noch offizielle, auf Karteikarten erfasste Mitglieder.

Während Hamkens schon seit Wochen durch eine unermüdliche Reisetätigkeit im Land versucht, mit seiner fulminanten Redebegabung hier und dort die Bauern bei ihren Zusammenkünften zum Ungehorsam gegenüber der Finanzbehörde zu bewegen oder sie darin zu bestärken, geht Heim diesen Weg erst einmal mit, wenn auch etwas anders, etwas radikaler. Er versucht zunächst, in seiner unmittelbaren Umgebung einzelne Zellen des aktiven Widerstandes auf die Beine zu stellen. Dabei bieten sich zwei gut vernetzte Anhänger völkischer Gruppen an. Da ist einerseits ein erst im November aus Berlin eingetroffener Abenteurer, den die aufsehenerregenden Demonstrationen der Bauern in den Norden gelockt hatten, und da ist ein früheres Mitglied der 1921 verbotenen paramilitärischen »Organisation Escherich«, auch »Orgesch« genannt. Die ehemaligen Freikorpskämpfer Herbert Volck und Hans Nickels leisten als Organisatoren hinter den Kulissen schon bald ganze Arbeit.

Zunächst sind es einzelne Bauern, die zu spontanen Aktionen animiert werden, wenn wieder einmal eine Pfändung ansteht. Harmlos sind noch die Zwangsversteigerungen vor Ort, wenn die Gerichtsvollzieher auf dem Weg durch eine merkwürdig freundliche Bauernschar zum Hof marschieren. Merkwürdig ist dann auch, dass sich an diesem Tag niemand mehr auf dem Hof sehen lässt, der ein Gebot abgeben möchte. Die Zwangsversteigerung ist durch eine Abriegelung der Bauernstelle gescheitert. Es geht aber durchaus auch rustikal zu, wenn die Vollzugspersonen wie Polizei, Gemeindediener oder der

hinzugezogene Amtsvorsteher sich unversehens einer An-
sammlung von Landvolk auf dem fraglichen Hof gegenüber-
sehen, mit Jauche bespritzt oder durch Rempeleien am Abtransport des beschlagnahmten Viehs behindert werden. Bei
Auktionen vor Ort auf den Höfen tauchen grimmig dreinblik-
kende Jungbauern hoch zu Pferde auf, die jegliche Lust bei
den Bietern ersticken lässt. Und wenn andernorts ein Abtransport des Viehs dann doch gelingt und es in einer Auktionshalle in der Nähe meistbietend zur Versteigerung angeboten
wird, da kommt es durchaus vor, dass die Halle von kaltem
Schweigen durchzogen und kein übliches Gemurmel zu vernehmen ist und niemand ein Gebot abgibt. Andernorts bricht
der Auktionator entnervt ab, da er mit seinen Ansagen und
Ausrufen immer wieder durch eine stimmgewaltige Bauernschar und deren Absingen des Liedes ›Brüderlein trink‹ behindert wird. Nicht lange dauert es, dann verzichten die Groß-
händler darauf, gepfändetes Vieh zu kaufen und anzubieten.
Sie können sich keinen Boykott leisten.

Als ein erster Höhepunkt des zunächst propagierten zivilen
Ungehorsams größeren Ausmaßes gilt das »Beidenflether
Ochsenfeuer« im Kreis Steinburg vom 19. November 1928. Die
benachbarten Bauern Kühl und Kock sind nicht mehr in der
Lage, ihre Steuerschulden über fünfhundert beziehungsweise
dreihundert Mark zu begleichen, was einer aktueller Kaufkraft
von etwa 3300 und 2000 Euro entsprechen würde. Folgerichtig entwickelt sich daraus der nächste Akt des Geschehens:
Jeder der Bauern erhält einen Pfändungsbescheid über je einen Ochsen. Am Tag des Geschehens verhalten beide Bauern
sich zunächst passiv. Doch kaum sind die Tiere ein Stück auf
der Landstraße, als hinter ihnen zuvor am Wegesrand aufge-
türmte Strohballen in Flammen aufgehen und zwei Feuer-
hörner ertönen. Die Ochsen werden scheu. Als wie auf Kommando über zweihundert mit Knüppeln, Handstöcken und

Reitpeitschen fuchtelnde Dorfbewohner aus dem Ort auftauchen, werden die Ochsen wild, reißen sich los und flüchten auf die Störwiesen. Auch das Vollzugspersonal nimmt angesichts der immer näher und drohender auf sie vorrückenden Kerle Reißaus. Doch der Staat kann und darf sich nicht das Heft des Handelns aus der Hand nehmen lassen und so ist die Reaktion nur zu verständlich. Aus Glückstadt und Itzehoe treffen nur wenig später dreißig umgehend über Telefon angeforderte schwerbewaffnete Polizisten ein, denen es mit ihren entsicherten Gewehren gelingt, die immer noch aufgebrachte Menge in Schach zu halten und das Vieh abzutransportieren. Was folgt, ist die Anklage wegen Widerstand gegen die Staatsgewalt, Landfriedensbruch und Behinderung einer Amtshandlung gegen fünfundfünfzig der am Tumult beteiligten Personen, darunter auch der vor Ort anwesende Hamkens, der als Aufwiegler und Rädelsführer angesehen wird. Als Tage später nach dem Aufruhr eine mit Feuerwerkskörpern präparierte Konservendose am Fahnenmast des Beidenflether Amtsvorstehers Mahlstedt explodiert und eine Scheibe zersplittert, ist eine erste Grenze überschritten; die Hemmschwelle der Gewalt senkt sich merklich herab. Preußens nördlichste Provinz ist über Tage medienwirksam in den großen überregionalen Gazetten vertreten. Hier wie dort berichten und beleuchten die zum Teil nach Schleswig-Holstein eiligst entsandten Reporter die Situation der Bauern und wie es zu deren Aufruhr kam. Auch in Berlin wird die Regierung jetzt nervös, denn ein Widerstand gegen Behörden, eine lächerlich gemachte oder gar lahmgelegte Verwaltung trifft den Nerv eines jeden Staates. So fährt Innenminister Carl Severing in die Provinz nach Kiel, um sich über die im wahrsten Sinne des Wortes zunehmend »explosiver« werdende Stimmung vor Ort zu informieren.

Und noch etwas: Erstmals erkennen von diesem Zeitpunkt an auch die radikalen Elemente im Staat, Linke wie Rechte,

Nationalsozialisten, Kommunisten, ›Stahlhelm‹ und andere Gruppen, welches Potenzial, nämlich die Desavouierung der auf tönernen Füßen stehenden Republik, welche Möglichkeiten das Ausnutzen dieser Unzufriedenheit ihren Zwecken bieten würde. Immer öfter halten sie und ihre Vertreter wie General a.D. Erich Ludendorff oder der Reichstagsabgeordnete und Mitglied der ›Deutschnationalen Volkspartei‹ Max Soth nun Versammlungen im Land zwischen den Meeren ab und erklären den Bauern, dass das herrschende System, das Finanzkapital und darunter vor allem die Juden an ihrer Misere schuld seien und somit hinweggefegt gehören. Scheinbar einfache Lösungen leuchten den andächtig Lauschenden ein und setzen ein Samenkorn in fruchtbaren Boden. Doch noch haben Hamkens und Heim das Zepter in ihrer Hand, noch ist die neue Bewegung, die seit dem Beidenflether Vorfall deutschlandweit in aller Munde ist, konservativ-völkisch und nicht rechtsextrem geprägt. Und wenn die Nazis zu Veranstaltungen aufrufen, bleiben deren angemietete Säle zunächst meist leer. Noch finden sie nicht den Zugang zur Landbevölkerung.

Am 25. November folgt die nächste Aktion der neuen Bewegung. Über tausend Bauern und ihre Angehörige versammeln sich in Itzehoe. Einzelne der zwölf Redner heizen dabei die interessierten Zuhörer gegen Vertreter des Kapitals und gegen die Regierung auf, zum Teil mit demagogischen Reden, durchaus auch mit einigen antisemitischen Verbalinjurien. Die Masse fühlt sich hier erstmals angesprochen, lässt sich mitreißen, was zu leichten Tumulten führt, die schließlich bei einer weiteren Kundgebung am 3. Januar 1929 in Husum in offene Drohungen und Steinewerfen gegen die anwesende Polizei münden.

Dass zuvor in der Nacht vom 26. auf den 27. November zwei versuchte Granatanschläge auf die Wohnungen der Amtsvorsteher in Hollenstädt und Lunden missglücken, lässt die Regierung in Berlin einmal mehr aufhorchen. Sie versucht jetzt,

den Bauern entgegenzukommen und ihre Sorgen durchaus
ernst zu nehmen. Entsprechende Order ergehen an die zuständigen Behörden. Und so werden ab sofort die eingereichten
Anträge und Bitten um Aufhebung oder Stundung der Steuern nicht mehr umgehend abgewiesen, sondern jeder Fall akribisch bearbeitet und durchaus in über einhundertfünfund-
zwanzig Fällen im Sinne der Antragsteller entschieden. Wenn
diese Nachrichten auch in den Zeitschriften liberalerer Cou-
leur verkündet werden, auf dem Land selbst erfahren weite
Teile der Bevölkerung in ihren Versammlungen nicht das Geringste von den Zugeständnissen der Behörden. Derlei passt
nicht in die gewollte politische Propaganda.

Gescheiterte Existenzen auf Abenteuersuche

Während Wilhelm Hamkens landauf, landab auf Kundgebun-
gen und Versammlungen das Rednerpult nutzt, um gegen das
herrschende System – mit dem der Bauernstand unter die
Räder zu geraten droht –, zu polemisieren, entscheidet sich
Claus Heim, der Protestbewegung eine geistige Heimat zu geben. Ihm war schon bald klar geworden, dass die etwas phleg-
matischen Bauern nur mit Reden, mit Worten, so wie Hamkens
es versucht, nicht aufzurütteln sind, dass nur unter ihrem bei-
derseitigen und steten persönlichen Einsatz und dann auch
immer nur regional begrenzt wie in Beidenfleth etwas zu erreichen sei. Das ist auf die Dauer weder von Hamkens noch
von Heim durchzuhalten. Es müsste ganz anders vorgegan-
gen werden, etwas, was nach außen in die Republik hinein-
strahlen, etwas, das allen Menschen ein für alle Mal die Augen
für ihre eigene Misere und die Entschlossenheit der für sie
Kämpfenden öffnen würde. Doch dazu bedarf es mehr als die
eher zur Ruhe tendierenden Landwirte. Da müssten jetzt wirk-

lich einmal Jungens aus der Stadt ran, die ihr revolutionäres Handwerk verstehen, geistig wie auch als Handelnde.

Mit dem Verkauf von zwanzig Hektar seiner Ländereien und einzelnen Spenden zu den notwendigen Geldmitteln gelangt, kauft Heim als erstes eine Druckerei in Itzehoe und gründet zum Jahresanfang 1929 die Zeitung ›Das Landvolk‹, nicht zuletzt, um dem Protest ein Sprachrohr zu bieten und auch weiterhin die Ereignisse zu beeinflussen und gleichzeitig zu kontrollieren. Als Herausgeber gewinnt er schon bald den in Hamburg bei einer Wochenzeitschrift völkischer Ausrichtung tätigen Bruno von Salomon, dessen jüngerer Bruder Ernst von Salomon sich nach dem Großen Krieg als Freikorpskämpfer, Mitglied der berüchtigten ›Brigade Ehrhardt‹ und nicht zuletzt als Angehöriger der völkisch-terroristischen ›Organisation Consul‹ betätigte, und der sich auch am tödlichen Attentat auf Außenminister Walter Rathenau hervorgetan hatte. Beide Brüder nutzen in den folgenden Monaten Heims Zeitungsblatt, um mit ihren Artikeln nicht nur die Bauern wachzurütteln, sondern alle zersplitterten Kräfte des ländlichen Volkes, wie Handwerker, Arbeiter und einfache Beamte zu sammeln und auf ein Ziel zu lenken, hin zu einer Revolution gegen das herrschende System, dass sie vor allem durch den Einfluss der USA als fremdbestimmt ansehen, und dass aus ihrem Verständnis heraus somit nicht den deutschen Interessen entspreche. ›Das Landvolk‹ und die dort vertretenen Thesen treffen den Nerv der Zeit zahlreicher Menschen, die sich in der beginnenden Wirtschaftskrise unvermittelt der Arbeitslosigkeit ausgesetzt sehen, und diejenigen, deren kleines Barvermögen sich während der Inflationsjahre sprichwörtlich in Luft aufgelöst hatte.

Die Abonnentenzahlen schnellen schon bald in die Höhe. Zunächst einmal wöchentlich gedruckt folgt nach den ersten Monaten dank eines Anstiegs der Auflage auf bis zu zehntau-

send Exemplaren zeitweise eine tägliche Erscheinungsweise.
Zu danken ist das nicht zuletzt der Arbeit eines mustergülti-
gen Organisators, der sich der neuen Bewegung angeboten
hatte: Der selbst ernannte »Hauptmann« oder auch »Polizei-
hauptmann a.D.« Hans Nickels, Begründer der Heider ›Wach-
und Schließgesellschaft‹, gehört dabei genau wie Ernst von
Salomon zu den jungen »Nationalrevolutionären«, die sich mit
der jungen Parteien-Demokratie nicht identifizieren können.
Schon bald gilt er als Heims rechte Hand und auch bei dem
Tumult von Beidenfleth soll er schon seine Hände im Spiel
gehabt haben. Auch Nickels war ein Kind des Freikorpskam-
pfes. Schon seit Jahren befindet er sich immer wieder deutschlandweit sowohl im Osten wie auch im Ruhrgebiet im Dienst
der »nationalen Sache« auf Reisen. Jetzt organisiert er zudem
den Vertrieb der neuen Zeitung. Und wie er organisiert: Jungbauern mit Automobilen, Motorrädern und als Fahrradkuriere
befördern die fertig gefalzten Exemplare sofort aus der Druk-
kerei in die entferntesten Gegenden. Doch außer gesteigerter
Abonnentenzahlen will sich für die neue Bewegung kein rich-
tiger Erfolg einstellen. Ein landesweiter Aufstand, ein Streik,
ist nicht in Sicht. Alles erschöpft sich immer nur in kleineren
Aktionen gegen Vollstreckungsbeamte bei Pfändungen oder es
folgen einzelne, lokale Demonstrationen.

Mit der Zeitschrift ist immerhin der erste geplante Schritt
vollzogen; jetzt gilt es, nicht stehen zu bleiben und den zweiten zu wagen. Heims Redakteur und Vertrauter, Bruno von
Salomon, erhält kurz nach seiner Ankunft in Itzehoe die Order, schon einmal seine Kontakte spielen zu lassen. Der begibt
sich Ende Januar nach Hamburg, um Spezialisten für eine
heikle Angelegenheit zu gewinnen. Dabei sollen sich die Verbindungen seines Bruders Erich zur ›Organisation Consul‹ als
äußerst hilfreich erweisen. Über den ehemaligen Adjutanten
Ehrhardts und dessen jetzigen Büroleiter, Hartmut Plaas, gibt

es den alles entscheidenden Tipp auf zwei ebenfalls zum Ehrhardt-Kreis gehörende Sprengstoffexperten.

Und noch ein Eisen hat Claus Heim im Feuer: seinen treuen
Organisator Hans Nickels. Und der nutzt natürlich wieder einmal seine Verbindungen. Er weiß, dass in einem Steinbruch
bei Mühlheim a.d. Ruhr ausreichend Sprengstoff lagert, der
nur darauf wartet, abtransportiert zu werden. Gemeinsam mit
dem erst seit kurzer Zeit im Norden anwesenden Herbert Volck,
ebenfalls ein Freikorpskämpfer, der sich Heim für die Belange
der »Landvolkbewegung« angeboten hatte, holen sie Ende
Januar zweiundfünfzig Kilogramm Sprengstoff und siebenhundert Zündkapseln in den Norden und schaffen das Material
zunächst in die Nähe der dänischen Grenze nach Karlumfeld
zum Bauern Peter Holländer, ehemals Mitglied des ›Stahlhelms‹. Von dort geht die brisante Fracht bei Nacht und Nebel
per Auto zurück nach Hamburg, wo in einem Maleratelier,
bezeichnenderweise in der Friedensstraße gelegen, die beiden
Anhänger des ehemaligen Korvettenkapitäns Hermann Ehrhardt – der Kunstmaler Herbert Schmidt zusammen mit seinem Freund, dem Elektriker Albert Kaphengst –, in den folgenden Tagen Margarinekisten mit Wecker, Sprengkapseln
und je vier Kilogramm Sprengstoff zusammenbasteln.

In den folgenden Wochen hocken die maßgeblichen Herren
erst einmal regelmäßig im Itzehoer Weinlokal ›Stumpfe Ecke‹
zusammen und philosophieren über den richtigen Zeitpunkt
und das richtige Ziel eines möglichen Anschlages und propagieren nach außen noch den zivilen Ungehorsam. Dazu zählt
auch die Aktion vom 4. März. In zwölf über das gesamte Land
verteilte Städte finden zeitgleich Demonstrationen statt. Zum
Teil versammeln sich über tausend Bauern mit ihren Angehörigen und lauschen Wilhelm Hamkens und anderen, die für
die neue Bewegung werben und sich wieder einmal vehement
gegen Steuerpfändungen aussprechen und ihre neue Organi-

sation als »Nothilfe«, als »Regierung des kämpfenden Landvolks« propagieren. Allein in Itzehoe kommen tausendzweihundert Menschen zusammen, stopfen ihre Steuerbescheide in Säcke, verbrennend sie anschließend, erklären sich gemäß Artikel Eins der Weimarer Verfassung zum Volk und bezeichnen die erlassenen Bescheide für rechtswidrig. Schon am folgenden Tag wird eine Kofferbombe vor dem Neumünsteraner Finanzamt deponiert. Doch die Bombe zündet nicht. Auch ein Anschlag mit Handgranaten auf einen Gegner der Landvolkbewegung in den frühen Morgenstunden des 6. Aprils in Wesselburen scheitert. Wenn auch hier die Granate, die aus einem ehemaligen Waffenlager von Angehörigen eines Freikorps, das vor Jahren auf dem Bauernhof des Amandus Vick in Rönne eingerichtet wurde, nicht zündet, so ist die Aufregung in der Presse doch jetzt groß. Jetzt lässt sich die Radikalisierung im Norden der Republik endgültig nicht mehr verheimlichen oder mit kleineren örtlichen Tumulten aufgebrachter Bauern schönreden, wie die Behörden und einige Journalisten es zuvor herunterzuspielen versucht haben. Hier handelt es sich schlichtweg um Terror, gegen den der Staat entschieden vorgehen muss.

Währenddessen waren Staatsanwaltschaft und Gericht nicht untätig gewesen. Hamkens Auftritt in Itzehoe vom 4. März und sein Aufruf zum Steuerstreik erachten die Behörden als aktiven Widerstand gegen die Staatsgewalt. Gegen ihn wird eine einmonatige Gefängnisstrafe verhängt, die er im Juli zunächst in Husum, dann in Neumünster absitzen muss. Damit wäre einer der selbst ernannten Führer der »Landvolkbewegung« aus dem Verkehr gezogen, der mit dieser Aktion allerdings auch zum Märtyrer avanciert. Und die andere herausgehobene Figur?

Im Unterschied zu Hamkens ist bei Claus Heim das Interesse auf Gewaltaktionen jetzt groß. Die bisherigen und meist

gescheiterten, unkoordinierten Aktionen einzelner Personen
stellen dabei so etwas wie eine Initialzündung dar. Genauso
müsste es gemacht werden, um Aufmerksamkeit zu erzielen,
doch wesentlich professioneller. Die entsprechenden Mittel
befinden sich ja jetzt in ihrem Besitz. Die Zeit scheint reif, sofort mit einer entsprechenden Aktion nachzulegen. Und was
liegt näher, als hier in Itzehoe zu beginnen und ein Exempel
statuieren? War doch gerade am 17. April vor dem Amtsge-
richt in einem aufsehenerregenden Prozess gegen die Bauern
der Beidenflether Unruhen verhandelt worden. Während im
Gerichtsgebäude unter Anwesenheit des Regierungspräsidenten die Korrespondenten aller bedeutenden Zeitungen der
Republik der Anklagevertretung, den Zeugen, den Angeklagten und ihrem Verteidiger aufmerksam lauschten, versammelten sich auf den Straßen der Stadt über zweitausend Bauern,
denen zwei schwerbewaffnete Hundertschaften Schutzpolizisten gegenüberstanden. Und wenige Tage später vom 22. bis
27. Mai ist schon eine weitere Gerichtsverhandlung wegen der
Husumer Unruhen vom Januar angesetzt. Ein Bombenatten-
tat zu der Zeit, so die Meinung, würde deutschlandweit und
auch international für die gewünschte Aufmerksamkeit sorgen und vielleicht der schon etwas lahmenden und sich zunehmend wieder einmal in Einzelaktionen erschöpfenden Bewegung neuen Zulauf und Schwung geben. Und als Vertreter
des Staates, als eine der »Zwingburgen des Systems« ist nur
zu bald ein passender Ort ausgemacht.

Eine »Höllenmaschine«

Es ist früh am Morgen, kurz nach zwei Uhr. Die im Kreis Steinburg liegende Kleinstadt Itzehoe und ihre gut zwanzigtausend
Einwohner befinden sich im Tiefschlaf. Auf den dämmrig be-

leuchteten Straßen des Ortes herrscht an diesem Freitag, den 23. Mai 1929, tiefe Ruhe. Bis zum Morgendämmern dauert es nicht mehr lange. Plötzlich zerteilt ein gigantischer, ohrenbetäubender Knall die Stille. Teile und Splitter von Glasfenstern wirbeln durch die Luft. Aus dem neben dem Hauptportal liegenden Lieferanteneingang des Landratsamtes dringen Schwaden von Qualm und verlieren sich im Dämmerlicht vor dem Gebäude. Es muss sich um eine gewaltige Detonation handeln, denn selbst die Fenster der umliegenden Gebäude bis hin zum einhundert Meter entfernten Bahnhof werden durch die Druckwelle zerstört. Dann herrscht wieder Stille, die nur zu bald von heulenden Sirenen durchbrochen wird.

Die alarmierte Feuerwehr ist als erste am Ort des Geschehens, doch ihr Eingreifen ist nicht notwendig. Der Qualm hatte sich in der Zwischenzeit verzogen. Und die in Eile von außen vorgenommene Inspektion des Amtsgebäudes ergibt keinen Brandherd. Während die Feuerwehrkameraden ins Haus eindringen, trifft auch schon eine Abordnung der Polizei ein. Die Anspannung der diensthabenden Beamten ist mit Händen zu greifen. Handelte es sich um einen terroristischen Anschlag? Galt er dem seit 1923 im Kreis amtierenden Landrat Konrad Göppert? War er verletzt oder gar getötet worden? Doch die Fragen können schnell von den Feuerwehrkameraden beantwortet werden: Das Gebäude war bis auf zwei im Dachgeschoss wohnende Hausangestellte leer vorgefunden worden und die sind noch einmal mit dem Schrecken davongekommen; Landrat Göppert und seine Familie selbst sind nicht anwesend.

Die aus dem Schlaf gerissenen Kriminalisten sperren als erstes den Tatort weiträumig ab und postieren vor dem Amtsgebäude auf dem Bürgersteig einen Schutzpolizisten, dann gehen sie zur Tür des Nebeneingangs. Die massive Türfüllung und selbst die Einfassung sind völlig hinweggefetzt. Ein dunk-

ler Fleck unmittelbar vor der Türschwelle scheint den Ort zu
kennzeichnen, an dem der oder die Täter die Höllenmaschine
mit einer hochgradigen Sprengladung deponiert hatten. Denn
je weiter sie im Haus vordringen, umso mehr zeigt sich ihnen
das ganze Ausmaß der gewaltigen Wucht, die von dieser Bombe ausging. Die Druckwelle hat auch im Haus selbst die Türen
aus den Zargen gerissen und im Erdgeschoss und erstem Stock-
werk fast die gesamte Inneneinrichtung des Landratsamtes und
der Wohnung Göpperts stark beschädigt. Die Versicherung
taxiert später den angerichteten Schaden auf eine Summe von
annähernd 10 000 Reichsmark, was nach aktueller Kaufkraft
etwa 66 300 Euro bedeuten. Das kann kein in irgendeinem Hin-
terhof oder Keller zusammengepfuschter Sprengstoff gewesen
sein, darin sind sich die Experten schnell einig. Hier müssen
Profis zugeschlagen und mit professionellen Mitteln ihr Un-
wesen getrieben haben. Die vorgefundene Wirkung kann, so
die Meinung nach der ersten Tatortbesichtigung, eigentlich nur
von einigen Kilogramm Dynamit herrühren. Doch Genaueres
bleibt selbstverständlich der Spurenuntersuchung am Tag vorbehalten.

Die noch in der Nacht informierte Staatsanwaltschaft in Altona ordnet sofort eine schleunige, mit allen verfügbaren Kräften durchzuführende Untersuchung des Falles an. Sie selbst
geht erst einmal von einem Anschlag auf die Person des Land-
rates aus. Doch vor Ort wird zunächst in alle Richtungen ermittelt. Und eine erste Spur scheint auch schon bald erkennbar zu sein. Zeugen wollen kurz zuvor ein verdächtiges Sub-
jekt in unmittelbarer Nähe des Amtsgebäudes erkannt haben.
Der Mann ist schnell gefunden und in Gewahrsam genommen.
Nur: Er ist angetrunken, kaum vernehmungsfähig und macht
darüber hinaus den Eindruck, als leide er an Geistesverwir-
rung. Kann so ein Mensch diese wohlberechnete Tat durchgeführt haben? Allzu schnell stellt sich dann auch bei der Unter-

suchung heraus, dass er an dem Vorfall völlig unbeteiligt war. Der Mann wird wieder in die Freiheit entlassen.

Nachdem den ganzen Tag über die Spurensicherung vor Ort tätig war, jeder Splitter, jedes noch so kleinste Teil zusammengetragen wurde, steht am Abend endgültig fest, hier wurde kein Dynamit gezündet, hier kam weit Gefährlicheres zum Einsatz: Roburit, ein Gemisch aus TNT und Nitroglyzerin, ein im Norden der Republik nur schwierig zu beschaffender, dagegen im Süden, im Berg- und Tagebau gern verwendeter Wettersprengstoff. Die Ermittlungen der Kriminalpolizei könnten so eine neue Stoßrichtung erhalten. Doch es heißt weiterhin, man ermittle in alle Richtungen. Auch zum möglichen Tatmotiv möchte man noch nichts sagen, erklären jetzt Staatsanwaltschaft und Kriminalpolizei unisono. Dass es sich um ein politisch motiviertes Attentat handeln könne und gewisse Kreise dahinter ständen, dies wird amtlicherseits zunächst nicht geteilt. Die Presse dagegen, die schon am selben Tag in ihren Morgen- und Abendausgaben deutschlandweit über den Vorgang im Norden der Republik berichtet, hat schnell eine Meinung parat. Für sie stellt sich schnell die Frage, ob da nicht die seit einiger Zeit aufsässigen Bauern und deren Organisation hinter dem Anschlag ständen? Er würde durchaus in deren Konzept passen. Durch die gerade jetzt verstärkt in der Stadt anwesenden Journalisten wäre ihnen – wie es ja auch tatsächlich geschieht –, eine republikweite Aufmerksamkeit gewiss. Denn gerade zu dieser Zeit haben sich die sechsundfünfzig beim Husumer Aufruhrs auffällig Gewordenen vor dem Itzehoer Gericht zu verantworten. Und hatte nicht nur wenige Tage zuvor ein Richter fünfundfünfzig Personen wegen Beteiligung am Tumult in Beidenfleth zu Gefängnisstrafen zwischen sechs bis acht Monaten verurteilt? Sollte das alles ein Zufall sein?

Die ›Organisation‹, ihre Bauern und Bomben

Man kannte sich innerhalb des Offizierskorps in den Jahren
nach dem Großen Krieg, Radikale wie Terroristen, Abenteurer oder einfach nur aus der Bahn Geworfene. Vor allem handelte es sich um junge Männer, die frisch von der Kadettenan-
stalt in den Krieg gezogen waren, und sich nach dem Zusam-
menbruch Deutschlands unmittelbar ohne Ausbildung in einer sich politisch und gesellschaftlich völlig geänderten Welt
wiederfanden. Gelernt und erzogen waren sie dazu, gehorsam
Befehle auszuführen und sich bedingungslos für den Erhalt
des Staats, für Deutschland, für die Nation einzusetzen. Und
so war es für sie durchaus selbstverständlich, als die erste Regierung der Weimarer Republik sie rief, um in den sich abzeichnenden inneren und äußeren Kämpfen den Staat als Ge-
bilde und seine äußeren Grenzen zu erhalten, dass sie nach
dem Krieg zunächst weiter als Freiwillige in zusammengewür-
felten Verbänden in Posen oder in den baltischen Ländern gegen Aufständische kämpften, sowohl im Ruhrgebiet, als Parti-
sanen gegen die französische Besatzungsmacht wie auch gegen aufständische Arbeiter innerhalb der gesamten Republik.
Als sich 1920 allerdings die Regierung unter dem Druck der
Alliierten genötigt sah, die Finanzierung der Freikorpsverbände
aufzugeben und die geduldeten und gern genutzten Organisationen auflöste, fühlten sich die Mitglieder erstmals vom Staat
verraten. Ihr Weltbild brach jetzt vollends zusammen. Die Regierung, die Sozialdemokraten, die Linken, denen sie willfäh-
rig und in gutem Glauben gedient hatten, waren ihnen in den
Rücken gefallen, so die weitverbreitete Meinung. Das seit dem
Kriegsende diffus herumwabernde Wort vom »Dolchstoß«
wurde jetzt auch auf die demokratisch gewählte Regierung
gemünzt und begann sich fortan rasch auszubreiten. Zutiefst
enttäuscht stellten sich einige dieser Freikorpsverbände nur

kurze Zeit später beim Kapp-Lüttwitz-Putsch abtrünnigen Militärs zur Verfügung, um die Regierung hinwegzutreiben.

Innerhalb der verschiedenen Freikorpsvereinigungen sprach sich schnell herum, auf wen Verlass war und wer auch vom intellektuellen Standpunkt zu gebrauchen war. Und so kam einer wie der andere früher oder später in Kontakt mit Korvettenkapitän Hermann Ehrhardt, dessen Marine-Brigade schnell zu einer Kadertruppe anwuchs, die im Kapp-Lüttwitz-Putsch aktiv Anteil nahm und die nach der Niederschlagung sich in den paramilitärisch-terroristischen Geheimbund ›Organisation Consul‹ verwandelte. Ihr vorrangiges Ziel war es, die junge deutsche Demokratie zu destabilisieren, sie durch eine stark konservative, vom Militär bestimmte Regierung abzulösen, um dann den verhassten Friedensvertrag von Versailles aufzukündigen. Die politischen Morde am ehemaligen Reichsfinanzminister Matthias Erzberger und Außenminister Walther Rathenau sowie das Attentat auf den ehemaligen ersten Ministerpräsidenten Philipp Scheidemann sind allesamt ihren Mitgliedern zuzuschreiben, und zu den Beteiligten zählten dann auch Personen wie Erich von Salomon oder Hartmut Plaas.

Nachdem sich gegen Mitte der 1920er Jahre die Weimarer Republik scheinbar etwas stabilisiert hatte, tauchten zahlreiche Anhänger der »O.C.« als Schriftsteller, Redakteure oder als Leiter von Wach- und Schließgesellschaften im bürgerlichen Leben wieder auf. Doch jetzt, wo es im Norden der Republik anscheinend gelingen kann, das »System« ins Schlingern zu bringen, da sind sie alle schnell wieder beisammen. Der eine bringt den Namen des anderen ins Spiel und so wird aus den Puzzleteilen ein Ganzes. Als Spinne im Netz, als derjenige, der die Fäden in der Hand hält, wirkt dabei nach außen hin Claus Heim, von den ihn umgebenden ehemaligen Militärs als »General« bezeichnet, beraten von Bruno von Salomon, der wiederum souffliert wird von seinem noch in Berlin anwesenden

Bruder. Und Ernst von Salomon selber unterhält über die Geschäftsstelle und dessen Leiter Plaas, weiterhin gute Kontakte zu Hermann Ehrhardt und der »O.C.«.

Nachdem Hans Johnson, der Leiter der Husumer ›Wach- und Schließgesellschaft‹, ebenfalls ein ausgemusterter Offizier, gemeinsam mit dem Bauern Detlef Hennings, den gelungenen Anschlag auf das Itzehoer Landratsamt verübte, heißt es am Ball bleiben. Wenige Tage später am 29. Mai kracht es erneut. Diesmal richtet eine Explosion in der Garage des Hohenweststedter Schulrats Lampfert einigen nicht unerheblichen Schaden an. Schließlich detoniert am 7. Juli eine Bombe im Haus des Landrats in Niebüll, beides Personen, die sich zuvor öffentlich gegen den vom ›Landvolk‹ propagierten Weg des zivilen Widerstands bei Pfändungen und gegen den ausgesprochenen Steuerboykott ausgesprochen hatten. In eingeweihten Kreisen kursiert seit diesen Tagen der Spruch: »Herr Landrat, keine Bange, | Sie leben nicht mehr lange! | Morgen früh an Ihrer Tür, | da sind wir schon hier, da begrüßen wir Sie, | Mit der Lunte, mit dem Wecker | mit dem Sprengstoff und der Taschenbatterie.« Zuvor am 3. Juni war darüber hinaus vor dem Landesfinanzamt Oldenburg in Oldenburg ein Sprengsatz hochgegangen.

Jetzt schaltet sich auch Ernst von Salomon, bisher nur mit Artikeln im ›Landvolk‹ vertreten, aktiv in den Konflikt ein. Er vertauscht im Juli 1929 endgültig seine Wohnung in Berlin mit einer in Itzehoe, um selbst, wie er sich später äußern wird, am »großen bäuerlichen Spaß« teilzunehmen, denn dort wären ja andere Menschen aktiv, als die »Salon-Putschisten« in Berlin, die sich nur in Reden ergehen würden. Zunächst zerstört in der frühen Morgenstunde des 1. Augusts eine Bombe in Lüneburg große Teile der Villa von Rechtsanwalt Strauss. Eine weitere vor der dortigen Landeskrankenkasse wird am Morgen entdeckt und unschädlich gemacht.

Dieser 1. August stellt dann auch den Höhepunkt der »Landvolkbewegung« dar. An diesem Tag hat Wilhelm Hamkens seine einmonatige Gefängnisstraße abgebüßt. Die Entlassung aus dem Neumünsteraner Gefängnis gegen 15 Uhr 30 war von ihm zuvor geschickt inszeniert worden. Noch aus der Haft heraus hatte er alles angeleiert: Zeitungsinserate geschaltet, Postkartendrucke in Auftrag gegeben, eine Blaskapelle geordert und Organisatoren bestimmt. Und so versammeln sich mit Genehmigung des Bürgermeisters, entgegen der Empfehlung des Schleswiger Regierungspräsidenten, über dreitausend Personen auf dem Marktplatz in der Innenstadt, dem Großflecken, um von dort zu einer Kundgebung zur Holstenhalle zu marschieren. Erstmals tritt hier die in aller Eile von einigen Plöner Landfrauen gefertigte neue Fahne der Bewegung in Erscheinung: auf schwarzem Stoff ein silbern-weißer Pflug mit rotem Schwert. Was allerdings niemand weiß, Hamkens war kurz zuvor ins Flensburger Gefängnis überführt worden, wo er still und heimlich, von niemandem empfangen, entlassen wurde. Doch trotz dieser Vorsichtsmaßnahme der Justizbehörde gerät die Demonstration in Neumünster außer Kontrolle und endet für die Stadt schließlich im Desaster, als die Polizei, die hinter einer Kapelle des ›Stahlhelm‹ Versammelten, am Losmarschieren hindern will. Der Aufforderung, die heftig geschwenkte Fahne niederzulegen, wird natürlich nicht nachgekommen. Erste Rangeleien mit den sie umgebenden Personen entstehen, und als die Polizisten, ungeschickt befehligt, unter Einsatz von Gewalt versuchen, sich der Fahne zu bemächtigen, kommt es zu Handgreiflichkeiten. Schließlich prasseln auf die Beamten erste Stockschläge ein, die sich ihrerseits mit gezogenem Säbel zu Wehr setzen. Als Ergebnis der Eskalation sind auf beiden Seiten mehrere Verletzte zu beklagen. Wenn es der Polizei auch letztlich gelingt, die Fahne in ihren Besitz zu bringen, den Marsch zur großen Auktionshalle vor den Toren der Stadt kann sie allein durch die Übermacht der auf sie eindrängenden Demonstranten nicht mehr verhindern. Die Beamten ziehen sich geschlagen zurück, folgen mit gehörigem Abstand dem Menschenzug und umstellen die Halle, wo Blasmusik, Gesang nationaler Lieder und demagogische Reden sich abwechseln. Am frühen Abend trifft dann auch Hamkens mit dem Zug aus Flensburg ein, der sich durch die Reihen der den Veranstaltungsort umgebenden Polizisten hindurchstielt und noch eine kurze Rede an die Versammelten richten kann, bevor ein Kommissar auf der Bühne erscheint. Kaum hat er das Wort ergriffen, kaum ist etwas vom Ende der Veranstaltung, von Auflösung der Versammlung zu hören, als auch schon die Kapelle das ›Deutschlandlied‹ intoniert und die Worte übertönt.

Als die Teilnehmer sich anschließend auf den Heimweg begeben, erfolgt der Zugriff der draußen wartenden und inzwischen um eine Hundertschaft Kieler Schutzpolizisten verstärkten Kräfte. Von ihren Vorgesetzten darüber informiert, dass es sich bei den hier Versammelten angeblich um Kriminelle, mit Pistolen bewaffnete Bauernlümmel handele, treten die Gummiknüppel sofort in Aktion. Es ist ein regelrechtes Spießrutenlaufen, das die der Halle Entströmenden über sich ergehen lassen müssen. Zahlreiche Handstöcke werden beschlagnahmt und mehrere Personen festgenommen, doch nur ein Revolver lässt sich finden. Ein Beobachter des Geschehens ist ein noch relativ unbekannter Anzeigenwerber aus Greifswald, Rudolf Ditzen, der schon bald als Hans Fallada mit ›Bauern, Bonzen und Bomben‹ die Vorgänge literarisch verarbeiten wird. Was für die Stadt Neumünster bleibt, ist ein regelrechter Katzenjammer, ein sich letztlich über 10 Monate hinziehender Boykott der Bauern gegen die Stadt, die ihre beschlagnahmte Fahne wieder publikumswirksam herausbekommen möchten. Fortan werden sie nicht mehr im Ort einkaufen und keine

Waren mehr liefern, worunter die Kaufleute schon bald zu leiden beginnen.

Claus Heim hatte sich von Hamkens und seinen Reden und
Inszenierungen inzwischen völlig abgewendet. Für ihn war es
nur logisch, was die »Nationalrevolutionäre« ihm soufflierten:
Man macht keine Revolution nur mit dem Führen von Reden.
Und wenn erst die ordnende Verwaltung sich im Chaos befinden würde, dann liege es an den Führern der neuen Bewegung,
die Provinz in ihre Hand zu bekommen und von dort ausge-
hend die gesamte Republik. Wenn auch die meisten Bauern,
selbst innerhalb der »Landvolkbewegung« sich gegen den Terror aussprechen und sich von den Bombenlegern und ihrem
Revolutionsanspruch distanzieren, ganz anders als Heim und
sein Kreis es sich erhoffen, so geht er doch stur den von ihm
einmal eingeschlagenen Weg weiter. Er persönlich und Bauer
John Johnson, Geschäftsführer des ›Landvolk‹, deponieren am
28. August im Hauseingang des Regierungs-Vizepräsidenten
Viktor Grimpe in Schleswig ein entsprechend präpariertes
Paket, das allerdings keinen Schaden anzurichten imstande ist.
Durch das Hausmädchen noch rechtzeitig entdeckt, wird der
verdächtig tickende Gegenstand von ihr kurzerhand auf die
Straße geworfen, wo die kurz darauf folgende Explosion fast
verpufft, und nur außen an der Fassade einigen größeren Schaden anrichtet. Nur einen Tag später detonieren Höllenmaschinen nahezu zeitgleich vor den Kreisämtern in Niebüll und wieder einmal in Lüneburg. Doch hier wie dort, außer in den Zeitungen und in den Berichten der Polizei, finden die Anschläge
bei der Bevölkerung keine große Aufmerksamkeit mehr. Der
von Claus Heim angedachte Stoß gegen die Verwaltung und
die damit einhergehende Vereinigung der Bauern hinter seiner »Landvolkbewegung« verpufft, statt ein Signal zu setzen
und damit eine revolutionäre Richtung vorzugeben.

Dann begeben sich Ernst von Salomon und Herbert Volck

auf getrennten Wegen zu neuen Anschlägen. Volck reist erneut nach Lüneburg, während Salomon nach Berlin fährt, um einmal der preußischen Regierung und der gesamten Republik die Macht der Bauern zu demonstrieren. Am 1. September detoniert vor dem Reichstag die erste Bombe. Dann folgt am 5. September ein weiterer Anschlag in Lüneburg, diesmal geht der Sprengsatz vor dem Rathaus hoch. Nur einen Tag später explodiert erneut eine der Höllenmaschinen vor dem Reichstag.

Ob durch Zufall oder geschickte Planung, auf jeden Fall kommen hier wie dort bei keinem der bisherigen Terroranschläge Personen zu Schaden.

Das Ende

Während die Bombenattentäter immer wieder kreuz und quer durch den Norden der Republik fahren, hocken in Altona Polizeipräsident Eggerstedt und seine Kriminalisten zusammen und kommen mit ihren Ermittlungen nicht so recht von der Stelle. Sie vermuten, sie kombinieren, doch belastendes Material gegen die eine oder andere Person können sie nicht vorweisen. Und in welche Richtung soll ermittelt werden? Wenn auch selbst die überregionale Presse schnell die renitenten Bauern, die ominöse und ohne klare Strukturen daherkommende »Landvolkbewegung« hinter den Anschlägen vermutet, gehen die Behörden zunächst von einem rechtsradikalen Hintergrund aus, ganz so, wie man es sich wünschen würde. Sollte es sich beweisen, dann wäre ein Verbot der immer stärker werdenden Hitlerbewegung leicht einzufädeln. Doch als sich keine Verbindungen zu den Anhängern des selbst ernannten Führers nachweisen lassen, ja, Adolf Hitler selbst aus Angst vor einem Verbot seiner Organisationen sich in aller Öffentlichkeit von den Attentaten distanziert und eine Belohnung auf die Ergreifung der Täter ausruft, da schwenken die ermittelnden Beamten um. Nun heißt es, die andere Seite, die Kommunisten ständen dahinter. So sehr sie auch ermitteln, beobachten, Versammlungen selbst der »Landvolkbewegung« beschatten, stichprobenartige Fahrzeugkontrollen durchführen, nirgends scheint sich eine Spur zu ergeben.

Erst der Anschlag vom 1. August auf Rechtsanwalt Strauss in Lüneburg läutet die Wende ein. Strauss ist Mitglied der für einen liberalen und freien Wirtschaftskurs stehenden ›Demokratischen Partei‹ und sein Schwager, Ministerialrat Hirschfeld, arbeitet im preußischen Innenministerium. Dass Beziehungen im Leben alles sind, der Satz bewahrheitet sich wieder einmal. Auf Betreiben des Ministeriums schaltet sich jetzt die Staatsanwaltschaft in der Hauptstadt Berlin ein und zieht den Fall der »Bombenleger« an sich. Über einhundert Ermittlungsbeamte, darunter als Leiter Kriminalrat Weitzel, erhalten den Spezialauftrag, sich der Sache nun verstärkt anzunehmen.

Vor Ort in Lüneburg nimmt Weitzel die Fährte auf und beginnt zunächst, im Umfeld des Rechtsanwalts Strauss nach persönlichen und politischen Feinden zu forschen. Und kurze Zeit später ist auch schon einer ausgemacht: ein alter Herr, Adalbert Volck, ein Deutschbalte, Mitarbeiter rechtsradikaler Blätter, der auch schon einmal gerüchteweise den liberalen jüdischen Rechtsanwalt anonym vor Gericht angezeigt haben soll. Zwar kommt der Mann aufgrund seines Alters für eine aktive Teilnahme an dem Anschlag nicht in Frage, das steht für den Kriminalrat sofort fest, doch der Name elektrisiert ihn unmittelbar. Denn da ist doch mit dem Sohn Herbert Volck eine durch und durch abenteuerliche Gestalt. 1915 in russische Kriegsgefangenschaft geraten, war er aus Sibirien entflohen und über den Kaukasus schließlich wieder in seine Heimat gelangt. Ein Buch gab davon beredt Auskunft. Und in den letz-

ten Jahren hatte er immer wieder einmal mit abstrusen, rechts-
gerichteten Artikeln in der Hauptstadt auf sich aufmerksam
gemacht. Doch was macht der Mann zurzeit? Nirgends ist zunächst eine Spur von ihm anzutreffen. Dann steht fest: Herbert Volck ist stetig auf Reisen, in Holstein und Schlesien betätigt er sich als Agitator bei Bauernkundgebungen. Dient Volck
vielleicht als Kundschafter? Sondiert er das Terrain aus? Und
da immer der gleiche Sprengstoff benutzt wurde, liegt es auch
nahe, dass die Attentate durchaus zusammenhängen. Und der
Kommissar kombiniert. Volck hält sich im Norden auf und
ebendort explodieren die Bomben. Wenn er auch keine Beweise in Händen hält, so denkt sich Kriminalist Weitzel, dem
Treiben Volcks und seinem Umfeld einmal nachzugehen. Doch
zunächst begibt er sich zum Polizeipräsidenten Eggerstedt nach
Altona.

Und Weitzel hat einen anderen Blick auf die sich ihm bie-
tende Situation, er hat den Blick des Außenstehenden, des
Hauptstädters. Die Männer, die den Kriminalisten in der Provinz in der letzten Zeit durchaus aufgefallen waren, sind Weitzel, bis auf Claus Heim und Wilhelm Hamkens, meist keine
Unbekannten. Handelt es sich doch durchweg um Feinde der
Republik, die wie Ernst von Salomon als Mitglied der ›Organisation Consul‹ zuvor schon aktiv durch Anschläge oder durch
rechtsradikale Artikel hervorgetreten waren, meist Personen
– wie in Berlin bekannt –, die immer mal wieder mit der einen
und anderen ominösen Vereinigung in Verbindung gebracht
wurden. Wenn es vielleicht auch eine logistische Unterstützung aus der Hauptstadt gibt, so erscheint es für Weitzel aber
klar zu sein, dass der Kopf des Ganzen in Itzehoe oder dem
weiteren Gebiet drum herum zu suchen sei, doch wie heran-
kommen? Mit den Anschlägen von Anfang September in Berlin und erneut in Lüneburg entscheidet er, in ganz Schleswig-
Holstein systematisch Straßensperren zu errichten und Auto-

kontrollen durchzuführen. Doch der Erfolg will sich zunächst nicht einstellen. Dann kommt der 11. September.

Früh am Morgen am Bahnhof in Krempe schnappt schließlich die Falle zu, als in einer der Sperren ein Auto mit zwei Insassen routinemäßig angehalten wird. Am Steuer befindet sich Hans Nickels, neben ihm auf dem Beifahrersitz Claus Heim. Die Polizei ist zufrieden. Da haben sie endlich einmal zwei große Fische der »Landvolkbewegung« an Land gezogen. Werden sie Erfolg haben, werden sie etwas Verwertbares finden? Als Nickels zwar wie aufgefordert aber doch unter hinhaltenden Reden und nur zögerlich, den Kofferraum öffnet, fällt der Blick der Beamten sofort auf ein verdächtiges Paket, eine zusammengeschnürte Kiste. Ausgepackt erweist es sich dann als eine jener Höllenmaschinen, die das Land seit Monaten in Angst und Schrecken versetzt hat. Sofort werden Nickels und Heim verhaftet und wenig später, um sechs Uhr dreißig am Morgen, nach Altona überführt. Schon bei seiner ersten Vernehmung erweist sich Nickels ohne Umschweife und Ausreden als geständig und nennt auch die beteiligten Personen. Die nächsten beiden Tage holt Kriminalrat Weitzel zum alles entscheidenden Schlag aus. Jetzt, wo er die Namen der Beteiligten kennt, erfolgen innerhalb kürzester Zeit Hausdurchsuchungen, die mit der Festnahme zahlreicher Verdächtiger enden, darunter die gesamte aktive Riege der selbst ernannten »Landvolkbewegung« sowie mögliche geistige und finanzielle Hintermänner. Insgesamt wandern sechsunddreißig Personen in Schleswig-Holstein und Berlin hinter Schloss und Riegel.

Schon am 16. September 1929 sind die Ermittlungen der Berliner Staatsanwaltschaft so weit fortgeschritten, dass der baldige Abschluss verkündet wird. Von den elf in Berlin Einsitzenden erhalten fünf die Freiheit wieder, die restlichen, darunter Ernst von Salomon und Helmut Plaas, müssen sich vor

dem Richter verantworten. Durch die Untersuchungen sind
von den vierundzwanzig Inhaftierten in Altona dreiundzwan-
zig derart belastet, dass gegen sie ein Haftbefehl ergeht. Wenn
für Kriminalrat Weitzel und der ermittelnden Berliner Staatsanwaltschaft als geistiges wie auch logistisches Zentrum und
Mittelpunkt des Terrors die Hauptstadt selber und Mitglieder
der ehemaligen ›Organisation Consul‹ gilt, so wird doch Claus
Heim als Initiator und Leiter der Bombenanschläge vor Ort
angesehen.

Wegen Streitereien um den Gerichtsort – die Regierung hätte
gerne das Berliner Landgericht mit dem Prozess betraut, doch
das erklärte sich für nicht zuständig –, beginnt das Verfahren
des »Großen Bombenlegerprozesses« vor dem Altonaer Landgericht erst im Juni 1930. Während die meisten von Anfang
an geständig sind, legen es einige der angeklagten Bauern noch
einmal darauf an, ihren zivilen Ungehorsam zu zeigen. Auf
Fragen von Richter und Staatsanwalt geben sie zwar bereitwillig Auskunft doch nicht auf Hochdeutsch, wie vor Gericht
vorgeschrieben, sie antworten vielmehr auf Plattdeutsch, was
als Verächtlichmachung des Hohen Hauses gilt und das Straf-
maß nicht gerade mindert. Einzig Claus Heim gibt keine Regung von sich. Kein Wort ist seinem Mund zu entlocken. Sto-
isch lässt er alles über sich ergehen. Doch auch ohne seine
Mithilfe gelingt es, allein ihm eine Beteiligung an dreizehn
Anschlägen auf Behördengebäude, Dienstwohnungen und Zei-
tungsredaktionen nachzuweisen. Bis zum 31. Oktober 1930
zieht sich das Verfahren hin, dann erst erfolgen die Urteilsver-
kündungen. Claus Heim erhält sieben Jahre Zuchthausstrafe,
die er ab 1931 in Celle abzusitzen hat.

Als der »General« das Angebot der Begnadigung durch das
preußische Innenministerium erhält, wenn er gleichzeitig bei
seiner Ehre verspreche, zukünftig auf den Gebrauch von Gewalt zu verzichten, da lehnt er ab. 1931 versucht die NSDAP,

ihn als Spitzenkandidat im Norden zu gewinnen. Auch dieses
Ansinnen lehnt Heim strikt ab. Lieber wolle er ins Zuchthaus
als für diese Schwätzer in den Reichstag gehen, lautet seine
Antwort an die ausgesandten Emissäre. Und als wenig später
ein national-revolutionäres Konglomerat um Erich Ludendorff
dem Bauernführer die Kandidatur zum Reichspräsidenten
anbietet, was seine umgehende Freilassung bedeuten würde,
auch da lehnt Heim ab. Als allerdings im Juni 1932 die wohl
einzige gemeinsame Initiative von NSDAP und KPD sowie der
DNVP das preußische Parlament zu einer Amnestie der inhaftierten Attentäter und ihrer Hintermänner auffordert, kommt
es am 17. Juni zur vorzeitigen Freilassung. Heim selbst zieht
sich auf seinen Bauernhof zurück.

Das Vakuum, das in weiten Teilen der ländlichen Bevölkerung durch das Ausschalten der aktiven Repräsentanten der
»Landvolkbewegung« entstanden war, ist inzwischen geschickt
durch die NSDAP und ihren Organisationen aufgefüllt worden. Sofort als die außerparlamentarische Opposition unschädlich gemacht war, übernahm sie deren Themen. Immer wieder wiesen deren führende Größen darauf hin, dass auch sie
gegen das herrschende System und die damit verbundene, un-
gerecht Situation der Bauern sei, sie allerdings, im Gegensatz
zu den hilflosen Landwirten, wäre in der Lage die Probleme zu
lösen. Denn im Gegensatz zur »Landvolkbewegung« sei die
NSDAP wählbar. So verwundert es nicht, dass die sich als Ret-
tungsanker anbietende Partei bei den Reichstagswahlen 1930
mit einem Stimmenanteil von fünfunddreißig Prozent im ländlichen Raum Schleswig-Holsteins ihr bis dahin deutschlandweit bestes Ergebnis einfährt.

Claus Heim, der vor, während und auch nach der Haft nie
einen Hehl daraus macht, dass er keine Gemeinsamkeiten mit
den Nationalsozialisten habe, wird ab 1933 durch die Gehei-
me Staatspolizei als unbequem eingestuft, 1939 sogar verhaf-

tet. Nur durch einflussreiche Beziehungen entgeht er der Überführung in ein Konzentrationslager. Nach dem Krieg sieht man
ihn bis zu seinem Tod 1968 nur noch selten in der Öffentlichkeit.

Auch Hamkens hält sich während der Zeit des Nationalsozialismus bedeckt und wird in der Öffentlichkeit kaum gesehen. Nach dem Krieg ist er politisch für die CDU aktiv, die er
allerdings wegen Meinungsverschiedenheiten nur wenige Jahre
später wieder verlässt.

Und was geschieht mit den anderen Drahtziehern? Bruno
von Salomon emigriert in den 1930er Jahren nach Frankreich,
geht von dort nach Spanien, wo er in den ›Internationalen
Brigaden‹ im Spanischen Bürgerkrieg gegen General Franco
kämpft, um schließlich in Frankreich aufseiten des kommunistischen Flügels der Résistance gegen die deutschen Besatzer
vorzugehen. Verarmt und krank holt ihn sein Bruder Ernst von
Salomon nach Deutschland zurück. Der inzwischen zum gefragten Bestseller- und Drehbuchautor avancierte und sich
später in der Friedensbewegung gegen eine Wiederbewaffnung
Deutschlands einsetzen wird.

Hans Nickels verschwindet in der Versenkung. Herbert Volck
dagegen werden ab 1933 Kontakte zu Hermann Göring und
der GESTAPO nachgesagt. Später wirkt er als Kriegsberichterstatter. Aufgrund mehrfach geäußerter Kritik an der Kriegsführung im Russlandfeldzug erfolgen seine Verhaftung und die
anschließende Überführung ins KZ Buchenwald, wo er 1944
stirbt.

Und Hartmut Plaas, der Strippenzieher aus der Berliner Zentrale der ›Organisation Consul‹, er wird erneut Dank der Verbindungen seines »Chefs« Hermann Ehrhardt, an einem wichtigen Dreh- und Angelpunkt positioniert: Unter dem Chef der
Abwehr des militärischen Geheimdienstes, Wilhelm Canaris,
ebenfalls früherer Freikorpskämpfer und mit der »O.C« be

kannt, übernimmt er die Stelle des Leiters der innenpolitischen Auswertung der Staatssicherheit. Wieder einmal können unter seinem Schutz Umstürze geplant werden. Diesmal vertrauen Hitler-Verschwörer wie Helmuth James Graf von Moltke oder Carl Friedrich Goerdeler darauf, dass Plaas in der Abhörzentrale aufpasst und er sie rechtzeitig warnt, falls die GESTAPO gegen sie ein Abhörgesuch stellt. Doch im März 1944 erwischt es auch ihn. Die Tätigkeiten Plaas' nehmen ein jähes Ende, er wird verraten und im KZ Ravensbrück hingerichtet.

Wie die Mutter so die Tochter.
Der Mord von Hüttenwohld bei Wankendorf, 15. Juni 1946

Der Zweite Weltkrieg ist vorbei. Britische Truppenverbände und deren Verwaltungsorgane haben das Sagen. Die zerbombten Städte gleichen Schutthaufen. Auf dem Land, in den Häusern der Dörfer, herrscht unvorstellbare Enge. Zu den Ausgebombten, die unterzubringen sind, gesellen sich hunderttausende Flüchtlinge und Vertriebene. Und dann sind da noch die ehemaligen angeworbenen Ostarbeiter aus der Ukraine oder dem Baltikum. Hinzu kommen die verschleppten Russen und Polen, die vor allem auf den großen Gütern und den Bauernstellen Holsteins die fehlenden Arbeitskräfte zu ersetzen hatten. Auch unter ihnen gibt es zahlreiche Menschen, die das Ende des Krieges nicht nutzen, wieder in Ihre Heimat zurückzukehren. Denn, wo lag sie? Was war von der Heimat noch übrig? Durch die Ausdehnung des Sowjetreiches im Osten, hatten sich zahlreiche Grenzen, hatten sich ganze Staaten verschoben. Auch viele dieser Osteuropäer haben jetzt keine Heimat mehr. Der Krieg hatte sie entwurzelt, hatte sie heimatlos gemacht. Als ›DPs‹, als »Displaced Persons« werden sie auch nicht durch die Briten abgeschoben, vielmehr erst einmal in Lagern untergebracht. So finden im Kreis Plön zahlreiche Balten erst einmal auf dem nur wenig östlich von Wankendorf gelegenen Gut Perdoel eine neue Bleibe, zu deren Beschäftigung sogar eine eigene Landwirtschaftsschule eingerichtet wird. Andere wiederum entziehen sich dieser Art von Aufsicht der britischen Besatzer, tauchen unter und versuchen sich selbst durchzuschlagen. Die abseits der Wege gelegenen einsamen Katen der ehemaligen Gutsarbeiter bilden dabei einen idealen Unterschlupf, wenn man weiß, wie es anzufangen ist.

*

Nur wenig westlich hinter Wankendorf beginnt das ›Bothkamper Land‹, die Besitzungen des großen Gutes Bothkamp.
Hier am Rande eines großen Waldstückes liegt ein ehemaliges
Arbeiterhaus. Weit und breit ist es nur unter dem Namen ›Vogelkate‹ bekannt. Einsam, verwunschen und ein wenig un-
heimlich liegt das Gebäude zwischen Knicks gegenüber dem
dunklen Wald da. Nur selten verirren sich Menschen hierher.
Von Nord nach Süd führt ein schmaler, selten von Bauern-
fuhrwerken befahrener Sandweg am Haus vorbei. Zum ent-
fernt gelegenen Ort Wankendorf gelangt man über einen bei
Regenwetter kaum zu passierenden Trampelpfad. Auch sonst
ist der Weg beschwerlich. Es gibt Stellen, an denen von beiden
Seiten die Pflugfurchen den schmalen Pfad angekratzt haben.
Man muss aufpassen, nicht zu stolpern. Geschuldet ist das
Ganze noch der vor über einem Jahrhundert untergegange-
nen Gutsuntertänigkeit der Leibeigenen. Sollte ihnen doch ein
Entweichen von ihrem Gutsherrn möglichst erschwert werden.
Direkte Wege in andere Bezirke wurden kaum geduldet.

Jahre zuvor hatte diese Einsiedelei der an Diabetes leidende
Maurer Arp erworben. Er passte hierher. Karg an Worten wie
die meisten Bewohner der Landschaft war Arp. Er war fleißig.
Das Haus und der Garten zeigten einen überdurchschnittli-
chen Ordnungssinn. Und neben seinem Hauptverdienst als
Maurer bei einem Wankendorfer Bauunternehmer betrieb er
auf seiner kleinen Parzelle noch etwas Landwirtschaft. Seine
dunkelhaarige Frau – bekannt nur als ›Schwarzes Lieschen‹ –
war ganz das Gegenteil. Sie liebte das Vergnügen und nicht die
Arbeit. Wann immer es möglich war, begab sie sich alleine auf
den beschwerlichen Weg in eine der größeren Städte. Ihr war
das Leben in der ›Vogelkate‹ zu einsam, sie suchte Ablenkung
und Unterhaltung. Die Menschen der Umgebung, die die Fa-

milie kannten, schüttelten nur den Kopf und rätselten, wie der Maurer Arp nur an diese gut aussehende Frau geraten war, die besser in eine Stadt passte, als aufs einsame Land? Zwei Kinder hatte der Maurer mit seiner Frau, einen Sohn und eine Tochter. Doch selbst, als die Kinder da waren, wurde es nicht besser mit Lieschen Arp. Die innere Unruhe seiner Frau blieb. Und es dauerte nicht lange, dann erkannte der Maurer, dass seine Tochter viel von der Mutter geerbt hatte. Schon als Kind legte sie viel Wert auf ihr Äußeres. Sie hatte ein keckes Wesen und kleidete sich gerne hübsch. Arp arbeitete hart, um den Forderungen seiner beiden »Frauen« gerecht zu werden, und um das notwendige Geld heranzuschaffen. Als für den Sohn mit der Konfirmation und einer Lehre das Erwachsenenalter begann, er die elterliche Behausung verließ und nur wenig später auch der Maurer Arp starb, wurde es zunächst einsam um die ›Vogelkate‹. Verlassen lag sie für einige Zeit da, nur bewacht von zwei Hunden, für die Nachbarn sorgen sollten. Die Tochter Annemarie fand sich bei Verwandten untergebracht. Die Mutter suchte erst einmal etwas Zerstreuung in Kiel. Dass sie die Arbeit nicht erfunden hatte, war bekannt, doch das es so bestellt war, war dann doch für alle nicht nachvollziehbar, selbst als Lieschen Arp nach Tagen wieder in die Kate zurückkehrte. Nur wenige Monate später fiel es den Wenigen, die am Haus entlangkamen sofort ins Auge: Die Ländereien verkamen zusehends, die Bäume und Büsche ächzten unter dem Obst, das nicht gepflückt wurde, der Garten war vor hohem Unkraut bald schon nicht mehr erkennbar.

*

Der Krieg ist kaum vorüber, da versuchen zahllose Osteuropäer, die auf dem Bothkamper Gut und den Bauernhöfen der Gegend gestrandet waren, sich abseits der Lager auf eigene

Faust durchzuschlagen. Auch ein Pole gehört dazu. Es ist Eugen Lech.

Lieschen Arp, die die Abwechslung liebt, und deren Kate so schön einsam liegt, ist schon bald der Mittelpunkt einiger dieser Männer, die lieber im schummrigen Tageslicht unterwegs sind. Wortführer der Gruppe zweifelhafter Gesellen ist der gut aussehende Lech. Man trifft sich regelmäßig in der recht einsam am Waldrand liegenden Kate. Bei keiner der Feiern fehlt schwarzgebrannter Schnaps und irgendeiner der Gäste hat von schwarzgeschlachtetem Vieh immer wieder Teile organisiert. Es geht hoch her. Und noch etwas: Da Deutschland den Krieg verloren hat, glauben sie alle, die sich bei Lieschen Arp versammeln, dass sie ein Recht haben, sich das zu nehmen, was ihnen zum Leben nur irgendwie zusteht. So werden schon bald offen über zukünftige Raubzüge gesprochen, werden Viehdiebstähle und mehr besprochen. Für sie scheint es keine Ordnung mehr zu geben. Sie meinen, sie wären jetzt die Herren und dürfen sich für die vergangenen Jahre, in denen sie gedemütigt wurden, schadlos halten. Ist das für die Maurerswitwe zunächst ein großes Spiel, so kommt schon bald mehr hinzu. Lieschen Arp findet zunehmend Gefallen an dem Polen. So dauert es nicht lange, und Eugen Lech zieht in die einsam gelegene Kate ein.

Werden die Raubzüge in die Umgebung zunächst in der ›Vogelkate‹ nur geplant, nehmen sie bald schon von hier aus ihren Ausgang. Mit Waffen versehen, Schlagringen und Eisenstangen, begibt sich die Bande auf ihre Raubzüge und Lieschen Arp, in freudiger Erwartung auf den ›Coup‹ ihres neuen Freundes und seiner Gesellen, bleibt gemeinsam mit ihrer inzwischen zur jungen Frau herangewachsenen Tochter daheim. Hat sie doch nur Vorteile davon. Ist sie doch der Arbeit nun völlig enthoben. Für sie und ihre Tochter wird jetzt gesorgt.

Es ist eine Zeit, da in den Nächten die Hunde auf den umlie-

genden Bauernhöfen immer wieder einmal anschlagen, wenn
Eugen Lech mit seinen Männern auf einem Raubzug unterwegs ist. Die Bewohner der Gegend reden schon bald von zwie-
lichtigen Gestalten und bringen bei ihren Äußerungen schließlich auch die ›Vogelkate‹ mit dieser etwas windigen Sache in
eine gewisse Verbindung. Doch so richtig lässt sich nichts beweisen. Noch monatelang geht das verbotene Treiben. Niemand kann die Viehdiebstähle und Einbrüche bisher mit der
einsamen Kate in einen direkten Zusammenhang bringen,
wenn man auch immer öfter hinter vorgehaltener Hand tu-
schelt, dass in der ›Vogelkate‹ nicht alles mit rechten Dingen
zugehe. Und selbst die Tochter Annemarie ist schon bald mitten drin im Geschehen, nimmt teil an den ausschweifenden
Feiern nach einem erfolgreichen Raubzug. Auch für sie ist es
ein großes Spiel.

Dann kommt der Tag, an dem Eugen Lech entdeckt, dass
Tochter Annemarie sich zu einer richtigen Frau entwickelt hat.
Keck wie ihre Mutter, ist ihr Busen aber fester und überhaupt:
So ein junges Mädchen wirkt irgendwie anziehender als eine
auf die 40-Jahre Zugehende. Und Annemarie, einsam in der
Kate aufgewachsen, den Charakter ihrer Mutter geerbt, ist fast
noch lebenshungriger; sie fühlt sich durch die Annäherungen
eines Mannes erstmals so richtig ernst genommen. Keiner großen Anstrengung bedarf es, da hat Eugen Lech nach der Mutter auch die Tochter bezirzt. Zwar bemerkt es die Mutter schon
bald, warnt ihre Tochter auch davor, ihr den Geliebten auszu-
spannen, doch es dauert nicht lange, da merkt Lieschen Arp,
dass sie keinen Einfluss mehr auszuüben vermag, weder auf
Eugen Lech noch auf ihre Tochter. Immer wieder kommt es
nun zu Auseinandersetzungen zwischen Mutter und Tochter.
Warnungen werden immer wieder von der einen oder anderen Frau ausgesprochen. Beide sind schließlich dermaßen ver-
kracht, dass kaum ein ruhiger Tag vergeht. Der Versuch, die

Tochter zu Verwandten zu schicken misslingt. Die Zustände werden schließlich immer verworrener. Doch nach einiger Zeit scheinen sich die Betroffenen dann arrangiert zu haben. Auch die Umgebung bekommt trotz der Abgeschiedenheit der Kate einmal davon Wind, dass Mutter und Tochter ein und denselben Liebhaber haben. Sie schütteln nur den Kopf: Was ist das für eine sittenlose Welt nach dem Krieg. War nicht früher alles besser?

Als Lieschen Arp sich im Winter 1945/46 eines Tages ins Dorf begibt, um ein paar Dinge zu besorgen, setzen sich Eugen Lech und Annemarie in der Küche zusammen, während draußen der extreme Frost das Land in seine Zange genommen hat, was selbst noch Jahrzehnte später bei der Kriegsgeneration eine Gänsehaut hervorrufen wird, wenn sie an diesen Winter zurückdenken. Die beiden besprechen ihre gemeinsame Zukunft und kommen schnell darauf, dass Annemaries Mutter ihnen für das geplante Zusammenleben doch hinderlich, wenn nicht gar gefährlich werden könnte. Zu viel kennt sie von dem illegalen Treiben, das von ihrer Behausung ausgeht. Die Mutter müsste eigentlich »abgeschoben« werden, so der gemeinsame Tenor. Sie weiß zu viel über die Räubereien in der Umgebung und wer daran beteiligt war. Nicht auszudenken, wenn sie doch einmal aus Eifersucht auspacken würde. Und überhaupt: Ihm, Lech, ist es mittlerweile zu ungemütlich in der Gegend geworden. Die Leute reden schon zu viel. Schließlich fallen die alles entscheidenden Worte: »Deine Mutter muss verschwinden. Ganz verschwinden. Sie kann uns gefährlich werden!« Annemarie nimmt das erst einmal so hin; ihr ist es egal, Hauptsache sie hat ihren Liebhaber ganz für sich alleine und muss ihn nicht im Bett mit jemand anderem teilen. Während sie in ihre Kammer verschwindet, bleibt Eugen Lech noch im Zimmer sitzen und legt nach und nach weiteres Holz in den Ofen. Und während die Hitze drinnen im Haus und der Frost draußen immer wieder das Gebälk des Daches knacken lässt, fällt bei Eugen Lech endgültig die Entscheidung.

Auch der extrem lange Winter mit seinen rekordverdächtigen Kältegraden geht einmal zu Ende. Und mit dessen Abklingen schrumpft auch die Schar um Eugen Lech. Das Tauwetter hat die Wege, Felder und Äcker in Schlamm verwandelt. Die Raubzüge sind weniger, der Kreis um den Polen ist kleiner geworden. Manch einer seiner Genossen hat sich in andere Regionen abgesetzt. Selbst der sonst das Land bezaubernde Frühling mit seinem frischen, zarten Grün und den verzaubernden Blüten vermag die Bewohner der ›Vogelkate‹ nicht in entsprechende Gefühle zu versetzen. Vor allem Eugen Lech und Tochter Annemarie sind mit ihren Gedanken nicht recht bei der Sache.

*

Nach dem schlimmen Nachkriegswinter, dem noch einmal viele Menschen an Hunger, an Auszehrung und durch den erbärmlichen Frost zum Opfer fielen, versucht der bevorstehende Sommer schon früh die Stimmung zu verbessern. Jetzt im Juni ist es angenehm warm.

Es ist Sonnabend, der 15. Juni 1946; ein besonderer Tag. Es ist Lieschen Arps 40. Geburtstag. Während sie sich im Haus beschäftigt, stehen Eugen Lech und seine neue Geliebte zunächst schweigend draußen vor der Tür. Beide lassen ihre Blicke entlang des am Haus vorbeiführenden Weges schweifen, betrachten die in ihrem kräftigen Grün dastehenden Bäume des Waldes und hängen jeder ihren Gedanken nach. Eugen Lechs Blick bleibt an einem imaginären Punkt hängen, verliert sich, dort wo die Baumriesen des Waldes den Sandweg schließlich verschlingen. Schließlich besinnt er sich, kommt wieder zu Bewusstsein, wie nach einem Traum. Ohne sich

Annemarie zuzuwenden, spricht er aus, was lange geplant,
wovor beide aber doch immer wieder auch ein wenig zurückgeschreckt waren. Die Worte lasten schwer in der Stille der
Natur. Nur zwei Worte sind es, die Eugen Lech über die Lippen kommen: »Heute passierts«. Mehr bedarf es nicht. Nur
kurz verharrt er noch draußen, dann wendet er sich um, geht
ins Haus, in das von ihm bewohnte Zimmer. Ein Griff unter
das Bett und in der Hand erscheint das kurze, abgesägte Ende
einer Eisenstange, die den Polen auf allen seinen Raubzügen
immer als Waffe begleitet hat. Sie verschwindet in einer ebenfalls unter der Schlafstelle hervorgeholten Aktentasche.

Der besondere Tag, der Geburtstag der Mutter, soll ordentlich gefeiert werden. Von den drei Wankendorfer Gasthöfen
mit ihren großen, fast 200 Personen fassenden Sälen, hatte
die Besatzungsmacht immerhin schon einem, dem mitten im
Ort liegenden ›Schlüters Gasthof‹ eine Lizenz erteilt. Der Zerstreuung und Ablenkung der Nachkriegsgesellschaft stand
nichts mehr im Wege. Jeden Sonnabendabend ist jetzt wieder
Tanz. Auch die Bewohner der ›Vogelkate‹ hatten schon früh-
zeitig beschlossen, den Jubiläumstag von Lieschen Arp dort
ausklingen zu lassen. Die beiden Frauen und der Pole ziehen
sich, soweit es eben geht, festlich an, und machen sich am späten Nachmittag auf den beschwerlichen Weg entlang des Tram-
pelpfads über die Wiesen und Felder zum entfernten Dorf.
Wenn es nur möglich ist, geben die drei ihren Gänsemarsch
auf und gehen nebeneinander. Dann hakt Eugen Lech Annemarie unter. In der anderen trägt er eine Aktentasche. Er und
seine Geliebte geben sich betont lustig. Auch die Mutter wird
von der Stimmung schließlich mitgerissen. Gut gelaunt erreicht
das Trio den Gasthof. Der Saal füllt sich zusehends. Schon bald
geht es hoch her. Alle wollen sich für ein paar Stunden amü-
sieren, wollen aus dem tristen Alltag ausbrechen. Doch viel
Zeit bleibt nicht. Schon ab zweiundzwanzig Uhr ist Sperrstun-

de; niemand darf sich danach mehr auf den Straßen sehen lassen. Die Briten achten streng auf deren Einhaltung.

Auch die drei von der ›Vogelkate‹ lassen es ordentlich krachen. Bei einer gehörigen Portion Alkohol und zahlreichen
Tänzen – Eugen Lech zeigt sich der Mutter gegenüber noch
einmal als ganzer Kavalier –, vergeht die Zeit wie im Flug. Als
die Sperrstunde heranrückt, machen sich alle Gäste auf den
Weg, auch Eugen Lech und seine beiden Frauen. Es ist kaum
schummrig draußen, jetzt, wo die längsten Tage anstehen. Als
der nach Westen führende Sandweg vom Dorf hinter dem Bauernhof Wacker endet, müssen sie durch ein Weidegatter, dass
sie hinter sich wieder schließen. Die Unebenheiten des nun
folgenden Trampelpfades sind immer noch zu erkennen. Doch
der Alkohol entfaltet jetzt bei Lieschen Arp vermehrt seine
Wirkung. Das Gespräch reißt ab. Wie schon auf dem Hinweg
so auch hier: Wann immer möglich, nimmt Eugen Lech seine
junge Geliebte in den Arm. Gemeinsam folgen sie der voraus-
gehenden Mutter. Als sich am noch etwas schwach erhellten
Horizont der nahe Wald, der dunkle Wohld, als schwarzer Fleck
abzeichnet, löst sich der Pole von Annemarie, öffnet seine Aktentasche, entnimmt ihr die kurze Eisenstange und macht ein
paar schnelle Schritte auf das vor ihr gehende Geburtstags-
kind zu.

Mutter Arp ist voller Konzentration auf den im jetzt schummrigen Licht des ausgehenden Tages sich vor ihr hinschlängeln-
den schmalen Pfad. In Ihren Ohren klingen immer noch Lärm
und Musik aus dem Saal nach und der genossene Schnaps und
das Bier lassen die Beine etwas schwerfällig wirken. Sie hört
und merkt nichts, als Eugen Lech ihr nahe kommt und den
Arm hebt. Innerhalb eines Augenzwinkerns ist alles vorbei. Ein
kurzer, kräftiger Schlag mit der Eisenstange zerschmettert ihren Hinterkopf. Ohne noch einen Laut von sich zu geben, fällt
sie tot nach vorne. Ohne Worte zu verlieren, packen Eugen

und Annemarie die blutige Leiche und schleifen sie mit sich, bis der Pfad an einen den Wald begrenzenden Knick entlangführt. Hier, kaum 100 Meter von der ›Vogelkate‹ entfernt, zerren sie ihr Opfer über den Buschwall, heben den Körper über einen Stacheldrahtzaun. Sofort schickt der Pole seine Geliebte nach Hause, um einen Spaten zu holen. Als Annemarie zurückkehrt, hebt er am Waldrand zwischen Bäumen in der Nähe einer Eiche ein Loch aus. Keinen halben Meter tief ist die Kuhle, in der die Ermordete hineingelassen und verscharrt wird. So als wäre nichts geschehen, gehen sie die wenigen Meter zu ihrer Behausung zurück, beruhigen die Hunde, die durch Annemaries schnelles Kommen und wieder Verschwinden unruhig geworden waren, um sich dann draußen an der Pumpe die ein wenig mit Blut beschmierten Hände zu waschen. Dann erst gehen sie ins Haus und gemeinsam ins Bett.

*

Es dauert nicht lange, nur wenige Tage, dann wabern erste Gerüchte durch die Gegend. Niemand weiß, wo und wie es begann. Trotzdem die umliegenden Katen und Bauernhöfe entfernt liegen ist schon bald die Rede davon, dass die Witwe Arp verschwunden sei. Zunächst heißt es, sie sei mit einem Polen, wohl ihrem Geliebten, durchgebrannt! Doch wie sich bald herausstellt, lebt der ja noch in der ›Vogelkate‹, jetzt allein mit der hübschen Tochter. Und mit einem anderen hatte man sie zuletzt gemeinsam nie gesehen. Und genau dies bringt jemanden auf eine Idee. Den Gerüchten wird eine neue Richtung hinzugefügt. Bei diesem gestrandeten Polen, der jetzt mit der Tochter unter einem Dach lebt, als wäre nichts gewesen, und dem schon immer alles zuzutrauen sei, heißt es, sollten die Behörden sich einmal umsehen. Vielleicht sei die Witwe Arp ja umgebracht worden, von, na ja, man will ja nichts gesagt haben. Aber einen gäbe es, der wohl dafür in Frage kommen würde. Zwar verdichten sich die Meinungen, doch Anhaltspunkte gibt es keine, nur einen allgemeinen und unverbindlichen Tratsch. Ein Jahr lang dauert diese bleierne Zeit für alle Beteiligten, dann ist die ›Vogelkate‹ eines Tages leer. Eugen Lech und Annemarie Arp sind plötzlich verschwunden. Haben sie davon gehört, dass durch die nicht abklingenden Gerüchte schließlich auch die Polizei hellhörig geworden war? Das plötzliche Verschwinden dient nicht gerade dazu, den Tratsch der umliegenden Gegend zu ersticken. Im Gegenteil. Gerade durch dieses Verhalten schaltet sich jetzt die Polizei erst richtig ein. Denn nahe Verwandte, die ebenfalls in der Umgebung leben, wollen endlich genaue Klarheit haben.

Zwar tritt das Thema über die Witwe Arp in den Gesprächen der Gegend zunehmend in den Hintergrund, zu sehr fordern in den folgenden Monaten die Nachkriegsentwicklungen ihre Aufmerksamkeit, doch richtig still wird es nicht um diese Geschichte. Denn die eingeschaltete Polizei beginnt mit ersten Ermittlungen und schaltet schließlich die Staatsanwaltschaft ein. Was jetzt folgt, ist reinste Puzzlearbeit. Die bisher durch die Gegend wabernden Gerüchte werden zu Protokoll genommen, werden gesichtet, gesiebt, voneinander getrennt, Aussage auf Aussage, allgemeines Gerede und Vermutungen auf ihren Wahrheitsgehalt geprüft. Schließlich scheint alles darauf hinzudeuten, dass in der Tat der in Deutschland hängen gebliebene Eugen Lech seine ehemalige Geliebte Lieschen Arp umgebracht hat. Wenn auch Jahre darüber vergehen, und die Mühle der Gerechtigkeit langsam mahlt, so werden die Untersuchungen doch nicht vergeblich sein.

Endlich entschließt sich die Untersuchungsbehörde zu einem alles entscheidenden Schritt. Beide, Eugen Lech wie auch Annemarie Arp werden mit internationalem Haftbefehl gesucht. Und gar nicht lange dauert es, da zeigt sich ein erster

Erfolg. Letztere wird in Belgien entdeckt, festgenommen, in die Heimat überführt und in den Frauentrakt der Kieler Justizvollzugsanstalt eingeliefert. Weitere Nachforschungen am Ort der Aufgegriffenen ergeben, dass auch der Pole gemeinsam mit seiner Geliebten zunächst in Belgien ein Unterkommen gefunden, seine Annemarie dann aber sitzen ließ und sich abgesetzt hatte. Doch die Spuren des Polen verflüchtigen sich schon bald. Er bleibt wie vom Erdboden verschwunden. Hatte die sitzengelassene Annemarie Arp schon in Belgien mit der dortigen Behörde kooperiert und mit einem Geständnis Licht in das bisherige Dunkel gebracht, so erklärt sie sich gegenüber der deutschen Staatsanwaltschaft in Kiel ohne Umschweife bereit, auch die letzte Klärung herbeizuführen.

Neun Jahre sind inzwischen seit dem Verschwinden von Lieschen Arp vergangen, als im Herbst 1955 ein Leichenwagen und ein Polizeitransporter mit der Tochter und mehreren Polizeibeamten auf den beschwerlichen Weg zur verwunschenen ›Vogelkate‹ aufbrechen. Ausdruckslos, scheinbar ohne innere Regung, sitzt sie während der Fahrt ihrer Aufpasserin gegenüber. Doch ihre innere Anspannung ist durchaus zu erkennen. Eine Zigarette nach der anderen geht in Qualm auf. Kaum ausgedrückt folgt auch schon der Griff zur Schachtel, zum nächsten Tabakröllchen. Die Aufpasserin wendet keinen Blick von der ihr Gegenübersitzenden. Was mag in der Gefangenen vorgehen, was geht ihr durch den Sinn, jetzt wo sie sich dem Tatort nähern? Annemarie lässt sich nichts anmerken, schaut die ganze Zeit ohne Regung aus dem Fenster. Auch als beide Fahrzeuge langsam, schwankend, Spurrillen des Sandweges folgend, Schlaglöcher umkurvend, sich von Norden durch den Wald der ihr wohlbekannten einsamen ›Vogelkate‹ nähern.

Dass an diesem Tag der Knoten endgültig durchgeschlagen werden soll, darüber sind die Verwandten der Ermordeten informiert. Die nach der Flucht des Pärchens verwaiste Kate war schon bald von Angehörigen der Familie Arp in Besitz genommen worden. Jetzt stehen sie vor der Kate und blicken in den vorbeischleichenden Polizeitransporter. Auch hier lässt Annemarie Arp keine Regung erkennen. Ausdruckslos sieht sie durchs Seitenfenster. Nur wenig hinter der Kate, da, wo der Trampelpfad nach Wankendorf seinen Anfang nimmt, wo der Knick an den Wald stößt, wird gehalten. Alle steigen aus. Ein Beamter greift sich einen mitgeführten Spaten. Umgeben von Polizisten weist Annemarie kurz und ohne langes Besinnen auf eine Stelle hinter dem Knick. Gemeinsam klettern die Beamten mit der Gefangenen im Gefolge über den buschbewachsenen Erdwall und über einen dahinter verlaufenden Stacheldrahtzaun. Wenige Schritte sind es bis zum Rand des Waldes. Kühl und abgeklärt wirkt die Gefangene; ein wenig tonlos kommen dann die ersten Worte während der ganzen Fahrt heraus: »Hier liegt sie«. Das ist alles. Mehr bedarf es nicht. Eine leichte, für den Uneingeweihten kaum wahrzunehmende Senke im Boden vor einer Eiche deutet das Grab der Mutter an. Mit dem mitgenommenen Spaten stößt ein Polizist schnell auf die Überreste der Ermordeten. Nach Freilegen der Gebeine ist auch für den Laien der Mordanschlag sofort erkennbar. Einer ausführlichen Obduktion bedarf es eigentlich nicht. Der Schädel ist nahezu vollständig zerschmettert, so brutal war der Schlag mit der Eisenstange erfolgt. Der Rest ist Routinearbeit: vollständige Exhumierung der Ermordeten, ein paar fotografische Aufnahmen des Skeletts und des Fundorts, Anfertigung einiger Skizzen, Einsargung der Reste, dann begeben sich alle wieder zu den Wagen und auf den Weg zurück nach Kiel.

Hinter Annemarie Arp schließt sich wieder die Zellentür des Kieler Gefängnisses. Ihr Prozess als Mitwisserin und stillschweigende Mittäterin muss allerdings erst einmal warten. Die Suche nach dem Haupttäter läuft jetzt, nachdem die Leiche gefunden wurde, noch einmal richtig an. Die Suche, über ganz Europa ausgedehnt, verläuft aber im Sande. Schließlich wird nach Eugen Lech auf der ganzen Welt gefahndet. Nach einer für die Angehörigen sich schier unendlich hinziehenden Zeit scheint sich doch noch eine Spur des Gesuchten zu zeigen. In der ehemaligen britischen Strafkolonie, weitab des ehemaligen Geschehens, doch nicht entfernt genug in dieser Zeit, in Australien, haben Kriminalisten eine Fährte aufgenommen. Telefonate und Telegramme zwischen deutschen und australischen Behörden wechseln den Empfänger, Schriftstücke wandern hin und her. Endlich herrscht Klarheit: Der Flüchtige Eugen Lech ist tatsächlich in Australien untergetaucht. Endlich kann der Zugriff erfolgen. Die Auslieferung und Überführung nach Deutschland ist dann nur noch eine reine Formsache. Und so steht dem Mordprozess Anfang 1956 vor dem Kieler Landgericht nichts mehr im Wege. Das Urteil für den Mörder lautet auf lebenslängliche Freiheitsstrafe; wegen Beihilfe aber unter Berücksichtigung, dass sie von Anfang an kooperierte und uneingeschränkt geständig war, erhält Annemarie Arp eine mehrjährige Gefängnisstrafe.

»Ihr habt mich zum gotischen Genie gemacht«.

Lothar Malskat und der »Fälscherskandal« um die Marienkirche, Lübeck 1952

Palmarum 1942

Sie gilt als Vorbild für ein gutes Dutzend Kirchen entlang der Ostseeküste; als »Mutter der Backsteingotik«, als erster Ziegelsteinbau ihrer Art, ist die Lübecker Marienkirche bekannt. Ihre die Stadt bestimmende Silhouette schien für die Ewigkeit bestimmt, doch dann kam der Zweite Weltkrieg. Früh am Morgen des 29. März 1942, am Palmsonntag, dem Tag, an dem die Konfirmationen anstanden, nahmen britische Lancaster-Bomber Kurs auf die Hansestadt an der Trave, um – wie es der Premierminister Winston Churchill nach zuvor erfolgten deutschem Bombardement auf britische Städte unmissverständlich angekündigt hatte –, ein für alle Mal die Moral der deutschen Zivilbevölkerung zu brechen. Die zuvor gezielt durchgeführten Bombardierungen von Fabriken des Deutschen Reiches waren wenig von Erfolg gekrönt gewesen. Der Streukreis der Bomben lag mit einem Radius von bis zu mehreren Kilometern oftmals weit vom gewünschten Ziel entfernt. Damit war kein bleibender Eindruck beim Kriegsgegner der Briten zu erreichen gewesen. Die Entscheidung, gerade in Lübeck mit dem ersten großen Flächenbombardement zu beginnen, kam nicht von ungefähr. Einerseits galt die Hansestadt mit seiner wohlerhaltenen Backsteingotik als ein architektonisches und kulturelles Kleinod in der Welt, niemand dachte im Entferntesten daran, dass der Gegner so weit gehen würde, so etwas zu zerstören, andererseits gab die von Flugabwehr völlig ungeschützte Stadt mit ihren alten, leicht brennbaren Fachwerkhäusern und engen Gassen ein erstklassiges Ziel für einen Hinweis an die Deutschen, wozu der von ihnen angezettelte Krieg führen werde. Das erste aus der Luft herrührende Autodafé nahm seinen Lauf.

Anders als die Flieger der deutschen Luftflotte waren die britischen Piloten technisch in der Lage, auch in der Dunkelheit der Nacht ihre Zielgebiete anzusteuern. Das Vorauskommando setzte in der Schwärze des Himmels das entsprechende Planquadrat der Stadt mit Hilfe von sogenannten »Christbäumen«, an Seidenfallschirmen langsam zur Erde sinkenden Magnesium-Lichtkaskaden, in ein gespenstisches, punktuell grelles Licht. Dann folgten mehrere Bomberverbände mit insgesamt zweihundertvierunddreißig Propellerflugzeugen, die ihre stählerne Fracht kurz vor Erreichen des kenntlich gemachten Gebietes aus den Bäuchen ihrer Maschinen entließen. Erst kamen die Sprengbomben, die kurz vor dem Aufprall auf die Erde, über einen Drückzünder ausgelöst, die Dächer abdeckten; dann folgten mit Phosphor gefüllte Brandbomben. Rund dreihundert Tonnen an Bomben rauschten in dieser Nacht in die Tiefe und lösten ein Inferno aus, das in den kommenden Jahren noch zahlreiche deutsche Städte erleben sollten. Fast die gesamte Innenstadt versank an diesem Tag in Trümmern. Die Hitze des nicht zu löschenden Feuerinfernos löste einen gewaltigen Sog aus, der Papier und Asche in gewaltige Höhen riss. Am Tag, als die traurige Nachricht vom Untergang Lübecks sich schon längst im Land verbreitet hatte, regnete es in einem Umkreis von fast fünfzig Kilometern verkohlte Fetzen und Ruß vom Himmel und brannte sich bei manchem Unbeteiligten ins Gedächtnis ein.

Nicht vollständig zerstört, überlebte die Marienkirche, wenn auch schwer angeschlagen. Von Druckwellen in der Nähe explodierender Spreng- und Brandbomben gaben zuerst die Türme nach. Der hölzerne Dachstuhl brannte und die tonnenschweren Glocken rauschten in die Tiefe, zerschellten auf dem Boden, überdeckt vom Schutt der einstürzenden Backstein-

wände. Die Ausstattung des Mittelschiffs wurde durch das
darüber einsinkende Dach zerstört, an anderen Stellen bra-
chen Gruftgewölbe ein. Was der Angriff unter abgeplatztem
Putz und Farbschichten allerdings zutage treten ließ, waren,
wenn auch nur in kümmerlichen Resten, alte, gotische Farb-
malereien. Darauf aufmerksam geworden verstand es die
Kirchenleitung nur wenige Tage nach dem Luftangriff noch,
immerhin eine Art Notbedachung zu organisieren, um nach
dem »Endsieg« dann mit der Restaurierung der neu entdeckten Fresken zu beginnen. Es sollte anders kommen.

Der Wiederaufbau

Nach dem Ende des mörderischen Krieges und der bedingungs-
losen Kapitulation 1945 stehen für die Lübecker zunächst andere Probleme an, die es zu bewältigen gilt. Es gibt Wichtige-
res, als Malereien in einem Gotteshaus. So verfällt die Kirche
zusehends. Es müsste dringend etwas geschehen, wenn nicht
auch noch die Seitenwände in sich zusammensinken sollen,
um damit das unausweichliche Ende von St. Marien und die
zutage getretenen mittelalterlichen Fresken endgültig zu be-
siegeln. 1947 ist es endlich soweit. Der ehemalige Danziger
Kirchenbauamtsleiter, den es als Flüchtling nach Lübeck verschlagen hat, gelingt es, gleichgesinnte Menschen um sich zu
scharen, die sich gemeinsam für den Erhalt der Kirche einsetzen. Jede noch so kleine Spende wird dankbar angenommen.
Die notwendigsten Erhaltungsmaßnahmen übernimmt erst
einmal die britische Besatzungsmacht. Doch die Aufgabe der
Wiederherstellung können weder die Bürger, denen die Kirche mit ihren Spenden eine Herzensangelegenheit ist, nicht
die Landeskirche, noch die Stadt alleine bewältigen. Nicht nur
die Landesregierung von Schleswig-Holstein und die Bundes-

regierung werden um finanzielle Unterstützung gebeten, auch im In- und Ausland erfolgt in den kommenden Monaten die Suche nach Förderern. Gedenkmünzen und Kunstdrucke erscheinen, deren Erlöse für den Bau zur Verfügung gestellt werden und der große Sohn der Stadt, der Literaturnobelpreisträger Thomas Mann, stellt einen Teil seiner in Deutschland erzielten Honorareinnahmen für den Wiederaufbau zur Verfügung. Doch wer soll mit den anstehenden Arbeiten im Inneren der Kirche betraut werden? Wer hat die notwendige Erfahrung in der Restaurierung gotischer Malereien?

Da trifft es sich, dass es nach dem Krieg den Berliner Kirchenrestaurator Dietrich Fey nach Lübeck verschlagen hat. Für ihn passt es gut, dass sich auch sein ehemals bester Mann in der Hansestadt wiederfand: Lothar Malskat. Beide haben sich nach dem Krieg schon bald erneut zusammengetan, profitiert doch jede Seite jeweils von der Arbeit des anderen. Und Geld brauchen beide. Der Königsberger Maler versteht es, geschickt den Pinsel zu führen und Fey hat die Kontakte. So fertigt Malskat gefragte Bilder früher verfemter deutscher Maler und Fey verkauft die Fälschungen, streicht dabei zwar den Hauptanteil ein, doch was soll der Urheber der Bilder schon dagegen vorbringen. Nach der Währungsreform 1948 sitzt das Geld dagegen nicht mehr so locker, die Käufer bleiben aus. Dietrich Fey erinnert sich jetzt an die ehemalige, gemeinsam mit seinem Vater geführte Restaurationswerkstatt ›Fey und Sohn‹ und bietet seine Arbeit am Wiederaufbau der Lübecker Kirchen an. Und bei der Stadt und im Kirchenbauamt ist die frühere Firma, die einst für ein gewisses Renommee bürgte, durchaus noch bekannt. Hatte nicht auch deren Arbeiten vor über einem Jahrzehnt im Schleswiger Dom für Aufsehen gesorgt? So ist der Auftrag des Kirchenbauamts vom Juli 1948, die Marienkirche zu restaurieren, reine Formsache.

Während Maurer und Zimmerleute sich auf den Gerüsten

um Wände und Dach kümmern, fängt die kleine Gruppe um
Dietrich Fey mit den Arbeiten an der Nordwand an. Der Geselle Bernhard Theodor Dietrich beginnt vorsichtig mit einem
Spachtel die vorhandenen alten Farbschichten an der Wand
freizulegen, doch zurück bleiben nach Wegpusten des übrig-
bleibenden Staubes nur undefinierbare Farbpartikel. Statt auf
dem Kalkputz des Mittelalters zu haften, scheinen die alten
mittelalterlichen Farben eine Symbiose mit den bis zu zehn
Schichten darüber liegenden späteren Ausmalungen eingegan-
gen zu sein. Sie lasse sich einfach nicht separieren. Die Fehlstellen nehmen immer mehr zu. Nach einem vergeblichen Versuch, wieder etwas Brauchbares auf die Wand zu zaubern, gibt
Fey entnervt auf und erinnert sich an die »Restaurierung« im
Schleswiger Dom. Und so heißt es, wie schon bei seinem Vater, jetzt müsse der Malskat wieder einmal ran.

Acht Stunden täglich arbeiten Feys Gesellen Dietrich und
Malskat auf den bis zu zweiundzwanzig Meter hohen Gerüsten. In der Kirche herrscht ein gespenstisches Dämmerlicht.
Die Fensterhöhlen sind vernagelt. Nur von den Gerüsten fällt
ein wenig Laternenlicht herab. Dietrich Fey wacht argwöhnisch
über die Arbeiten in der Höhe. Von unten, aus der Ferne, ist
nichts Genaues zu erkennen. Niemand darf ohne seine aus-
drückliche Erlaubnis hinauf zu seinen Angestellten. Auch nicht
eine Sachverständigenkommission, die sich von den Arbeiten
überzeugen will. Oberkirchenrat Werner Goebel, die Professoren Günter Grundmann aus Hamburg, Vorsitzender der bundesdeutschen Denkmalpflege, der Leiter der Kieler Kunsthalle, Richard Sedlmaier und Landeskonservator Peter Hirschfeld lassen sich von Fey führen und umgarnen. Während Sedlmaier begeistert ist, ist Hirschfeld – der die Kirchenleitung
vor Beginn der Arbeiten von einer Beauftragung der Firma Fey
abgeraten hatte –, nicht so recht überzeugt und macht eindeutig zur Auflage, Ergänzungen tunlichst zu unterlassen, Fehl-

stellen sollen kenntlich bleiben, doch immerhin hat er eine Hintertür offen gelassen: Bei vollkommenen Fehlstellen, so seine Äußerung, »kann eine gewisse Angleichung an die Umgebung zugrunde gelegt werden«. Daran wird sich Fey von jetzt an halten, denn klar ist, hier in der Marienkirche ist kaum etwas zu retten. Goebel durchbricht die etwas frostige Stimmung zwischen Hirschfeld und Fey. Es wurde wohl bisher, zugegebenermaßen, etwas großzügig restauriert, so seine Ausführungen, doch Fey wisse als erfahrener Restaurator ja, was diese Art der Arbeit bedeute. Die Kommission entschwindet wieder.

Zurück in Kiel gibt Professor Sedlmaier der Studentin Johanna Kolbe umgehend den Hinweis, möglichst ihre Dissertation über die in Lübeck neu entdeckten mittelalterlichen Malereien zu verfassen. Das wäre ein sensationelles Thema, damit würde sie großes Aufsehen erzeugen; das auch ein wenig Glanz auf ihn fallen würde, das erwähnt er nicht extra. Fortan hält sich die Studentin oft in der Kirche auf und fotografiert unter der kundigen Leitung von Fey diese und jene neu entdeckte Malerei. Immer wieder ist sie erstaunt, was da nach ein paar Tagen, die zwischen ihren Besuchen liegen, unter der alten Tünche wieder alles zum Vorschein gekommen war. Altbekanntes blättert vor Feuchtigkeit ab, Neues taucht auf; ihr scheint es wie »ein Kommen und Gehen, nur den Sternenbildern vergleichbar«.

Nach über zwei Jahren können Teile der Gerüste im Kirchenschiff abgebaut werden. Jetzt wenden sich Fey und seine Angestellten dem Kirchenchor zu. Doch hier ist es noch viel schlimmer als an den Seitenwänden. Die durch die Brandhitze zerschmolzenen Fenster waren wohl auf die Wände geflossen. Der Glasquarz hat die Farben so hart werden lassen, dass hier mit dem Spachtel überhaupt nichts zu erreichen ist. Fast alles platzt sofort ab. Gerade einmal drei Prozent verbleiben nach der Vorarbeit Bernhard Theodor Dietrichs auf dem mittelal-

terlichen Putz. So blicken den Laien eigentlich nur gähnend
leere graue Flächen an.

Keine großzügigen Ergänzungen bedürfe es hier, an dieser
Stelle, hier sei vielmehr sein ganzes künstlerisches Können
gefragt, ermuntert Dietrich Fey seinen Angestellten: Es helfe
nun nichts, er müsse tief in die gotische Kunst einsteigen. Malskats ganzer Ehrgeiz ist jetzt endgültig geweckt. Er studiert noch
einmal einige gedruckte Werke, vor allem Bernaths ›Die Malerei des Mittelalters‹. Dann steigt der Maler Tag für Tag, Woche für Woche auf die Gerüste im Chorraum und bannt mit
gekonntem Pinselstrich Konturen auf die Flächen, die von ihm
mehr und mehr farbig ausgemalt werden. Bei den Gesichtern
bedient er sich, wie schon Jahre zuvor in Schleswig, ihm be-
kannter Personen, wie seinem Vater oder dem russischen
Geisterheiler und Wanderprediger Rasputin, der schon bald
als bärtiger König wiederzufinden sein wird. Dietrich Fey
schirmt seinen besten Mann jetzt völlig ab. Unterbrechungen
bei der Arbeit, so seine Erkärung, wäre Gift für dessen Konzentration; die Restaurierung wäre gerade an dieser Stelle äußerst schwierig, lautet es. Als die Gerüste wenige Tage vor dem
700-jährigen Jubiläum der Kirche abgebaut werden, geht ein
Raunen durch das Land.

Eine Stadt steht Kopf

Das Kirchenschiff der Lübecker Marienkirche ist übervoll mit
Ehrengästen, unter ihnen der schleswig-holsteinische Minister-
präsident Friedrich Wilhelm Lübke und der wenige Stunden
zuvor eingetroffene deutsche Bundeskanzler Konrad Adenauer, der eigens zum zweitägigen Festprogramm der 700-Jahr-
feier der Kathedrale in die Stadt geeilt war. Pünktlich zur Feier gelang es, die im Zweiten Weltkrieg stark zerstörte Kirche

wieder herzurichten. Der Kanzler lässt es sich nicht nehmen,
ein Grußwort an die Anwesenden zu richten: »Meine Damen
und Herren, ich bringe Ihnen, der Kirche Lübecks, der Stadt
Lübeck, die Grüße der Bundesregierung. Heute werden zum
ersten Mal seit jener Brandnacht die Glocken von St. Marien
wieder ihre Stimmen über diese Stadt erschallen lassen.« Von
der helfenden Hand Gottes ist die Rede, die den mühsamen
Weg zum Frieden leiten wird, vom Aufruf der Glocken an alle,
die Verantwortung tragen. Dann beginnt um siebzehn Uhr
dreißig das Einläuten der Glocken der die Stadtsilhouette prä-
genden Kirche. Über die Dächer der alten Hansestadt klingen
am Sonnabend den 1. September 1951 erstmals seit der Zerstörung am Palmsonntag 1942 die von Adenauer persönlich
gestiftete neue ›Puls‹ sowie drei vom Ostkirchenausschuss als
Geschenk gespendete ehemalige, noch während des Krieges
in den Westen verbrachte Danziger Kirchenglocken. Draußen
vor der Kirche und in den Straßen herrscht Gedränge. Dicht
an dicht stehen die Bürger der Stadt, um den Klängen zu lauschen. Manche Tränen der Rührung und der Freude fließen.

Doch nicht nur die Lübecker Bürger feiern in diesen Tagen
die Wiederauferstehung ihrer Kathedrale, dieses Meisterwerk
gotischer Baukunst. Das ganze Bundesland blickt auf die Stadt,
die ehemalige »Mutter der Hanse«. Und mehr noch: Auch
außerhalb der Landesgrenzen gibt es Anerkennung. Vom »Kul-
turzentrum des Mittelalters« ist die Rede, von den »größten
Funden Europas«, von einem »unerreichten mittelalterlichen
Meisterwerk von unerreichter Zeugniskraft«, von einem »unbekannten mittelalterlichen Meister von Lübeck« titeln die
Zeitungsblätter landauf und landab; dass die Kunstgeschichte
neu geschrieben werden müsse, ist in diesen Tagen eine gern
gebrauchte Floskel. Sachverständige wie der zum Jubiläum
angereiste schwedische Reichskonservator Dalén sprechen
geradezu von einer »Einzigartigkeit«, die sich hier zeige. Bild-

postkarten und zwei Sonderbriefmarken in Millionenauflage erscheinen bei der Deutschen Bundespost, eine Studentin geht, wie von ihrem Professor gewünscht, in ihrer Doktorarbeit über die Lübecker Kathedrale flugs auf die Sensation ein. Was war geschehen? Die zusammengestoppelten Glocken können nicht der Auslöser sein.

Nein, es ist die Arbeit des Kirchenrestaurators Dietrich Fey, oder das, was er angeblich wieder zum Vorschein brachte, was die Welt in Entzücken setzt. Das, was scheinbar unter der Tünche von Jahrhunderten während der Restaurierung zutage getreten ist und was erst wenige Tage zuvor nach Abbau sämtlicher Gerüste in Gänze betrachtet werden kann: ein Gesamtkunstwerk gotischer Ausmalung einer Kirche. Allein der Blick auf die 21 fast drei Meter großen Figuren von Heiligen, Patriarchen und Mariengestalten im Chor-Obergaden der Basilika in ihren ausdrucksstark knallig leuchtenden Farben Purpur, Blau und Grün verschlägt nicht nur der Fachwelt den Atem. Noch während der Feierlichkeiten erhält Fey für seine außerordentliche Arbeit und die Verdienste um die Marienkirche eine Ehrenurkunde durch den schleswig-holsteinischen Landesvater Lübke; sogar ein Professorentitel wird ihm in Aussicht gestellt. Die Mitarbeiter Feys, die beiden Maler Bernhard Theodor Dietrich und Lothar Malskat stehen weitab der Prominenz. Niemand schenkt ihnen Beachtung an diesem Tag, ja, ihre Arbeit, ihre Namen bleiben völlig im Dunkeln. Niemand interessiert sich für sie. Als der Chef ihrer beim Hinausgehen ansichtig wird, hält er ihnen auf offener Hand ein paar Bier- und Schnapsmarken hin und bemerkt dazu halb jovial, halb spöttisch: »Ihr sollt auch nicht leben wie Hunde! Hier, lasst euch volllaufen«. Ein Satz, der sich vor allem bei einem der Angestellten einprägen wird. Schon einmal wurde er mit dürren Worten abgespeist, obwohl er damals im wahrsten Sinne des Wortes seinem Chef den Hals gerettet hatte.

Wie alles begann

Schon früh entdeckte der in fast ärmlichen Verhältnissen le-
bende Königsberger Antiquitätenhändler Malskat bei seinem
1913 geborenen Sohn Lothar eine künstlerische Begabung und
ließ ihn alte italienische Meister kopieren. Der Junge war gerade einmal elf Jahre alt. Der Weg schien vorgezeichnet: Nach
dem Besuch der Rossgärter Mittelschule – es hieß, im Zeichnen gab es immer eine Eins –, begann die Lehrzeit bei Maler-
meister Gelbke und der Besuch der Kunst- und Gewerkeschule.
Die Malbegabung fiel auch im Lehrbetrieb auf. Der Polier ver-
sprach sich eine Aufbesserung seines Gehaltes von den ihm
gezeigten Werken und ermunterte den Auszubildenden fleißig
weiterzuarbeiten. Die Bilder brachte er fortan unter seinem
Namen an die Kunden. Der Jugendliche erhielt ein Taschen-
geld. Nach der mit »sehr gut« bestandenen Lehre ging es weiter zur Kunstakademie. Auch die Professoren Grün und Schön,
Marten, Wulff, Wissel und Straube erkannten das Talent Malskats: Er habe eine »bemerkenswerte Begabung« hieß es. Die
erste große Ausstellung eigener Werke folgte auf dem Fuß: 1929
präsentierte die Königsberger Galerie Teichert den vielversprechenden heimischen jungen Künstler.

Nach Entfall der schulischen Fesseln begann das Leben eines freien, seine Werke auf den Straßen der Welt präsentie-
renden, wandernden Kunstmalers, der es auf diese Weise sogar bis nach Italien schaffte. Hin und wieder nahm er auch
Gelegenheitsarbeiten an, so in Allenstein, wo er als Plakatma-
ler anheuerte. Er selbst sah sich schließlich als »König der
Landstreicher«. Und genau dort landete er letztlich, als ein
Obdachloser auf einer Berliner Parkbank. Schließlich über-
wand er seinen Künstlerstolz und heuerte als einfacher Geselle in einem Malergeschäft an. Dass er eigentlich mehr konnte
und sich auch zu mehr und Größerem berufen fühlte, als Ta-

peten einzukleistern und Decken weiß zu tünchen, war schon
bald im Kreis der anderen Gesellen bekannt. Er sollte einmal
nach Berlin-Lichterfelde fahren, gab ihm ein Kollege den Tipp,
dort bei der Firma ›Prof. Fey und Sohn‹ suchten sie wohl jemanden mit etwas künstlerischer Begabung. Vielleicht wäre
das ja etwas für ihn.

1936 in Lichterfelde waren sich Kunstmaler und Restaurator Professor Ernst Fey, sein Sohn Dietrich und der 24-jährige
Lothar Malskat vom ersten Augenblick sympathisch. Der re-
nommierte Professor, Kunsthistoriker und erfahrene Kirchenrestaurator, erkannte sofort, welch gütiges Geschick ihm diesen Mann zugeführt hatte. Verzweifelt hatte er schon seit ge-
raumer Zeit nach einem geeigneten Assistenten Ausschau gehalten. Von seinem Sohn konnte er nicht so viel erwarten, wenn
es darum ging, als Restaurator Bildelemente zu ergänzen. Er
hatte von ihm zwar die Eloquenz und den Sachverstand geerbt, doch nicht die Gabe der Pinselführung. Und gerade jetzt
standen Restaurierungen in den Kirchen zu Oppeln und Neisse
an.

Während die Arbeiten in Schlesien voranschritten, lehrte der
Professor seinem neuen Angestellten die Kunst der Kirchen-
malerei in Theorie und Praxis. Die überlassenen Bücher arbeitete Lothar Malskat schnell durch und war schon bald mit
der Materie vertraut. Ernst Fey blieb es nicht verborgen, dass
er dem Mann schon bald kaum etwas Neues mehr beibringen
könne, im Gegenteil, Malskat vielmehr als Meister seines Fa-
ches zu gelten habe. 1938 war es soweit, das unter Beweis zu
stellen. Ging es doch einerseits darum, die 1888 im Schleswiger
Dom durch Wilhelm Olbers vielleicht etwas zu resolut und
improvisiert »restaurierten« und teilweise übermalten Wand-
malereien im Kreuzgang noch einmal anzufassen, behutsam
die darunterliegenden ursprünglichen Werke freizulegen und
aufzufrischen.

Der Professor und sein Team begannen mit der Arbeit. Zunächst wurden Risse mit Mörtel geschlossen, dann wandte man sich den Wandflächen zu. Der Professor ließ es sich nicht nehmen, als Erster den Spachtel anzusetzen. Doch nachdem er ein wenig auf der Wandmalerei herumgeschabt hatte, platzte ein handtellergroßes Stück Farbe ab. Olbers musste wohl nicht passende Tünche genutzt haben oder es wurde damals zu dick aufgetragen. An anderen Stellen immer wieder das gleiche Spiel. Das Ergebnis war ernüchternd. Auf dem zurückgebliebenen grauroten Ziegeluntergrund ließen sich nur einige wenige, kaum für das ungeübte Auge zu erkennende, Farbpartikel ausmachen. Was nach der vollständigen Säuberung blieb, waren gähnend leere Wandflächen. Die beauftragte Reinigung und Entfernung von Übermalungen war gescheitert. Jetzt hieß es den Blick nach vorne richten, schnell handeln, um nicht, wie es damals hieß, der Vernichtung »nationalen Kulturguts« bezichtigt zu werden. Jetzt, so lautete die Überlieferung, müsste wohl der Malskat ran.

Für Monate blieb der Dom geschlossen, während die Firma ›Fey und Sohn‹ im Inneren ihre Arbeiten durchführte. Nach erfolgter Grundierung der Flächen mit einem Kalkanstrich begann Lothar Malskat mit der Arbeit. Mit Rötelfarbe und eisenhaltiger Kreide gab er sein Bestes. Ohne große Probleme oder Skrupel gelang ihm die Annäherung an den Stil des 14. Jahrhunderts. Immer wieder entstanden in den kommenden Wochen unter der kundigen Pinselführung des einstigen Malergesellen mittelalterlich wirkende Figuren, die der Sohn des Professors durch Darüberhinwegreiben mit einem Ziegelstein auf alt trimmte. Friese mit Heiligenköpfen und Tiermotiven entstanden. Drei von Olbers schon nachträglich und erwiesenermaßen falsch lancierte Truthühner – die mittelalterlichen Menschen konnten diese erst später aus Amerika eingeführten Tiere gar nicht kennen – ergänzte Malskat um weitere.

Nach Wegräumen der Gerüste und erster Inaugenscheinnahme äußerten die kirchlichen Auftraggeber und wortführende Kunsthistoriker der aktuellen Zeit ihre Begeisterung.

Erst jetzt, nach den erfolgten Ergänzungen, wurden auch die existierenden Truthühner erstmals beachtet und von den Nationalsozialisten als Beleg gewertet, die Wikinger – flugs zu Deutschen stilisiert –, hätten Nordamerika entdeckt. Die Lobeshymnen auf die gesamten Malereien überschlugen sich nahezu; der Erschaffer des Gesamtkunstwerkes, Lothar Malskat, fand dagegen mit keiner Silbe Erwähnung. Hervorgehoben wurde besonders die »Selbstdarstellung nordischer Rasse«, der in alter Pracht wieder hergestellten alten Heiligenfiguren. Von einem Schöpfer war die Rede, der zu den »Großen im Reiche der Kunst« zu zählen sei. Dass die Köpfe der Figuren Ähnlichkeiten mit Verwandten und Bekannten Malskats aufwiesen, ja, dass er sich hinter dem Altar mit der Zigarette in der Hand selbst verewigte, das blieb unerkannt, wie der Malergeselle ja überhaupt im Hintergrund blieb und als vermeintlicher Pinselträger nie aus dem Schatten des kugelig kleinen spitzbärtigen Professors und mutmaßlichen großen Restaurators heraustrat. Dass auch die bekannte Schauspielerin Hansi Knoteck und der Küster des Domes mit ihren Gesichtern verewigt wurden, zumindest dies hätte aber auffallen können. Doch einzelne kritische Stimmen gelang es nicht, sich Gehör zu verschaffen. Dann kam der Krieg und die Arbeiten im Dom gerieten in Vergessenheit. Lothar Malskat verbrachte die Zeit als einfacher Soldat in Norwegen. Als Künstler erhielt er noch einmal eine Anerkennung, als er in seiner Heimatstadt Königsberg, im Lovis-Corinth-Saal des Schlosses Arbeiten ausstellen durfte. Schließlich schwemmten ihn die Nachkriegswirren, wie so viele Flüchtlinge, nach Schleswig-Holstein, nach Lübeck.

Der Prozess

Während Dietrich Fey in Lübeck und im gesamten In- und Ausland als einer der größten lebenden Restaurateure gefeiert wird, während er den ganzen Ruhm für die Entdeckung und Wiederherstellung der »unbekannten mittelalterlichen« Malereien der Lübecker Marienkirche einheimst, sitzt der einfache Geselle, sitzt Lothar Malskat, abgespeist mit ein paar Bier- und Schnapsmarken in der Kantine vom Kaufhaus Karstadt und sinniert über die letzten Jahre, in denen er sich für seinen Arbeitgeber auf den Gerüsten regelrecht krummgearbeitet hatte. Die Ehre des Künstlers ist schwer getroffen.

In der Zeit danach fordert Malskat, zunächst mündlich, immer wieder bei seinem Chef ein Stück der Anerkennung, die ihm als Erschaffer der umjubelten Bilder einfach zustehen müsse. Doch er stößt nur auf taube Ohren. Als Angestellter eines Handwerksbetriebes stehe es nun einmal dem Meister zu, so Fey, Verantwortung für die Ausführung zu tragen und entsprechend im Rampenlicht zu stehen. Das wäre doch auch schon im Mittelalter so gewesen. Ein einfacher Handwerkergeselle habe im Hintergrund zu bleiben. Lothar Malskat kennt das nur zu gut aus vergangenen Jahren, doch jetzt ist der Bogen überspannt. Er – ein einfacher Handwerkergeselle? Ohne ihn hätte Feys Vater ganz schön dumm bei der Restaurierung im Schleswiger Dom dagestanden, wäre wohl unter den Nationalsozialisten wegen der Zerstörung »nationalen Kulturgutes« hinter Schloss und Riegel geraten, ohne ihn und seine Fälschungen hätte der Sohn nach dem Krieg mehr als am Hungertuch genagt und ohne sein Können wäre es auch in St. Marien nichts mit Ruhm und Ehre. Nein, der Künstler hat keine Wahl mehr, um vor sich selbst zu bestehen. Zwei Wege bleiben dem in seinem Selbstwertgefühl ewig geduckten und jetzt endgültig schwer gekränkten Künstler. Da wäre die Flucht vor dem erniedrigten Ich, der Weg in den Selbstmord oder der Weg an die Öffentlichkeit, egal was da auf ihn auch zukommen mag.

Monate später, im Mai, während in St. Marien die Besucherströme kaum abreißen, versucht es Malskat dann in schriftlicher Form. Er fordert Dietrich Fey unmissverständlich auf, öffentlich zu gestehen, dass er, Malskat, alles gemalt habe, dass kaum etwas von dem Vorhandenen zu retten gewesen sei, dass es – so wie Fey sich in den Vordergrund dränge –, sich geradezu um einen Betrug handele. Doch Fey wähnt sich nur allzu sicher.

Als nichts passiert, entschließt sich der verkannte Künstler zu einem weiteren Schritt und er schreibt an Kirchenrat Werner Goebel, wie er den Auftrag erhielt, die teilweise freigelegten Fragmente der gotischen Figural-Ornamente zu überarbeiten, wie er den Auftrag ausführte, im Chor-Obergaden, der frei von jeglichen Fragmenten war, große Heiligenfiguren neu zu malen. »In selbstloser schöpferischer Art habe ich die Heiligenfiguralen im Jahr 1951 beendet. Sie sind restlos neu gemalt und als Maler muss ich das wissen.« Was Malskat nicht weiß, der Kirchenrat, von seinem Chef gleich zu Anfang über das Scheitern der Freilegung im Chor-Obergaden benachrichtigt, hängt mit im Spinnennetz Feys. Zwar wird noch im August eine Kommission unter Vorsitz von Günther Grundmann eingerichtet, seines Zeichens Vorsitzender der bundesdeutschen Denkmalpfleger, dem Malskat alles darzulegen versucht, doch nach außen hin bleibt es immer noch ruhig. Auch Landeskonservator Peter Hirschfeld und der Kunsthistoriker und Leiter der Kieler Kunsthalle Professor Richard Sedlmaier werden hinzugezogen und gehen nach den Offenbarungen des Malergesellen durchaus auf eine gewisse Distanz zu Fey. Nur, Sedlmaier hat ein Problem: Da ist die von ihm angeregte und betreute Dissertation über die vermeintlichen gotischen Malereien in der Lübecker Kirche von Johanna Kolbe, inzwischen viel zitiert, ein Auffliegen der Sache würde auch ihn diskreditieren, und seinen unzweifelhaften Ruf in Sachen Ornamentik und Malerei des deutschen Mittelalters arg beschädigen. Der Kreis, der um den Betrug Wissenden, wird größer, doch damit den Weg in die Öffentlichkeit anzutreten, das wagt niemand. Alle Involvierten hoffen, Fey könne das schon regeln, dass irgendwie Sand über die Angelegenheit wachsen werde. Alle hoffen, bis auf einen, den noch immer niemand für voll nimmt.

Schließlich geht Lothar Malskat in die Offensive. Auch die Presse wird jetzt von ihm über seine Arbeit in St. Marien informiert. Doch auch hier schenkt ihm zunächst niemand Glauben. Statt seine aufgestellten Anschuldigungen auf den Grund zu gehen, drucken die ›Lübecker Nachrichten‹, anscheinend um vorsorglich einem aufkommenden Gerücht vorzubeugen, Leserbriefe der von der Redaktion zuvor informierten Gegenseite. Malskats angebliche Enthüllungen werden nicht weiter beachtet, sondern nur als missgünstige Äußerungen eines Neiders empfunden.

Tage später folgt dann das erste große Donnergrollen. Was in Lübeck nicht möglich war, in Hamburg fällt die Information des Künstlers auf fruchtbaren Boden. Am 28. August 1952 meldet ›Der Spiegel‹: »Alles malte Malskat«. Jetzt ist es endlich heraus. Doch es ist wie verhext. Ihm, dem einfachen Malergesellen, wird einfach nicht geglaubt. Er wäre ja nur ein wild um sich schlagender Choleriker, ein einfacher Handwerker, der neidisch auf den Ruhm seines Chefs sei, so heißt es. Noch versteht es die Gegenseite geschickt, ihre Sicht der Dinge in der Presse zu lancieren. Wieder steht Malskat als Querulant, als Lügner da.

Die Wochen gehen dahin. Im Oktober wagt Lothar Malskat dann den letzten, alles entscheidenden Schritt. Er zeigt sich selbst an und gleich noch die gesamten Männer, die die Verantwortung um die Arbeit in der Kirche trugen: seinen Chef

Dietrich Fey, die Männer der Kirche wie den Oberkirchenbau-
rat, Kirchbaumeister und die Verantwortlichen der Stadt, den
Denkmalpfleger und Oberbaurat sowie den Stadtbaudirektor
und den Museumsdirektor gleich noch mit. Doch erst im Januar des folgenden Jahres nimmt die Justizbehörde so langsam Fahrt auf, aber zunächst anders, als es der Maler gedacht
hat. Wegen angeblicher Verdunkelungsgefahr und bewusster
Irreführung der Presse, wie es heißt, findet sich Malskat nun
plötzlich selbst auf der Anklagebank wieder und muss den Gang
in die Untersuchungshaft antreten.

Erst jetzt, wo die Justiz eingeschaltet ist, kommt aber, wenn
auch langsam, Bewegung in die Sache. Alle Beteiligten werden
in den kommenden Wochen befragt, Gutachten eingeholt, Aussagen und Erklärungen fein säuberlich protokolliert. Es kann
nicht sein, was nicht sein darf. Immer wieder bestätigen die
Befragten unisono, dass Malskats Behauptungen völlig aus der
Luft gegriffen, geradezu völlig falsch seien. Da heißt es, die
Heiligenfiguren im Chor-Obergaden waren in der Farbgebung
deutlich zu erkennen gewesen. Der hinzugezogene schwedische Konservator Sven Dalén erkennt nach Begutachtung vor
Ort an, dass »so viel von dem Bestande gerettet worden ist,
wie unter den vorhandenen Bedingungen möglich war.« Sein
Gesamturteil lautet: Die Restaurierungen wurden fachmän-
nisch ausgeführt. Fatal ist allerdings, dem Gutachter wurden
von Fey wohlweislich nicht die fraglichen Heiligenbilder vor-
geführt, sondern eine andere Stelle und als Auftraggeber be-
zahlten Fey, die Kirchenleitung und die Stadt Lübeck das Ho-
norar Daléns aus eigener Tasche.

Fünfzehn Monate ermittelt die Justizbehörde. Schließlich ist
die Anklageschrift auf hundertsechzig Seiten angeschwollen,
als am 10. August 1954 der Prozess vor der zweiten Großen
Strafkammer des Lübecker Landgerichts beginnt. Vor dem
Hintergrund des Medienechos, den die Nachrichten über sen-

sationelle Freilegungen in der Lübecker Kirche zuvor landauf landab erzeugt hatten, ist es nur zu verständlich, dass die Anfragen von Presse, Funk und Fernsehen enorme Ausmaße annehmen und so wurde schon im Vorwege der große Saal im Tanzlokal ›Atlantik‹ für den Beginn des Verfahrens ausgesucht. Ausführlich berichtet der ›Nordwestdeutsche Rundfunk‹ in den folgenden Wochen immer wieder über den angeblich größten Kunstfälscherskandal in der Geschichte Deutschlands und den sich darbietenden Prozess. Doch nicht nur die Medienvertreter auch die Lübecker Bürger, die die Ausmalungen ihrer Kirche ins Herz geschlossen haben, egal ob echt oder falsch, strömen in den ersten Verhandlungstagen in Massen herbei. Vor allem sind es Frauen, die sich das Verfahren ansehen wollen und bei denen der verkannte Künstler Malskat viel Verständnis findet. Mehr als einmal wird das Publikum in den Verhandlungen wegen überaus »leidenschaftlicher Reaktion« vom Verfahren ausgeschlossen.

Im Vordergrund des Prozesses stehen zunächst nur die einundzwanzig Heiligenbilder, nicht die Restaurierungen im Langhaus und auch keine anderen Arbeiten Malskats im Gebäude. Die aktenkundigen Aussagen und Gutachten werden memoriert, Zeugen und Angeklagte befragt. Für Richter und Staatsanwalt ist es ein schwieriges Verfahren. Materiell ist niemand zu Schaden gekommen. Im Gegenteil: Allein die Sonderbriefmarke mit Abbildungen der Figuren Malskats brachte nach Berechnungen seines Anwalts rund hundertachtzigtausend Mark für den Erhalt der Marienkirche ein, was nach heutiger Währung einer Kaufkraft von etwa 450 000 Euro entsprechen würde. Lässt sich so überhaupt von Betrug sprechen? Malskat hat sich damit ja nicht bereichert. Immerhin steht die Behauptung im Raum, er Malskat und kein gotisches Genie habe die Figuren erschaffen. Doch was soll daran strafbar sein, wenn jemand offen und ehrlich behauptet, Kunstwerke erschaffen zu haben? Andererseits: Malskats Chef Dietrich Fey, der zweite Angestellter Dietrich und Kirchenrat Goebel bestreiten immer wieder die Aussage des Königsberger Malergesellen. Für sie handelt es sich um keine Neuschöpfungen, sondern um erstklassige Restaurierungen durch die kundige Hand Feys und nicht durch die eines einfachen Angestellten.

Lothar Malskat geht schließlich noch einen Schritt weiter. Hier, vor den Vertretern der Medien, sieht er endlich die Möglichkeit, als verkannter Künstler, der immer nur ausgenutzt wurde, aus den Schatten seiner Auftraggeber zu treten. Wie er auf Anweisung schon 1938 im Schleswiger Dom eigenständig, von der Welt bewunderte Werke, neu erschafft habe, wie er nach dem Zweiten Weltkrieg für und im Auftrag Dietrich Feys, vor allem die im Dritten Reich verfemten Expressionisten, wie Nolde oder Barlach, gefälscht habe, und wie er für diese rund sechshundert Werke dann mit einem Hungerlohn abgespeist wurde, das alles eröffnet er einer andächtig lauschenden Zuhörerschar. Doch Dietrich Fey will von alldem nichts wissen. Für ihn sind es allesamt Behauptungen, die völlig aus der Luft gegriffen seien, heißt es nur. Immer noch fühlt er sich völlig sicher.

Schließlich wird es Lothar Malskat zu bunt. Im Gegensatz zu den anderen kann er zumindest seine Aussage über die Restaurierungen in der Marienkirche untermauern. Und jetzt endlich platzt die Bombe. Was Fey in völliger Verblendung seines Ruhmesrausches überhaupt nicht in Erwägung gezogen, womit er nicht gerechnet hat, Malskat hat in der Tat beweiskräftige Unterlagen, die er fein säuberlich vor dem Staatsanwalt ausbreitet, Beweise, die seine umfangreiche Maltätigkeit genau und exakt zu dokumentieren scheinen. Doch sprechen die Fakten wirklich für sich? Der Maler präsentiert Tagebuchnotizen, Skizzen und sogar Vorlagen. Doch die Gegenseite winkt nur ab. Das wäre alles nachträglich entstanden, hier habe

Malskat einfach seine niederen Wünsche hineinzumanipulieren versucht, das wären ja wohl keine belastbaren Beweise, heißt es.

Und als sich alle wieder auf den armen Malergesellen einzuschießen scheinen, legt der in aller Ruhe nach. Es scheint, als spiele er mit seinen Gegnern, als nutze er den Auftritt jetzt wie ein erotisches Element, der Steigerung der Intensität zu einem Höhepunkt. So übergibt Malskat dem Richter zum Schluss seiner Beweiskette Belege, die nun überhaupt keinen Zweifel an seinem Schaffen mehr aufkommen lassen: Jeden Schritt seiner Tätigkeit hatte er heimlich mit einer Kamera dokumentiert. Dutzende Aufnahmen entstanden auf diese Weise. Niemand kann jetzt mehr das Gegenteil behaupten. Die vorgelegten Fotografien zeigen eindeutig, was nicht wahr sein darf: Die Putzflächen im Hochchor der Kirche waren grau und leer, außer ein paar Farbpartikel zeigt sich nicht ein überlieferter Pinselstrich. Was Fey und sein anderer Angestellter immer wieder bestritten hatten, wird jetzt von Kirchenrat Goebel, der merkt, das das Spiel aus ist und nunmehr seinen Hals aus der Schlinge zu ziehen versucht, dahin gehend abgetan: Eine Kirche sei doch kein Museum.

Nach über sechs Monaten, am 25. Januar 1955, findet im Saal 40 des Landgerichts der endgültige und letzte Verhandlungstag statt. Wieder ist der Zuschauerandrang enorm. Schon ab sieben Uhr lungern die Ersten vor dem Eingang herum und warten auf den Beginn. Zunächst dürfen die beiden Prozessparteien sich noch einmal äußern. Das Schlusswort des Staatsanwalts lautet auf Betrug in Tateinheit mit Urkundenfälschung. Als letzter beginnt Malskats Verteidiger, Dr. Flottrong, mit einem emotionalen und leidenschaftlichen Plädoyer für seinen Mandanten. Immer wieder erklingt vonseiten des anwesenden Publikums spontaner Applaus und mehr als einmal wird der Vorsitzende Richter durch Bravorufe genötigt, um Ruhe zu mahnen. Mehr als einmal droht er an, den Saal zu räumen. Immer wieder versteht es der Verteidiger seinen Mandanten Lothar Malskat als armen, irregeleiteten Künstler zu präsentieren, der immer sein Bestes gegeben hat und der von seinem Arbeitgeber um die wohlverdiente Anerkennung und auch den entsprechenden Lohn gebracht wurde. Flottrong beantragt, seinen Mandanten vom Vorwurf des Betruges in Bezug auf die Bilder in der Lübecker Marienkirche freizusprechen. Sie seien Kunstwerke, so, wie sie vielleicht vor Jahrhunderten auch jemand hätte erschaffen können, und wie Kunsthistoriker und die Presse sie ja vor kurzem noch hymnisch gefeiert haben. Und wo auf den Wänden nichts zu sehen war, da könne man auch nichts fälschen. Wo wäre da der Betrug? Kaum hat der Verteidiger seine Sätze beendet, brandet im Saal wieder heftiger, nicht enden wollender Applaus auf. Selbst die Ordnungsrufe des Vorsitzenden Richters verhallen ungehört. Auf einen Wink hin erfolgt die Räumung des Saales. Zurück bleiben die Angeklagten Fey, Malskat, der andere Malergeselle, Kirchenrat Goebel, die Richter, Verteidiger Dr. Flottrong sowie der Staatsanwalt. Der Richter fasst das Geschehen, so wie er meint, es verstanden zu haben, noch einmal zusammen, dann ziehen sich die Männer der schwarzen Robe zur Beratung zurück. Gegen zehn Uhr dreizehn erscheint das Gericht wieder, um im Namen des Volkes das Urteil zu verkünden. Erst jetzt, unter Ausschluss der Öffentlichkeit, verkündet der Richter sein Urteil: Kirchenrat Goebel und der Malergeselle werden freigesprochen. Fey erhält wegen Betrugs in zwei Fällen eine Haftstrafe von einem Jahr und acht Monaten, Malskat wegen Beihilfe eine Strafe von einem Jahr und sechs Monaten, wobei seine Untersuchungshaft damit verrechnet wird. Geschickt versteht es der Richter während seiner Urteilsverkündigung Malskats Urheberschaft an den Bildern zwar am Rande festzustellen, doch es klingt immer wieder an, dass der Angeklagte eigentlich alles nur gefälscht habe. An anderer Stelle lautet es über Malskats Heiligenbilder, sie seien mit einem »sittlichen Makel behaftet und völlig wertlos«. Das empfindet wohl auch die Kirchenleitung so, wobei es sich bei dem sittlichen Makel wohl eher um das eigene schlechte Gewissen handelt, wegen des Verstricktseins in diese Machenschaften. So wirkt die Reaktion der Kirchenleitung heute als ein Treppenwitz der Geschichte. Der Künstler Malskat erhielt von seinem Arbeitgeber den Auftrag, gotische Kirchen auszumalen, in Lübeck wie vormals in Schleswig. Hier wie dort wurde hinterher von einem unbekannten mittelalterlichen Genie gesprochen und geschrieben, das die Fresken erschaffen habe. Im Schleswiger Dom wie in der Lübecker Marienkirche knieten Menschen vor den Heiligenfiguren nieder und beteten. In St. Marien sind die vor wenigen Monaten noch als von einem »gotischen Meister« gepriesenen Heiligenbilder zu einer Witzfigur entartet und herabgesunken, stigmatisiert als »miserable Erzeugnisse eines ostpreußischen Malergesellen«. Als »kirchliches Ärgernis«, die den Gottesdienst in der Kirche schwer belasten, entscheidet der Kirchenvorstand 1955, die einundzwanzig prächtig bunten Heiligenfiguren zu entfernen.

Fatal nur: Mit Verkündung des Urteils ist es jetzt allerdings aktenkundig, dass wirklich alles Lothar Malskats Pinselstrich entstammte, ihm, der mit dem Richterspruch als »größter Fälscher aller Zeiten« durch die Medien getriebene Malergeselle, dem nun als Erschaffer, als Künstler das Urheberrecht zugebilligt werden muss. Doch auf Anfrage stimmt er der Zerstörung seiner Malerei zu, einzig und allein, damit die Kirche, die ihn hat fallen gelassen – wie er es empfindet –, nicht noch weiter Geld aus dem Erlös von verkauften Abbildungen seiner Motive erzielen kann. Vollständig abgewaschen, bleiben wie vor der Arbeit des Künstlers leere graue Putzflächen zurück. Hier zeigte die Kirchenleitung eine Gesinnung, die später als

»Humorlosigkeit gepaart mit ›Kopf-ab!‹-Denken« gekennzeichnet wird. Erhalten bleiben dagegen Malskats Ergänzungs-
arbeiten im Langhaus.

Epilog

Noch sinnierte das Gericht über die von Lothar Malskat ein-
gereichte Revision, als der Kunstmaler einen Vertrag mit der
Hannoveraner Galerie Koch abschloss, die sich, einem guten
Riecher folgend, fortan das Alleinverkaufsrecht sicherte. Schon
die erste Ausstellung entwickelte sich vielversprechend: An nur
einem Tag wurden sechs Bilder Malskats verkauft. Vorwiegend
wechselten Landschaftspastelle und Zeichnungen Hamburger
Kabarettstars für zweihundert bis sechshundert Mark den Besitzer. Für die einen Kunstkritiker handelte es sich um durch-
schnittliche Werke, andere erblickten in ihnen einen effekt-
vollen und flotten Stil. Weitere Ausstellungen auch im Ausland wurden geplant, doch dann erfolgte die Ablehnung der
Revision. Lothar Malskat hatte erst einmal seine Strafe anzutreten. Zunächst floh er nach Schweden, nicht ohne zuvor seinen Rechtsbeistand zu beauftragen, bei Bundespräsident Theodor Heuss ein Gnadengesuch einzureichen, das jedoch nicht
von Erfolg gekrönt war. Wenig später trat Malskat dann seine
Strafe an.

Nach Verbüßung der Hälfte der 18-monatigen Haft kehrte
der Maler vorzeitig in die Freiheit und wieder an die Staffelei
zurück und erlebte eine steigende Nachfrage nach seinen Werken. Der durchaus eigene Malstil, von ihm selbst »expressio-
nistisch-impressionistisch« genannt, blieb für die verbleiben-
den Jahre sein Markenzeichen. Von einem »ehrlichen Nach-
fahren des deutschen Expressionismus« ist schließlich bei einschlägigen Kunstkritikern die Rede. Da mussten schon einmal
bis zu fünfzehntausend Mark in die Hand genommen werden,

um in den Besitz eines Original-Malskat zu gelangen. Doch die Zeiten änderten sich.

In den 1970er Jahren erinnerte sich kaum noch jemand an den einst berühmt-berüchtigten Künstler. Einzig die Stadt Lübeck, die nicht zuletzt durch Lothar Malskat und sein Wirken in die weltweite Presse gelangt war, gedachte seiner. 1972 überließ sie ihm ein günstiges Haus im Deepenmoor in Wulfsdorf. Der Restaurator, Fälscher und Kunstmaler revanchierte sich und reinigte in der Lübecker ›Schiffergesellschaft‹ kostenlos ein Gemälde. Dem geäußerten Wunsch, die Chor-Maria in St. Marien zu Ende zu malen, wurde allerdings nicht entsprochen.

Zwei gescheiterte Ehen, zwei Herzinfarkte und ein Schlaganfall kennzeichneten sein weiteres Leben. Umgeben von drei Hunden führte der Maler, der sich einst selbst ins Rampenlicht gestellt hatte, ein einsames Leben an der Staffelei. Wenn er auch verarmte, hielten die Lübecker weiter zu ihm. Seine fälligen Rechnungen bezahlte er oft mit Bildern, die fortan bei einem Handwerker oder Händler die Wohnung zierten. Unsterblichkeit erlangte er noch zu Lebzeiten, als Günter Grass ihn im Roman ›Die Rättin‹ erwähnte: »Ich stelle fest, dass Malskats Nase, deren Wurzel mit ungleichem Schwung seinen Augenbrauen Ausdruck gibt, als sehe er immerfort Wunder, auf Malskats Wandbildern zeichenhaft wiederkehrt, so, dass sie im Dom zu Schleswig wie in Lübecks Marienkirche engelhaften Jünglingen und geheiligten Greisen zu Gesicht steht. Sie alle sehen mit schmerzlich geweiteten Augen mehr, als in biblischen Zeiten zu sehen war.« Am 10. Februar 1988 starb der verkannte Erschaffer vermeintlicher gotischer Meisterwerke und anerkannte Künstler Lothar Malskat. Der Verkauf von rund einhundert Bildern aus dem Nachlass ergab erstaunliche Summen, die die Schulden des Malers mehr als abdeckten.

Weitere Bücher von Volker Griese

SCHLESWIG-HOLSTEIN
Denkwürdigkeiten der Geschichte.
Books on Demand
228 Seiten, Broschur
ISBN-13: 978-3-8448-1283-1

Die Geschichte Schleswig-Holsteins ist reich an Ereignissen, die
die Menschen in Atem gehalten haben. So stehen denn zwölf denk-
würdige Begebenheiten aus der Geschichte stellvertretend
für viele andere.

Die Leser nehmen u.a. Teil an der Schlacht von Hemming-
stedt 1500, findet sich in den Aufständen der Depenauer
Leibeigenen 1707 wieder, sie bauen am Eiderkanal mit, geraten in das Gefecht bei Bornhöved 1813, erleben Wilhelm
Bauer und sein erstes Unterseeboot 1851, erdulden die
Ostseesturmflut von 1872, finden sich im Kieler Matrosen-
aufstand 1918 wieder, leiden mit Emil Nolde während dessen Malverbot, blicken hinter die Kulissen der Reichsregie-
rung Karl Dönitz in Flensburg 1945, reisen mit den jungen
Inselbesetzern 1950 nach dem alliierten Bombenabwurf-
gebiet Helgoland und erleben den Schneewinter 1978/79.

*»Überaus gut lesbar und feinsinnig unterhaltend sind sei-
ne novellenartig zugespitzten Darstellungen entscheiden-
der Momente unserer Landesgeschichte. So kennen wir diesen Autor, der seine sorgfältig recherchierten Forschungs-
ergebnisse stets mit Witz zu präsentieren weiß.«*
(Dr. Silke Hunzinger, in: ›Jahrbuch für Heimatkunde im
Kreis Plön‹ 2012)

Weitere Bücher von Volker Griese

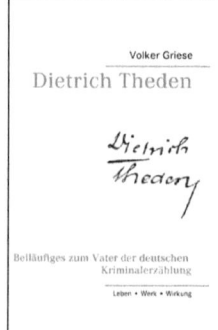

DIETRICH THEDEN
Beiläufiges zum Vater der deutschen Kriminalerzählung
Books on Demand
76 Seiten, Broschur
ISBN-13: 978-3-7412-3983-0

Dietrich Theden (Wankendorf 1857 – Funchal 1909) ist einer der großen Unbekannten innerhalb der deutschen Literatur. Kaum eine autobiographische Äußerung ist von ihm bekannt, kein Porträt existiert. Und schon sehr früh breitete er um seine Person den Mantel des Schweigens. Mit der vorliegenden Arbeit gelingt es erstmals, nähere Einblicke in Leben, Werk und Wirkung zu erhalten.

Er war Erzieher und Lehrer, Herausgeber und Redakteur u.a. bei der ›Gartenlaube‹ dem ›Universum‹, schließlich Chefredakteur der auflagenstarken Familienzeitschrift ›Zur guten Stunde‹.

Dabei gilt er als einer der Väter des modernen deutschen Krimis, der in seinen Geschichten dabei oft auf Personen und Örtlichkeiten seiner Heimat zurückgriff. Theden war einer der Ersten, der die intensive Polizeiarbeit, die Ermittlungstätigkeit auch hinter den Kulissen, die Arbeit der Gerichte als Stilmittel nutzte. So verwundert es nicht, als selbst in den 1950er Jahren das der Montrealer Universität angegliederte ›International Centre for Comparative Criminology‹ auf den Stellenwert Thedens für die deutsche Kriminalliteratur hinwies.